Marie Brunntaler

Das einfache Leben

MARIE BRUNNTALER

Das einfache Leben

Roman

EISELE

Besuchen Sie uns im Internet:
www.eisele-verlag.de

MIX
Papier
FSC® C083411

Taschenbuchausgabe
3. Auflage 2021

Satz: LVD GmbH, Berlin
Gesetzt aus der Centennial LT
Druck und Bindearbeiten: CPI books GmbH, Leck
ISBN 978-3-96161-072-3

Für die Menschen aus Hierholz

1

SEPTEMBER 1990

Elisabeth stieß die Fensterflügel weit auf. Hier war ihr Land, ihr Hügel, es war das schwere Grün des Spätsommers, der sich störrisch an die Natur klammerte und dem Herbst noch nicht weichen wollte. Elisabeths Land war der Dachsberg, ihre Heimat die Höhe des Südschwarzwaldes. Vom Rhein aus war sie die ganze Strecke hochgefahren bis auf tausend Meter, den weitesten Weg ihres Lebens, den schmerzlichsten.

Das Haus strahlte Verwahrlosung aus. Es beschämte Elisabeth, wie dreckig es war, nicht im Sinn von Reinlichkeit, sondern in der Art, wie Trostlosigkeit und Hoffnungslosigkeit an diesem Ort ihr Werk getan hatten. Bis zu seinem Tod hatte der Vater hier gelebt, an diesem Fenster hatte er gesessen. Den großen Kachelofen hatte er nicht mehr geheizt, nur noch den Küchenherd. Jeden Tag hatte er sich darauf das Bier gewärmt, weil sein Magen kaltes Bier nicht vertrug.

Elisabeth ließ die klare Luft herein, die weiche Luft des Sonnenuntergangs. Sie war müde von der langen Reise, von der Qual der Entscheidung, dem wochenlangen Ringen, bevor sie den Weg hierher gefunden hatte, und doch gab es kein Ausruhen für sie. Gleich wollte sie damit beginnen, alles schön und einladend zu machen, denn das alte Haus sollte Besuch bekommen.

Noch schien die Sonne auf den Kohlbrennerhof, aber bald würde sie hinter dem Kirschbaum verschwinden, wenig später hinter dem Tannenwald, der den Dachsberg nach Westen begrenzte. Danach würde es rasch kühl werden, der lebendige Tag binnen Minuten in die Kälte der Nacht umschlagen. Bis dahin musste der Ofen brennen. Von der Küche aus öffnete Elisabeth die Klappe des Kachelofens, der nebenan in der Stube stand. Er war die Majestät des Hauses, sein Herz, er war über zweihundert Jahre alt. Als Kind hatte Elisabeth beim Reinigen des Ofens eine alte Kachel entdeckt, in die der Ofensetzer die Jahreszahl eingraviert hatte, 1796. Als dieser Ofen gebaut worden war, kämpfte Napoleon gerade im Italienfeldzug. Seitdem hatte der Ofen Tag für Tag und Nacht für Nacht gebrannt und die Menschen des Hofes gewärmt. Als kleines Mädchen hatte Elisabeth auf der Ofenbank aus Speckstein geschlafen. In kalten Nächten war die ganze Familie an den Ofen gerückt, die Kleinsten hatten sich oben draufgelegt, dort schlief man wunderbar.

Elisabeth zerriss einen alten Karton, der in der Küchenecke lag, und ging in den Stall. Wo früher Kühe und Schweine standen, hatte der Vater, seit er die Landwirtschaft aufgegeben hatte, sein Brennholz gelagert. Versonnen sah sich Elisabeth zwischen den raumhohen Stapeln um. Es war noch genügend Holz da, um über den Winter zu kommen. Die massiven Scheite, einen Meter lang, lagerten im Schweinekoben, die Äste der Nadelhölzer an der Wand daneben, das waren die *Bengele.* Elisabeth nahm einen Arm voll Bengele und etwas Kleinholz und brachte alles in die Küche. Sie schichtete die Äste im Ofen übereinander, packte den Karton dazwischen, feuerte ein Stück Zeitung an und schob es hinein.

Der Ofen zog. Nach Jahrzehnten, in denen er kalt geblieben war, zog er immer noch, qualmte nicht, stank nicht, der heiße Rauch fraß sich in die Höhe. Schon glomm es, schon zischte und knackte es, das uralte Holz schien sich regelrecht zu freuen, in den Flammen zu zerspringen und zu verglühen. Elisabeth ging noch einmal hinüber und kam mit fünf schweren Scheiten wieder. An einem kalten Tag im Winter hatten sie manchmal das Holz einer kleinen Tanne im Kachelofen verheizt, um das Haus warm zu halten. Elisabeth schloss die Klappe und drosselte die Luftzufuhr. Nun konnte sich das Feuer langsam entfalten.

Nachdem sie mit dem Besen das Gröbste gefegt hatte, holte sie den Staubsauger. Er war bei weitem nicht das Älteste in diesem Haus, trotzdem wirkte er wie ein Relikt aus längst vergangener Zeit, ein Miele mit hohem Stiel, dessen Körper einem Schlitten glich. Elisabeth begann mit der Arbeit im Oberstock. Man putzte ein Haus immer von oben nach unten, das hatte die Mutter ihr beigebracht. Das Elternschlafzimmer war mit Birkenholz getäfelt, für einen Bauernhof bedeutete das Reichtum. An solchen Kleinigkeiten sah man, dass die Kohlbrenners einmal die Herren auf dem Dachsberg gewesen waren.

Das Mädchenzimmer, hier waren Elisabeth und ihre Schwester aufgewachsen. Vom Boden bis zur Decke erhob sich die Bücherwand, die Elisabeth immer noch einen Schauder des Erhabenen einjagte. Dem Vater waren Bücher gleichgültig gewesen, die Mutter hatte in jeder freien Minute gelesen. Elisabeth stellte den Staubsauger beiseite und zog *Gullivers Reisen* aus dem Regal. Sie fand die Stelle, wo sie vor über dreißig Jahren etwas an den Rand gekritzelt hatte.

Die unaufhaltsame Zeit, die Umstände, die Vergangenheit, Erinnerungen durchpulsten sie plötzlich, der Krieg, der Tod der Mutter, alles stand lebendig vor ihr, mächtig und beängstigend, auch schön, durchweht von Sommerwinden, der Geruch von frischem Heu, die schreienden Kühe, die gemolken werden wollten, der Blitz im Birnbaum, die alte Kathi, die beim Beten in der Kapelle erfroren war, alles, alles war wieder da und stärker, größer, unausweichlicher, weil ein halbes Leben dazwischen lag, Elisabeths Leben.

»Leben«, flüsterte sie und schlug *Gullivers Reisen* zu. Hier und heute die alten Fenster aufzustoßen und die Wärme hereinzulassen, das war kein Weg zurück, es war ein Blick in die Zukunft.

Elisabeth arbeitete sich Zimmer für Zimmer vor, putzte die Werkstatt des Vaters, das Bad mit der gusseisernen Wanne, das knarrende Treppenhaus, Vorratskammer und Küche, Arbeitszimmer und Stube. Obwohl ihr heiß geworden war, lehnte sie sich zwischendurch an die dunkelgrünen Fliesen des Kachelofens. Wie schnell er warm wurde, wie selbstverständlich er Behaglichkeit verströmte. Später, wenn die Nacht hereinbrach, würden die Kacheln so heiß sein, dass man sie kaum noch berühren konnte.

2

DER ALTE FEIND

Am nächsten Tag wurde es so sonnig, dass Elisabeth die Arbeit in ihrem leichten Sommerkleid verrichtete. Es war ein Stadtkleid, das sie in Bonn getragen hatte, wenn sie mit Dietrich am Rhein spazieren ging. Für ihn trug sie es auch heute, weil sie im Geist bei ihm sein wollte. Aber Elisabeth merkte rasch, dass dieses Kleid nicht in die Landschaft passte. Es war zu verspielt, zu luftig, es hatte dem Wetter hier, das in Minuten umschlagen und grimmig werden konnte, nichts entgegenzusetzen. Elisabeth wollte das Kleid ausziehen und im Schrank nach alten Sachen suchen.

Gerade als sie hineinging, tauchte Alexander Behringer auf der Hügelkuppe auf. Er stieg über den Draht, der die Behringerwiese von der Kohlbrennerwiese trennte. Der Draht führte Strom, Elisabeth hatte seine Kühe drüben auf der Weide schon gesehen, schöne braunweiße Kühe, die so lange draußen bleiben würden, bis mit dem ersten Frost die Zeit der Sommerweide vorbei war. Sie hätte nun rasch hineinlaufen und sich umziehen können, doch das wäre ihr wie eine Flucht erschienen. Vor den Behringers lief Elisabeth nicht davon. So wie sie war, blieb sie im Hauseingang stehen.

Alexander Behringer war zwei Jahre älter als sie. Ein schwarzhaariger Kerl, das Grau an den Schläfen stand ihm, er war braungebrannt und trug zur Arbeitshose nur sein Unterhemd. Die raue Gegend, die schwere Arbeit, hier oben sahen die Menschen oft älter aus. Alexander widerlegte das. Er hatte bald Geburtstag, fiel ihr ein, Skorpion, während Elisabeth im Krebs geboren war. Dann würde hier also bald der fünfzigste Geburtstag des Königs vom Dachsberg gefeiert werden, dachte sie, während er den Hügel herunterkam. Bestimmt würde er alles aufbieten, um seine Königswürde weithin sichtbar zu machen.

Jahrzehnte hatten sie einander nicht gesehen, und ausgerechnet heute musste sie ihm in diesem Kleid begegnen. Elisabeth war schwerer geworden, das Kleid saß nicht mehr so leicht wie früher. Für Dietrich hatte sie es angezogen, weil ihre Beine darin zur Geltung kamen. *Wenn die Elisabeth nicht so schöne Beine hätt,* hatte er gesungen. Für Dietrich hatte sie schön sein wollen, vor Alexander schämte sie sich.

»Grüß dich, Kohlbrennerin.« Er trat unter den alten Apfelbaum, der sich vor dem Westwind in all den Jahrzehnten immer tiefer gebeugt hatte.

»Grüß dich, Alex.« Um ihre Aufmachung zu verbergen, setzte sie sich an den ausgebleichten Gartentisch.

Er stemmte den Arm in die Hüfte. »Die feine Dame aus der Stadt gibt uns die Ehre.«

»Das war ich nie.«

»Da habe ich etwas anderes gehört.«

»Was man auf dem Dachsberg schon so hört.« Sie wollte lächeln, die Sonne blendete sie, es wurde ein Blinzeln daraus.

»Du kennst immerhin unseren früheren Bundeskanzler.«

»Ich war eine kleine Sekretärin.« Elisabeth hatte

schwarze Johannisbeeren geerntet und zog den Topf heran. »Ich habe den Kanzler nur ein paar Mal gesehen.«

»Immerhin. Bei uns hier oben kriegt man bestenfalls den Bürgermeister zu sehen.« Er hatte gute Falten gekriegt, wie das bei den Männern eben war.

»Wer ist denn zurzeit Bürgermeister vom Dachsberg?«

»Er steht vor dir.« Alexander lächelte sein verschmitztes Lächeln, das er schon als Junge gehabt hatte. Seit frühester Kindheit war er Elisabeths Quälgeist gewesen. Weil er älter und stärker war, hatte sie sich gegen ihn kaum wehren können. Er hatte ihr Schlangen ins Bett gesetzt, Harz in die Haare geschmiert und sie im Kleiderschrank eingesperrt, bis Elisabeth so panisch geworden war, dass sie die Schranktür gewaltsam aufgetreten hatte. Das Schloss war nie repariert worden. Alex und Elisabeth hatten einander mit kindlicher Inbrunst gehasst. Vor ihrer Schwester Adele hatte er allerdings immer eine unerklärliche Scheu gehabt.

»Respekt, Herr Bürgermeister.« Als er sich neben sie auf die Bank setzte, rückte Elisabeth ein wenig zur Seite. Sie schämte sich für ihre weißen Schenkel. Während der Monate vor Dietrichs Tod war sie kaum an die Sonne gegangen. Wie eine bleiche Lilie kam sie sich neben dem wettergegerbten Alex vor.

»Wie lange bleibst du?« Er aß von den Johannisbeeren.

Die Frage machte sie ratlos. Die erste Nacht im Elternhaus war unheimlich gewesen. Der Wind, der einen Ast gegen die Hauswand schlug, die knarrenden Dielen, als Elisabeth aufs Klo gegangen war, der kalte

Mond, der das Anwesen in sein totes Licht tauchte, und ihr eigenes ängstliches einsames Herz. Nie während der Kindheit hatte sie sich auf dem Dachsberg gefürchtet, heute Nacht aber war sie hinuntergegangen, hatte das Tor zweimal zugesperrt und den Riegel vor die Stalltür gelegt.

Der Abschied von Dietrich fühlte sich hier anders an als in Bonn. Elisabeths Trauer war auf seltsame Weise zu Stein geworden, sie fand keinen anderen Ausdruck dafür. Dietrich war tot, und sie hatte nicht an seinem Grab geweint. Nicht einmal die letzte Ehre hatte sie ihm erweisen dürfen, während die anderen, denen er nicht so viel bedeutete, eine Schaufel Erde auf seinen Sarg geworfen hatten. Er war zu prominent, als dass seine Geliebte auf dem Begräbnis erwünscht gewesen wäre. Weit im Hintergrund hatte Elisabeth auf dem Friedhof gestanden, rund um sie marmorne Engel mit den Inschriften, dass einer *auf ewig unvergessen* sei. Sie würde Dietrich nie vergessen, ihr halbes Leben hatte sie mit ihm verbracht. Seine Frau war sie gewesen, immer nur im Verborgenen, stets auf Abruf. Die andere, seine Gattin, hatte die Hände der Trauergäste geschüttelt. Als der Männerchor *So nimm denn meine Hände* angestimmt hatte, war Elisabeth gegangen. Es war Liebe, was half es denn? Die Liebe ihres Lebens. Nach seinem Tod hatte sie nicht gewusst, wohin mit sich. In Bonn, diesem aufgeblasenen Provinznest, wollte sie nicht länger leben.

»Wie lange? Das kann ich noch nicht sagen«, antwortete sie und begann die Johannisbeeren von den Stielen zu streifen.

»Ich dachte, du kommst nur her, um das Haus zu verkaufen.«

»Wer behauptet das?«

»Niemand. Aber wäre es nicht höchste Zeit, die Bruchbude loszuwerden? Noch einen Winter übersteht der Hof bestimmt nicht.«

Sie zeigte nach oben. »Schau dir den Dachfirst an. Zweihundert Jahre alt und immer noch gerade wie ein Lineal.«

»Überall nagt der Wurm, von unten drängt das Wasser hoch. In den Balken sitzt der Schwamm.«

»Das ist mein Zuhause«, antwortete Elisabeth mit wachsender Ratlosigkeit.

»Was willst du denn sonst hier oben, wenn du nicht verkaufen möchtest?«

Es gab Menschen auf dem Dachsberg, denen Elisabeth sich anvertraut und gesagt hätte, dass sie allein war und richtungslos, dass sie die Einsamkeit fürchtete und die provinzielle Bundeshauptstadt hasste. Doch Alexander würde sie das nicht sagen, nicht Behringer, dem alten Feind.

»Adele kommt mich bald besuchen«, antwortete sie stattdessen.

»Die feine Adele in dieser Bruchbude?« Er lachte ein Lachen, das nur in seinen Bernsteinaugen lag. »Keine Nacht steht die Prinzessin hier oben durch. Das Wetter hält sich nicht mehr lange, und wenn die Herbststürme kommen, bläst es bei euch durch jede Ritze.« Er machte eine Geste, als ob das Kohlbrennerhaus davonfliegen würde.

Sie sah den kantigen Kerl an, den arroganten König vom Dachsberg. Seine Art machte Elisabeth immer noch wütend. Zuerst waren die Behringers auf dem Dachsberg gewesen, die Viehbauern, sie bewirtschafteten die Hügel und die freien Flächen zwischen den Wäldern. Das Gras wuchs in den Sommermonaten reich und üppig, das Heu der ersten Maht reichte für das Vieh den ganzen Winter über. Das Heu der zweiten Maht verkaufte Behringer ins Tal. Zweimal die Woche hielt der Tankwagen vor seinem Haus und brachte Behringers Milch in die Molkerei.

Die Kohlbrenners waren erst nach den Behringers auf den Dachsberg gekommen, zu Beginn des zwanzigsten Jahrhunderts. Sie hatten die Wälder, die den kleinen Höfen angegliedert gewesen waren, nach und nach aufgekauft. Irgendwann hatten alle Wälder den Kohlbrenners und alle Wiesen den Behringers gehört. Seitdem gab es zwei Ansprüche, zwei Gesetze, zwei Welten hier oben, die des Waldes und die der Wiesen.

Bald nachdem Elisabeth und Adele den Dachsberg in den sechziger Jahren verlassen hatten, war ihr Vater, der alte Kohlbrenner, vom Schlag gestreift worden. Alexanders Vater, der alte Behringer, hatte triumphiert. Seitdem beanspruchten die Behringers die Königswürde für sich.

»Du bist allein gekommen?«

»Ja, allein.«

»Kein Mann?«

Sie sah ihn an. Bei einer Frau ihres Alters war die Frage verständlich. Auf dem Dachsberg war man nicht *allein,* man lebte nicht jahrelang als Geliebte von irgendjemandem. Hier gab es entweder Paare oder Witwen.

»Nein, kein Mann.« Elisabeth fühlte, dass Dietrichs Tod für sie noch keine Wirklichkeit besaß. Sie betrachtete ihre Finger, die dunkelrot vom Saft der Beeren waren. »Und du? Du hast Familie, nehme ich an.«

»So ist es.«

»Wie viele Kinder?«

»Zwei. Nadine und Gregor.«

»Und deine Frau?«

»Der geht es gut.«

»Wann lerne ich sie kennen?«

»Sie kommt bald zurück.«

»Wo ist sie denn?«

»Sie macht eine Fortbildung in Stuttgart.«

Plötzlich stand Alex auf. Sein Blick wanderte nach Norden. Elisabeth wusste, wohin er schaute. Im Norden, hinter den dunklen Tannen, lag der Schandfleck, die Ödnis, die Sünde, die dem Dachsberg angetan worden war.

»Bist du gekommen, um wiedergutzumachen, was deine Familie verbrochen hat?«

Elisabeth weigerte sich, hinzusehen. »Willst du etwas trinken, Alex?«

Ein anderer als er hätte sich nun ereifert und von einer Schuld gesprochen, die nie verjährte. Aber Behringer war zur Begrüßung gekommen, nicht als Ankläger.

»Hast du was zu trinken da?«

»Birnenmost.«

»Der von damals? Der muss längst schlecht geworden sein.«

»Ich habe ihn gestern gekostet. Trink ein Glas mit mir.«

»Ich muss weiter.«

»Dann bis zum nächsten Mal, Herr Bürgermeister.«

Während Behringer das Grundstück auf dem gleichen Weg verließ, schob Elisabeth ein paar Johannisbeeren in den Mund. Sie war hungrig, hatte aber nichts im Haus. Sie hätte ins Auto steigen und zum Supermarkt fahren können. Unschlüssig saß sie in der Septembersonne, als ihr Blick auf den Erdkeller fiel. Der Abgang war mit Gerümpel verrammelt. Elisabeth stand auf und hob den ersten Balken hoch, dann ein paar Bretter, leere Milchkannen, zerbrochene Sensen, Strohbündel, Bierkisten in großer Zahl. Alles hob sie beiseite, bis die Treppe frei war. Sie stieg hinunter, schob den verrosteten Riegel zurück und stemmte sich mit der Schulter gegen die Tür. Seit Jahren hatte sie niemand geöffnet, knarrend gab sie nach.

Kühl war es hier und trocken, sie roch weder Moder noch Schwamm. Drei Meter unter der Erde blieb es das ganze Jahr über kalt, zugleich frostfrei. Bis auf ein einziges Regal war der Keller leer. Dort fand sie einen Sack Kartoffeln. Sie waren weich und übersät mit Trieben, aber sie waren nicht verschimmelt. Elisabeth trug den Sack ins Freie. In der Sonne schnitt sie eine Kartoffel entzwei und schnupperte daran. Es roch, wie Kartoffeln riechen sollten. Elisabeth brachte den Sack in die Küche und setzte Wasser auf. Heute würde sie nicht mehr zum Supermarkt fahren.

3

DIE PRINZESSIN

Es war für Elisabeth selbstverständlich, das Westzimmer für ihre Schwester herzurichten. Nirgends sonst im Haus gab es ein Fenster mit Abendsonne. Der Westen war die Wetterseite, von dort kam der Sturm, der Hagel peitschte von Westen heran und der Schnee. In diesem Raum waren die Möbel nicht schlicht, sondern anmutig, sie waren nicht abgenutzt, sondern antik. Das Bett stand im Alkoven, der Schreibtisch war aus dunklem Holz, so wie die Wände. Die Dielenbohlen hatten eine Breite, wie man sie heute nirgends mehr hätte kaufen können. Sechzig Zentimeter breite Dielen, zweihundert Jahre alt, das Holz honiggelb und von unglaublicher Schönheit.

Auf Stöckelschuhen lief Adele darüber. »Was ist da gegenüber los?«

»Der Schlegelhof wird verkauft.«

»Wieso?«

»Schlegel ist tot.«

»Tot? Aber der kann doch höchstens ...«

»Dreiundvierzig ist er gewesen. Beim Heumachen saß er auf dem Traktor und hatte einen Herzinfarkt.«

»Und die alte Kathi?«

»Die hat danach allein in dem riesigen Haus gelebt. Sie war aber praktisch den ganzen Tag in der Kirche. Vorigen Winter ist sie ihrem Sohn gefolgt.«

Adele trat auf das andere Bein, durch die Bewegung changierte der Stoff ihres Kostüms. »Und was sind das da drüben für Leute?«

»Der im Anzug ist der Makler. Er zeigt der Familie das Haus.«

»Drei Kinder und ein Baby, was wollen die denn in der Einöde?«

»Wir waren damals fünf Kinder.«

»Weil wir keine Wahl hatten, wir sind hier geboren.« Adele rieb sich die Arme. »Kalt ist das bei dir. Brennt der Ofen nicht?«

»Stell dich an die Kaminwand. Dann spürst du es.«

Adele zeigte aus dem Fenster. »Jemand sollte die Birnen ernten.«

Die Zweige des Baumes reichten bis ans Haus. Das war der Ast, der nachts das schabende Geräusch verursachte.

»Wollen wir sie zusammen ernten?« Elisabeth freute sich, weil die Schwester Interesse zeigte. »Sie schmecken aber nicht besonders.«

»Die haben nie geschmeckt. Der Vater hat sie zum Schnapsbrenner gebracht.« Sie zog ihre Jacke glatt.

Von hinten betrachtet hätte man Adele für zwanzig halten können. Die sportlichen Schultern, die langen Beine, die in Schuhen steckten, die nach Rom oder Paris gepasst hätten. Adele wusste, was sie tat, wenn sie in solchen Schuhen in den Schwarzwald kam, sie wollte zeigen, dass sie nur einen Besuch machte. Sie hatte woanders ein Leben, das zu diesen Schuhen passte.

Elisabeth trug Hosen, die Schuhe hatte sie beim Hereinkommen abgestreift, denn das Zimmer war frisch gewischt. Früher hatte sie ihr Haar gefärbt, es aber aufgegeben, als Dietrich sagte, er fände es nett, wenn sie vom Alter her ein bisschen besser zu ihm passen würde. Heute erinnerte Elisabeths Kopf an ein Zebra. Adele dagegen wollte offenbar für immer blond bleiben. Ihr Haar war pures Gold. Die Jean Harlow vom Dachsberg hatte man sie damals genannt.

»Hast du Hunger?« Elisabeth stellte Adeles Taschen in den Alkoven.

»Ich habe im Zug gegessen. – Nein, diese Kälte!« Sie nahm ein violettes Wolltuch aus der Tasche und warf einen Blick ins Bad. »Hier wird das Badewasser immer sofort kalt, weil man den Raum nicht richtig heizen kann.« Adele schlang das Tuch zweimal um die Schultern und ging hinaus.

Elisabeth hörte ihre harten Absätze auf der Treppe. Sie atmete tief durch. Wie befürchtet ließ die Prinzessin kein gutes Haar an ihrem alten Schloss. Sie nörgelte und quengelte und ließ keinen Zweifel daran, dass sie es in ihrer Hamburger Wohnung viel bequemer hatte. Vielleicht hätte ich auch nicht zurückkehren dürfen, dachte Elisabeth. Es gab Orte der Vergangenheit, die man nicht zu neuem Leben erwecken konnte. Die alten Mauern, der Garten, der Wald, das alles hatte nur noch einen Wert, wenn man es verkaufte. Hier zu leben war der Einfall einer verzweifelten Frau gewesen, die in ihrer Lebensmitte nicht wusste, wohin mit sich. So sehr sich Elisabeth mit dem Putzen auch bemüht hatte, es blieb ein uraltes Haus, das seine guten Tage lange hinter sich hatte. Verzagt ließ sie den Kopf sinken. Alexanders Vorschlag war richtig gewesen: verkaufen. Dann wäre ein wenig Geld da, aber mit Geld allein kaufte man keine Idee für die Zukunft.

Jetzt wollte Elisabeth erst einmal kochen, mit ihrer Schwester essen und sich von ihr erzählen lassen. Elisabeth hoffte, selbst wenig reden zu müssen. Ihre Lebensgeschichte ließ sich in einem Satz zusammenfassen: Einsame Sekretärin verlor ihr Herz an Wirtschaftsboss und führte jahrzehntelang ein Satellitendasein in seinem Schatten.

Nachdenklich folgte sie Adele ins Erdgeschoss. Es war September im Schwarzwald, der Winter stand bevor. Das war die wahre Perspektive. Bevor Elisabeth in die Küche trat, bückte sie sich, der Türstock war gefährlich niedrig.

»Es gefällt mir.«

»Wie meinst du?«

»Du hast alles so hübsch gemacht. Das ganze Haus.«

»Meinst du das ehrlich?«

Adele schenkte ihrer Schwester ein Prinzessinnenlächeln. Selbst als sie noch ganz klein gewesen war, hatte sie die Menschen mit diesem Lächeln verzaubert. »Ich weiß, wie der Vater das Haus hat verwahrlosen lassen. Ich war damals noch einmal hier, kurz nachdem Hans …«

Das Thema stand im Raum. Man konnte eine Weile über die schöne Kindheit im Schwarzwald plaudern, ohne das dunkle Thema zu streifen. Aber früher oder später musste man auf Hans zu sprechen kommen. Hier oben zerfiel die Welt in zwei Zeiten. Es gab die goldene Ära der Kohlbrenners, in der das Leben als Schwarzwaldidyll ablief, mit rauschenden Wäldern und Wolken, die plötzlich vor der Sonne aufrissen, mit Wiesen und Feldern, die zu glänzen anfingen, als ob pures Gold über den Dachsberg ausgeschüttet wurde. Und es gab die Zeit danach, als Hans die Dinge gelenkt hatte, die Zeit, als der Name Kohlbrenner zum Schimpfwort geworden war. Hans war ins Gefängnis gekommen und vor zwei Jahren dort gestorben. Er würde nie wiedergutmachen können, was er angerichtet hatte, und doch waren die Dachsberger irgendwie mit der himmlischen Gerechtigkeit zufrieden. Im Gefängnis an Magenkrebs zu sterben, schien ihnen eine passende Strafe für den üblen Hans.

Elisabeth wollte nicht über ihren Bruder sprechen, nicht schon heute Abend. Sie war einkaufen gewesen und hatte gekocht. Roastbeef mit Fenchel und Kartoffelgratin zauberte sie auf den Tisch, dazu gab es einen erstklassigen Rotwein. Sie hatte sich gegen eine Schwarzwaldspezialität entschieden, Adele sollte sehen, dass auch Elisabeth ein Stadtmensch geworden war.

»Fein schmeckt das.« Adele hatte sich ihren gesunden Appetit bewahrt. Sie hatte immer essen können, was und wie viel ihr schmeckte. Ihre Figur hatte nie darunter gelitten. Elisabeth dagegen hatte irgendwann weite Blusen zu tragen begonnen, die einiges kaschierten, aber auch offenbarten, dass ihre Taille nicht mehr vorzeigbar war.

»Freut mich, dass es dir schmeckt.« Elisabeth stützte sich auf die Ellbogen. »Ich habe noch gar nicht gefragt, wie es dir mit der Arbeit geht.«

»Gut, wirklich gut.« Adele schenkte sich das dritte Glas ein. Ihre Wangen waren gerötet. »Doktor Seyfferth kann sich vor Patientinnen kaum retten. Wir machen jetzt schon Termine für Februar.«

»Ein halbes Jahr im Voraus?«

»Seyfferth ist eben der Beste, nicht nur in Hamburg.«

»Hast du selbst schon einmal daran gedacht …« Elisabeth lachte verstohlen. »Ich meine, die Dienste deines Doktors in Anspruch zu nehmen?«

»Findest du, ich habe es nötig?«

»Im Gegenteil«, beeilte sich Elisabeth zu sagen.

Adele strich sich mit der Hand von den Augen über ihre Wangen bis zum Kinn. »Ich habe nichts machen lassen, weder am Hals, noch an der Nase.«

»Du weißt, dass du fantastisch aussiehst, für eine Frau unseres Alters … für eine Frau jeden Alters.« Elisabeth erwartete, dass die Schwester nun auch ein nettes Wort über ihr Aussehen verlieren würde, aber Adele plauderte weiter.

»Der Terminstress bei Seyfferth wird mir zu viel. Ich werde in Zukunft ein bisschen kürzertreten.«

»Kürzertreten, du?« Elisabeth wurde hellhörig.

»Ich kümmere mich nicht nur um seine Buchhaltung, sondern auch um alle Steuerangelegenheiten. Ich finde, die Terminplanung sollte jemand anderes übernehmen. Darum habe ich ihn gebeten, eine weitere Kraft einzustellen.«

»Ist Seyfferth darauf eingegangen?«

Adele spießte ein Fenchelstück auf. »Es war sogar seine Idee, dass ich mal ausspannen soll.«

»Ausspannen?« Elisabeths Staunen wuchs mit jedem Satz.

»Ich dachte, ich bleibe ein bisschen bei dir. Natürlich nur, wenn du mich hier auch haben willst.«

»Adele, aber … Wie kannst du überhaupt fragen?«

Hätte man Elisabeth vorausgesagt, dass Adele von sich aus anbieten würde, länger als zwei Tage zu bleiben, sie hätte es für unmöglich gehalten. Sie kannte die Prinzessinnenattitüden ihrer Schwester. Wenn

Adele etwas nicht passte, wechselte sie sofort das Hotel, manchmal sogar die Stadt. Wenn es ihr zu laut war, zu heiß, zu kalt, zu einsam, zu regnerisch, bestieg sie das nächste Flugzeug und war verschwunden. Sie war die rechte Hand eines angesagten Schönheitschirurgen und verdiente ausgezeichnet. Adele hatte ihre Schwester schon zu kurzen Trips nach Amsterdam und Nizza mitgenommen und ihr demonstriert, wie man die Welt des Reichtums genießen konnte. Dass Adele ihren kostbaren Urlaub nun ausgerechnet auf dem unbequemen alten Hof verbringen wollte, glich einem Wunder.

»Gerne, ja, ich freue mich, wenn du bleibst.« Elisabeth lachte, weil ihr so froh ums Herz war. »Du weißt gar nicht, wie sehr ich mich freue. Willst du Nachtisch?«

»Nein. Aber Holz nachlegen könntest du. Es wird schon wieder kühl.«

Elisabeth sprang auf. »Das mache ich gleich.«

»Ist vom Birnenschnaps noch etwas da?«

»Warte, ich glaube ...« Überwältigt, weil Elisabeths Herzenswunsch in Erfüllung gehen sollte, ohne dass sie viel dazu getan hatte, huschte sie in die Stube, wo im Herrgottswinkel die geistigen Getränke standen.

»Du hast Glück!« Mit erhobener Flasche kam sie zurück. »Gepresst aus unseren eigenen Birnen.« Sie schenkte ihnen die Gläschen randvoll. Die Kohlbrenner-Schwestern stießen an.

4

NICHT OHNE ELISABETH

In Bonn hatte Elisabeth in den Wochen vor Dietrichs Tod kaum schlafen können. Mehrmals nachts war sie schweißgebadet erwacht. Seit sie wieder daheim war, schlief sie bei offenem Fenster. Sie liebte die Kälte.

Elisabeth zuckte aus dem Schlaf hoch. Was war das? Es klang, als würde irgendwo ein Stapel Brennholz zusammenfallen. Das Geräusch wurde lauter, jetzt klang es wie eine weit entfernte Kegelpartie. Ein Gewitter Ende September? Elisabeth richtete sich im Bett auf. Tatsächlich, Wetterleuchten über dem Fichtenwald. Wenn das Gewitter von Süden kam, würde es den Dachsberg nicht streifen, sondern sich über der Schweiz entladen. Aber es kam von Westen, rollte über den Hotzenwald heran, bald würde es hier sein. Sie sprang aus dem Bett, schlang sich einen Schal um den Hals und machte sich auf zu ihrem Kontrollgang.

Die Fenster des Kohlbrennerhauses hatten das gleiche Alter wie der Hof selbst. Das Glas war so dünn, wie man es heute gar nicht mehr herstellte. Oben im Rahmen war es dünner als unten, denn mit den Jahrhunderten war das Glas langsam zu Boden geflossen. In den fünzfiger Jahren hatte der Vater auf der Nordseite moderne Fenster eingesetzt, aber die waren längst undicht. Die historischen Fenster dagegen hielten unverändert jedem Wetter stand.

Elisabeth schloss die kleinen Segmente der Vorfenster und legte den Riegel vor die inneren. In der Werkstatt kontrollierte sie, ob der Stützpfosten unter dem Türschloss verkeilt war, weil diese Tür bei Sturm sonst aufflog. Sie lief ins Freie, tappte die Außentreppe zum Erdkeller hinunter und schob den Riegel vor. Im Obergeschoss war die Arbeit aufwendiger. Hier hatte sie die Vorfenster noch nicht eingesetzt, weil diese Verrichtung den Einbruch des Winters ankündigte. Die äußere Fensterschicht hinderte den Schneesturm fünf Monate lang daran, durch die Ritzen zu blasen. Alle sechs Fensterflügel justierte Elisabeth an ihrem Platz und verriegelte sie. Dass Adele von dem Lärm noch nicht aufgeweckt worden war, wunderte sie. Als Letztes wollte Elisabeth das Westfenster einsetzen.

Es war höchste Zeit. Der Sturm tobte in den Baumkronen, er legte den Apfelbaum schief, dass er fast waagrecht in der Luft hing. Das Krachen und Wüten des Donners, die Blitze im Westen, das Leuchten im Süden – und dann zerriss der einsetzende Regen das Bild der Natur. Es prasselte mit einer Wucht auf das alte Dach herab, dass Elisabeth besorgt hochblickte. Wenn man bedachte, dass über dem bewohnten ersten Stock noch die Tenne und darüber ein zweiter Heuboden lag, war das Regengeräusch beängstigend laut. Würde das Dach halten? War es überhaupt noch dicht?

Als sie aus dem Fenster des Mädchenzimmers schaute, kam ihr die Welt da draußen zerhäckselt vor, zerrissen von den Regenschlieren, wild erhellt durch das Blitzgezucke und erschüttert von den Einschlägen des Donners. Die Bäume bogen sich gefährlich tief, Wasser troff auf die Fensterbretter, weil die Dachrinnen die Massen des sintflutartig niedergehenden Regens nicht fassen konnten. Elisabeth fiel Adele ein, die sich drüben bestimmt fürchtete. Sie lief hinüber.

Der Anblick im Westzimmer überraschte und verzauberte sie. Die Prinzessin vom Dachsberg saß in ihrem Bett im Alkoven und hatte das violette Schaltuch umgeschlungen. Eine Kerze brannte. Offenbar hatte Adele das mit sechs Millimeter dickem Glas ausgestattete Außenfenster selbst eingesetzt. Auf der Wetterseite schlug der Regen wie mit Fäusten gegen die Scheibe. Die Wassermassen waren so dicht, dass man glaubte, das Zimmer liege auf dem Grund des Meeres.

»Das habe ich immer geliebt«, sagte Adele. »Wir sind hier dem lieben Gott näher.«

»Was?«, flüsterte die Jüngere. In diesem Moment war Elisabeth wieder die kleine Schwester.

»Unten in der Stadt vergisst man, was die Natur wirklich ist.« Adele sprach anders als sonst, ruhiger, fast lächelte sie dabei. »Das da draußen ist Gott. Hier zeigt er uns, dass es ihn noch gibt. Im Tal haben sie den Blick auf Gott mit ihrer Künstlichkeit längst verstellt. Dort besteht die Wirklichkeit nur noch aus Teilen, hier oben ist die Wirklichkeit ganz. Wir selbst sind noch ganz.«

Elisabeth schwieg, weil nichts, was sie sagen würde, an Adeles Worte heranreichte. Adele war immer die Besondere, die Begabtere von ihnen gewesen. Elisabeth hatte stets akzeptiert, in Adeles Schatten zu stehen. Als Adele mit sechs Jahren bekanntgegeben hatte, sie wolle Sängerin werden, wunderte das auf dem Dachsberg niemanden.

»Weißt du noch, Rudi?«, fragte Adele, ohne den Blick vom Wettertreiben zu wenden. »Unser Rudi, der mit dem mintgrünen Cabriolet auf den Dachsberg gefahren kam.«

Elisabeth trat zwei Schritte näher. »Wie kommst du auf ihn?«

»Ohne Rudi wären wir von hier nie weggekommen.«

»Das gilt vielleicht für mich. Du hättest den Sprung in die Welt auf jeden Fall geschafft.«

Adele klopfte auf die Matratze: Elisabeth sollte sich zu ihr setzen. »Wann ist das gewesen, dreiundsechzig?«

»Neunzehnhundertzweiundsechzig.«

»Bist du sicher?«

»Zweiundsechzig, Adele. Der Winter zweiundsechzig auf dreiundsechzig war der härteste seit Menschengedenken. Die Schneelast hat damals große Teile des Kiefernwalds ruiniert, überall geknickte Bäume. Damals hat der Vater gesagt: Glück im Unglück.«

»Warum hat er das gesagt?«

»Weil er im Sommer davor das meiste Holz an Rudi verkauft hatte. Also muss das neunzehnhundertzweiundsechzig gewesen sein.«

»Du hast recht, es war das Jahr, in dem die Monroe sich umgebracht hat.«

Elisabeth ließ sich auf das weiche Bett sinken. Eine Zeitlang starrten sie schweigend in den Regen. Eines Tages war Rudi Eckerle mit seinem mintgrünen Wagen in den Schwarzwald gekommen. Das Auto hieß *Isabella*, hatte er den Schwestern gesagt. Rudi war Bauunternehmer in Stuttgart und fuhr durch die Wälder, um Holz zu kaufen. Wald war das Einzige, was es auf dem Dachsberg im Überfluss gab, zahllose Bäume und gezählte Menschen. Adele war neunzehn gewesen, Elisabeth achtzehn. Sie hatten in der Zeitung Bilder von Frauen in Nylonstrümpfen gesehen und gelesen, dass bereits eine Million VW-Käfer gebaut worden waren. Auf dem Dachsberg, wo noch Pferde den Pflug zogen, konnte sich niemand eine Million Autos vorstellen. Hier galt ein Traktor als Reichtum. Die Pferde der Kohlbrenners zogen die schweren Kiefernstämme, die Tannen und Fichten aus dem Wald. Vater Kohlbrenner verkaufte Rudi viele Bäume.

»Wenn Ihr Auto *Isabella* heißt, wieso steht dann vorne *Borgward* drauf?«, zitierte Elisabeth aus der Erinnerung.

»Wer hat das gesagt?«

»Du hast das zu Rudi gesagt.«

»Ich?«

»Tu nicht so. Du warst immer die Wagemutige von uns. Du warst wie die Mutter im Haushalt.«

»Nicht *wie* die Mutter, ich war die Mutter.« Adele ließ sich zur Seite sinken, bis ihre Schulter gegen die der Schwester stieß.

Ihre Mutter war 1947 gestorben. Das Herz, hatte der Doktor gesagt, das Unglück, sagte der Vater. Die Mutter hatte drei Söhne in den Krieg geschickt, zwei davon waren in einer Gegend gestorben, deren Namen die Mutter nicht einmal aussprechen konnte. Auch der dritte Sohn war an der Front. In der Kirche hatte die Mutter vor dem Altar gekniet. »Er darf nicht sterben, o Gott, ich flehe dich an, lass ihn nicht auch noch sterben!«

»Er wird leben, Frau Kohlbrenner«, hatte der Pfarrer gesagt.

Der dritte Sohn hatte überlebt, der dritte Sohn war Hans. Ausgerechnet Hans war am Leben geblieben.

»Rudi war fesch«, sagte Adele. »Ich mochte sein glattes, nach hinten frisiertes Haar.«

»Seine Zähne standen vor.«

»Ja, aber das fand ich auch fesch.«

»Er hat vom ersten Tag an mit dir geflirtet.«

»Das bildest du dir ein.«

»Und weshalb hast du dann immer das Kopftuch abgenommen, wenn Rudi in der Nähe war? Es war dem Vater nicht recht, dass Rudi dich im Auto auf eine Spritztour mitgenommen hat.«

»Trotzdem hat er den Vater umgestimmt.«

»Ein Händler muss gut reden können.«

Ein heftiger Donner unterbrach die beiden.

»Habe ich dir schon einmal vom letzten Tag erzählt, bevor Rudi abreisen sollte?«, fragte Adele.

»Ich weiß nicht. Hast du?«

»Er hat gemerkt, dass ich traurig war, weil er wegfuhr. Wir haben uns auf die Bank oben an der Grundstücksgrenze gesetzt, da hat Rudi plötzlich ganz anders zu mir gesprochen. Er sagte: Du gehörst nicht hierher. Du bist etwas Besonderes, und es wäre schade, wenn nur die Eulen und die Schwarzwaldrehe so etwas Hübsches wie dich zu sehen bekämen. In der Stadt würden dich alle bewundern. – Was soll ich denn in der Stadt, habe ich gefragt. Da hat Rudi den Arm um meine Schultern gelegt. Überall suchen sie händeringend nach Arbeitskräften, sagte er. Ich dachte: Was kann ich denn schon? Kochen und Nähen und den Stall ausmisten. Geantwortet habe ich, dass ich gut im Rechnen bin.«

Elisabeth nickte. »Du hast dem Vater schon mit fünfzehn die Buchhaltung gemacht.«

»Rudi sagte: Ich suche eine Sekretärin. Und bevor

ich etwas erwidern konnte, hat er mich geküsst.« Adele lachte ihr kurzes, feines Lachen. »Ich habe gesagt: Ich fahre nicht ohne Elisabeth.«

»Ehrlich?«

»Mein Ehrenwort. Ich wollte nicht, dass du so wirst wie die Frauen hier, vor der Zeit gealtert, mit Männern, die sie oft nicht lieben. Was den Frauen hier bleibt, sind die Kinder und der Kirchenchor.«

Elisabeth dachte, dass es eigentlich schön wäre, mit einem Mann unter einem Dach zu leben, selbst wenn er nicht die große Liebe war. Wenn er von der Arbeit kam, würde man das Essen für ihn kochen, und das Leben würde einfach verfließen, Jahr um Jahr. Was nützte die große Liebe, wenn man sich nur alle zwei Wochen zu sehen bekam, jedesmal heimlich und an Orten, wo man Dietrich nicht erkannte? Wäre das kein besseres Leben, dienstags zur Kirchenchorprobe zu gehen, mittwochs die Tochter zum Gitarrenunterricht zu fahren und am Wochenende mit dem Mann das Sommerfest zu besuchen?

»Du warst das also«, sagte Elisabeth versonnen. »Du hast Rudi dazu gebracht, mich mitzunehmen.«

Der Regen rauschte. Das Wasser spritzte aus der übergelaufenen Dachrinne. Der Donner wurde schon schwächer.

»Wir haben dem Vater damit sehr weh getan, dass wir weggegangen sind.«

»Er wusste, es würde seinen Mädchen im Tal besser gehen. Er wusste, für den Stall und den Wald findet er auch andere, die nicht mehr so jung waren und keine solche Chance wie wir bekommen hätten.«

»Der Vater war ein feiner Mensch«, sagte Elisabeth. »Das habe ich erst spät erkannt.«

»Er hat Rudi per Handschlag das Versprechen abgenommen, gut für uns zu sorgen. Behandle sie ehrlich, hat er gesagt. Da habe ich geweint. Ich habe damals auch den Vater weinen sehen, vielleicht das einzige Mal überhaupt.«

Die Blitze verschwanden wie Irrlichter hinter dem Hügel. Das Wasser rann so schnell ab, wie es gekommen war, der Blick durch das Fensterglas klärte sich, draußen sah man den Sternenhimmel. Der Mond tauchte den Birnbaum in sein geheimnisvolles blaues Licht.

5

GEBRATENES UND GESOTTENES

»Es fängt gleich an.« Adele drehte den Fernseher in die richtige Position. »Hast du den Sekt?«

Elisabeth stellte den Schweinsbraten auf den Tisch. »Den machen wir erst auf, wenn das Feuerwerk beginnt.« Sie mischte den Salat noch einmal durch.

»Und was trinken wir vorher?«

»Bier.« Elisabeth eilte zur Vorratskammer.

Adele setzte sich. »Bier ist gut.«

Als es ans Fenster klopfte, fuhren beide zusammen. Das war der Nachteil daran, dass die Küche zur Straße lag, jeder konnte sich unbemerkt nähern.

»Erwartest du jemanden?« Adele fuhr sich durchs Haar.

»Kein Mensch macht an einem Abend wie diesem Besuche. Heute ist jeder bei seiner Familie.«

Draußen war es finster, Neumond. Elisabeth versuchte, hinauszuspähen, sah aber nur ihr Spiegelbild im Fenster.

»Mach nicht auf. Das Essen wird sonst kalt.«

»Man sieht uns von draußen.«

Es klopfte wieder.

Seufzend öffnete Elisabeth den Fensterflügel. »Ja?«

»Störe ich?« Die Männerstimme hatte den Klang einer krächzenden Dohle.

»Behringer!«, rief Elisabeth erschrocken.

»Was denn, der Alex ist draußen?«, fragte Adele vom Tisch aus.

Elisabeth zog den Fensterflügel ganz auf. »Nein, es ist …«

»Es ist der alte Behringer, nicht der junge«, rief die Stimme aus der Dunkelheit.

Als ob ein kalter Wind hereingeweht wäre, zog Adele das Tuch enger um ihre Schultern. »Rudolph?«

»Grüß dich, Prinzessin. Man sagt, dass du schon ein paar Tage hier bist. Und hast den Weg zu mir noch nicht gefunden?«

»Rudolph …«, flüsterte Adele.

»Behringer, was willst du ausgerechnet heute?«, fragte Elisabeth energisch.

»Ich habe euch etwas mitgebracht.« Ein weißer Teller erschien im Licht, darauf lag gesottenes Fleisch in kleinen Teilen, merkwürdig kleine Teile.

»Wir haben genug zu essen.«

Rudolph durfte ihnen die Feier nicht verderben, dachte Elisabeth, nicht ausgerechnet der Alte aus der Schlucht, der König, der nicht mehr auf dem Gipfel residierte, sondern an den dunkelsten Punkt der Senke gezogen war, wo schwarze Tannen die Sonne aus seinem Haus aussperrten, wo das Rauschen des Baches jedes andere Geräusch verschluckte, wo es keine Rehe und Vögel gab, nur ein Rudel bösartiger Wildschweine. Wer sich in Rudolph Behringers Schlucht verirrte und versehentlich sein Land betrat, lief Gefahr, in den Lauf seiner Flinte zu schauen. Die Polizei hatte Behringer gewarnt, dass er nicht auf Wanderer schießen dürfe. Das Landgericht hatte seinen Fall verhandelt, aber es war nichts dabei herausgekommen. Einen Behringer verhaftete man nicht, einen Behringer steckte man in keine Anstalt. Solange der Alte keinen gröberen Schaden anrichtete, ließ man ihn gewähren.

Behringer drängte Elisabeth den Teller auf. »Das ist frisches Zicklein, gestern erst geschlachtet.«

Jetzt begriff sie, was die kleinen Fleischteile zu bedeuten hatten. Das war ein Vorderbein und der Hinterschinken von einem ganz jungen Tier.

»Ich komme, um die Prinzessin zu begrüßen.« Behringer schob seinen mächtigen Schädel ins Licht. Weiß war das Haar und wild. Er frisierte es nicht, das überließ er dem Wind. Er lachte Elisabeth an, weil er wusste, wenn er zu Adele wollte, musste er an der jüngeren Schwester vorbei.

»Komm herein, aber nicht lange. Wir wollen die Feierlichkeiten sehen.«

Als Behringer sich zum Eingangstor wandte, erschrak Elisabeth. Er kam zwar auf seinen zwei Beinen, schleppte sich aber auf Krücken dahin. Rudolph musste Ende siebzig sein. Wie kam er mit einer solchen Behinderung in seinem Haus in der Schlucht zurecht? Wie hatte er sich, einen Teller in der Hand, bis zu ihnen hochgeschleppt?

Als ob er ihre Gedanken erraten hätte, sagte Behringer: »Der Alex hat mich hergebracht.«

»Wieso verbringst du den heutigen Abend nicht bei ihm und seiner Familie?« Sie öffnete ihm das Tor.

»Weil er nicht daheim ist.« Der Alte pflanzte die Krücke auf die Schwelle, als ob er Elisabeth daran hindern wollte, die Tür wieder zuzuschlagen.

»Er ist nicht zu Hause?«

»Alex ist zu seiner Schlampe gefahren.« Der Gummistumpen der Krücke machte auf dem Betonboden ein schleifendes Geräusch.

Hinter Behringer betrat Elisabeth die Küche. »Ich verstehe nicht.«

»Hat er dir das nicht erzählt? Er hat etwas mit einer Verkäuferin aus dem Baumarkt. Jede freie Minute fährt er zu ihr. Deshalb hat Martina ihn verlassen.«

Ohne aufzustehen, ließ Adele den Mann auf Krücken auf sich zukommen. »Martina, ist das Alexs Frau?«

»Und eine wunderbare Frau dazu. So eine findet er nie wieder. Ihm ist das egal, er fährt lieber nach Waldshut ficken. Entschuldige, Adele.« Er bückte sich und umarmte sie mit seiner kräftigen Rechten.

Elisabeth stellte den Teller mit dem Zickleinfleisch in eine Ecke. »Zu mir hat Alex gesagt, seine Frau sei zur Fortbildung in Stuttgart.«

»Solchen Unsinn erzählt er jedem. Dabei weiß das ganze Dorf, dass Martina zu ihrer Mutter nach Urberg gezogen ist. Dort heult sie sich die Seele aus dem Leib.«

»Und die Kinder?«

»Die sind bei ihr. Sie wollen von ihrem Vater nichts mehr wissen.« Behringer hob gebieterisch die Hand. »Genug von solchen Geschichten. Wie geht es den Kohlbrennermädchen?«

Elisabeth warf einen Blick zum Fernseher. Der Festakt hatte begonnen. Der Ton war abgedreht, doch man sah, dass Musik spielte. Die Menschen applaudierten. Eine Rednerin trat ans Pult, die eingeblendete Schrift bezeichnete sie als ehemalige Präsidentin der Volkskammer. Eine aus dem Osten, das war noch nicht so wichtig. Keinesfalls durfte sie allerdings verpassen, wenn Willy sprach. Willy Brandt war gleichbedeutend mit der schönsten Zeit in Elisabeths Leben. Heute Nacht wurde sein Traum Wirklichkeit, heute vereinte sich Deutschland. Hinter der Rednerin erhob sich das Brandenburger Tor.

Umständlich ließ sich Behringer auf den Stuhl neben Adele fallen. »Du bist immer noch so schön wie damals.«

»Red keinen Unsinn, du alter Narr.«

Niemand sonst hätte gewagt, mit dem König so zu sprechen, selbst heute nicht, nachdem er seine Macht an Alexander abgegeben hatte. Nur Adele durfte das, ihr verzieh Behringer alles. Als sie als Teenager unabsichtlich Behringers Heuschober in Brand gesetzt hatte und die Freiwillige Feuerwehr ausrücken musste, hatte Rudolph angesichts der verkohlten Trümmer gesagt: »Der Schönheit verzeiht man alles.« Der Satz konnte als Adeles Lebensmotto gelten. Wo immer sie Unfrieden gestiftet hatte, überall war ihr vergeben worden.

Elisabeth stellte Behringer eine Flasche Bier hin. »Wie geht es dir?«

»Wie soll es einem alten Mann schon gehen?« Er zuckte die Schultern. »Bist du verheiratet, Adele?«

Elisabeth setzte sich zu den beiden. Der Alte hatte eine Frage gestellt, die auch sie interessierte. Vieles hatten die Schwestern in den letzten Tagen besprochen, das Wesentliche ebenso wie Klatsch und Tratsch. Auf Spazierwegen, an den Abenden in der Stube, sogar nachts im Alkoven hatte Elisabeth ihr Herz ausgeschüttet und von dem jahrelangen Dasein an der Seite eines Mannes erzählt, der nicht frei war. Adele dagegen war merkwürdig zurückhaltend gewesen, wenn es um ihre Ehe ging.

»Mein Mann ist oft geschäftlich unterwegs«, antwortete sie auch diesmal knapp.

»Das hört sich nicht so an, als ob bei euch der Himmel voller Geigen hängt.«

»Du musst es ja wissen. Du warst dein Leben lang ein Mustergatte.«

»Meine Frau hat sich nie beschwert«, erwiderte Rudolph gutgelaunt.

»Natürlich nicht, weil du sie sonst verprügelt hättest.« Adele rückte mit dem Stuhl so vehement zurück, dass das Bierglas umkippte. Die schaumige Flüssigkeit rann über den Tisch.

»Ich mach das schon.« Elisabeth holte den Spüllappen.

Behringer war bleich geworden. Seine Backenmuskeln traten hervor. Er fixierte Adele aus schwarzen Augen. »Nicht ein einziges Mal habe ich die Hand gegen sie erhoben, nicht ein Mal.«

Elisabeth wischte das Malheur auf. »Trink dein Bier aus, Behringer. Adele und ich wollen jetzt die Feier sehen.«

Er trank und wischte sich über den Mund. »Ich habe den Weg zu euch nicht nur gemacht, um das Fleisch zu bringen.« Langsam ließ er den Blick zwischen den Schwestern hin und her gehen. »Wenn ihr gekommen seid, um zu bleiben, müsst ihr dafür einstehen, was euer Bruder angerichtet hat. Euch gehört das Grundstück. Ihr seid jetzt verantwortlich dafür.«

»Hans hat sein ganzes Geld hineingesteckt, um den Schaden wiedergutzumachen«, entgegnete Adele.

»Hans wurde verurteilt, und jetzt ist er tot. Aber die Schweinerei da oben ist immer noch da.«

»Laut Gerichtsbeschluss …«

»Ich rede nicht vom Gericht, sondern von eurer moralischen Verpflichtung. Der Zeitpunkt ist gekommen, die Rechnung zu begleichen. Wenn ihr kein Geld habt, um das zu bezahlen, werdet ihr wahrscheinlich den Hof verkaufen müssen.«

»Das steckt also dahinter«, sagte Adele.

»Es steckt gar nichts dahinter.« Er griff zu den Krücken und hievte sich hoch. »Ihr habt mich zum Bier eingeladen, ich habe mit euch getrunken. Das ist alles.«

Behringer war bei ihnen aufgetaucht wie das Gewissen, das an eine Tür klopfte. Rudolph mochte ein griesgrämiger alter Kauz sein, der auf harmlose Wanderer schoss, trotzdem hatte er recht, dachte Elisabeth. Man konnte nicht auf Dauer hier oben leben, ohne die begangene Sünde wiedergutzumachen.

Behringer schleppte sich zur Tür und verschwand in der Nacht. Es wäre natürlich gewesen, über den unheimlichen Besuch zu sprechen, aber Elisabeth eilte zum Fernsehschirm, wo Willy Brandt gerade das Rednerpult betrat. Er sah verhärmt und krank aus, trotzdem hatte er es geschafft, den heutigen Tag zu erleben. Elisabeth wollte die Stimme des Mannes hören, den sie immer bewundert und von dem sie gelernt hatte, dass man zu seinen Prinzipien stehen musste. Sie drehte den Ton an und hörte seine unverwechselbare Stimme.

6

QUECKSILBER

Vor ihnen erhoben sich die Tannen, die das Areal abschirmten, dahinter lag der Hang, der weiter oben in den Hotzenwald überging. Dazwischen befand sich die Senke, in der Hans Kohlbrenner sein Vermögen gemacht hatte. Bis auf einen Stahltank war die gesamte Fabrik demontiert worden, danach hatte man das kontaminierte Erdreich abgetragen. Den Stahltank hatte man wohl vergessen. Es war nicht der Unglückstank, der die *Bordeauxbrühe* mit dem Kupferoxychlorid enthalten hatte.

Elisabeth und Adele näherten sich über die Schlegelweide, eine steile Wiese, auf der die Kühe tiefe Löcher im weichen Boden hinterlassen hatten. Adele sprang den Trampelpfad rasch bergauf, Elisabeth weit voraus.

»Wo bleibst du denn?«

»Ich komme ja.«

»Lahme Ente, lahme Ente«, spottete Adele wie in Kindertagen.

Auf Anordnung der Behörde hatte ein Zaun um das ehemalige Fabrikgelände errichtet werden müssen, Schilder warnten, dass das Betreten verboten sei, Eltern hafteten für ihre Kinder.

»Lass uns hineingehen.« Adele rüttelte am Maschendraht.

Obwohl Elisabeth den Vorschlag gemacht hatte,

scheute sie sich jetzt, den Schandfleck zu betreten. »Von außen sieht man es genauso gut.«

Adele ließ das nicht gelten. Sie suchte, bis sie an eine Stelle kam, wo ein Tier oder neugierige Jugendliche eine Kuhle unter dem Zaun gegraben hatten. »Komm.«

Elisabeth deutete auf Adeles Jeans und die helle Bluse. »Du willst doch nicht ...?«

Schon ging Adele auf die Knie und zwängte sich darunter durch, Elisabeth blieb nichts übrig, als das Kunststück nachzumachen.

»Wie ein übergewichtiger Pandabär«, kicherte Adele beim Anblick der kriechenden Schwester.

Nebeneinander gingen sie über die Brache, als ob sie ein verwüstetes Land betreten würden. Man hatte die oberflächlichen Verletzungen zwar beseitigt, doch im Waldboden schlummerte noch immer das Erbe von Hans Kohlbrenner.

Nach seinem Schlaganfall hatte ihr Vater die Bewirtschaftung der Wälder aufgegeben. Er hatte Hans, der als einziger Sohn aus dem Weltkrieg zurückgekehrt war, das Land, die Wälder und die Obstkulturen überschrieben. Dafür hatte sich der kranke Vater ein Wohnrecht auf Lebenszeit zusichern lassen. Hans hatte die Holzwirtschaft, Haupteinnahmequelle der Kohlbrenners, nie interessiert. In einer Zeit, als das Wirtschaftswunder über die junge Republik fegte, wollte er, dass die Marktwirtschaft auch auf dem Dachsberg Einzug hielt. Er wollte den Aufschwung für den Dachsberg und gründete eine Firma.

Der Südschwarzwald war ein Naturparadies. Betrachtete man dieses Paradies aber aus der Nähe, war es die Heimat zahlloser Schädlinge, dem Borkenkäfer, der gelben Stichlingsmotte, dem stumpfblättrigen Ampfer und der Miniermotte, die für die Vernichtung der Kirschbaumkulturen verantwortlich war. Hans entschied sich für eine Fabrik, die Pflanzenschutzmittel herstellen sollte. In den sechziger Jahren galten quecksilberhaltige Beizpräparate als Wundermittel in der Land- und Forstwirtschaft. Hans erwarb die erforderlichen Patente und produzierte *Dabrentin*. Der Name war seine eigene Erfindung, eine Kombination aus den Worten *Dachsberg* und *Kohlbrenner*.

Unglaublich schnell war Deutschland zu einem Giganten in der Chemieindustrie aufgestiegen. Chemischen Erzeugnissen aus deutscher Herstellung wurden besonders gute Eigenschaften zugeschrieben. Hans Kohlbrenner hatte Erfolg. Nach wenigen Jahren umfasste seine Belegschaft einhundertvierzig Mitarbeiter, womit praktisch alle Arbeitskräfte der Dörfer in der Firma Kohlbrenner beschäftigt waren. Hans hatte keine Lust, den alten Familienhof, wo sein Vater lebte, zu renovieren, er baute sich ein neues Haus in Finsterlingen, von wo er einen herrlichen Blick über die umliegenden Täler hatte. So weit das Auge reichte, sagte man damals, gehörte alles, was nicht im Behringer-Besitz war, dem Kohlbrenner. Hans heiratete eine Indonesierin, die er auf einer Geschäftsreise kennengelernt hatte. Seine Frau, die man oft im blitzblauen Sportwagen durch den Schwarzwald brausen sah, wurde in der Gegend nie heimisch, die Verbindung blieb kinderlos. Als der Umweltskandal bekannt wurde und das Unglück über Hans hereinbrach, war die Indonesierin eine der Ersten, die ihn verließ.

Elisabeth stand an der tiefsten Senke und stampfte mit dem Fuß auf.

»Was ist da darunter?«

»Erde.« Adeles Hand glitt über den verchromten Tank, der sich in der Herbstsonne erwärmt hatte.

»Und unter der Erde?«

»Felsen.«

»Und unter dem Fels?«

»Warum interessiert dich das?«

»Wie tief mag das Quecksilber in den Boden eingedrungen sein?«

»Sie haben die Erde doch abgetragen.«

»Trotzdem wird das Fleisch unserer Wildschweine immer noch überprüft, bevor man es zum Verzehr freigibt.«

»Warum?«

»Weil Wildschweine in der Erde graben. Bei manchen wurden überhöhte Quecksilberwerte festgestellt.« Elisabeth lief weiter. »Hans hat seine Maschinen nicht oft genug gewartet. Jahrelang ist Quecksilber in den Boden gesickert. Es ist erwiesen, dass er die Sicherheitssysteme, die eine Kontaminierung angezeigt hätten, abgeschaltet hat, um ungestört produzieren zu können. Das Erdreich ist noch immer vergiftet, vom Hotzenwald bis hinunter zur Schlegelweide.«

»Das würde ich an deiner Stelle nicht zu laut sagen. Die Sanierung hat unseren Bruder sein ganzes Vermögen gekostet und ihn trotzdem nicht vor dem Gefängnis bewahrt.«

Elisabeth ließ den Blick über das Gelände schweifen. »Ich weiß nicht, was man hier tun soll, Adele.«

»Gar nichts soll man tun. Das hier ist ein Fass ohne Boden. Was immer man hier unternimmt, es würde dich ruinieren.«

»Mich?« Elisabeth horchte auf.

»Uns. Uns meine ich natürlich, falls wir hier irgendetwas anfassen. Aber das werden wir nicht.«

»Warum nicht?«

»Weil wir nicht die Mittel besitzen. Du bist eine kleine Sekretärin, ich bin Arzthelferin. Ich glaube, das Beste wäre, alles zu verkaufen.«

Adele sagte den Satz scheinbar nebenbei, doch Elisabeth spürte, dass sie diesen Punkt nicht zufällig ansprach.

»Wie kommst du darauf?«

»Wäre es nicht naheliegend?«

»Nein.«

»Du willst bleiben?«

»Vielleicht.«

»Wie lange?«

»Für immer.«

»In dieser Bruchbude?« Adele zeigte den Steilhang hinunter, wo der Schornstein des Kohlbrennerhofes zwischen den Tannen durchschimmerte.

»In unserem Elternhaus.«

»Ausgeschlossen.«

»Wieso ist es ausgeschlossen, auf unserem Hof zu leben?«

»Weil du das nicht allein entscheiden kannst. Der Hof gehört uns beiden.«

»Ich will es ja mit dir gemeinsam entscheiden.«

»Und ich will verkaufen.«

»Warum so plötzlich?«

»Ich habe mir das schon länger überlegt. Hans hat zwar sein ganzes Geld verloren und dazu noch einiges an Wald verkauft, trotzdem schlummert in unserem Grund und Boden Kapital. Wir sollten uns von diesem Land trennen, dann hätten wir ausgesorgt.«

»Es liegt mir nichts daran, *ausgesorgt* zu haben. Ich will etwas Nützliches tun, etwas Sinnvolles.«

»Mit dem Geld, das wir kriegen, kannst du auch etwas Sinnvolles tun.«

Elisabeth trat nahe an die Schwester heran. »Was steckt dahinter, Adele? Wieso willst du unbedingt verkaufen?«

»Weil es das Vernünftigste ist. Weil wir hier auf verlorenem Posten stehen. Der viele Wald, das Land, was wollen wir zwei Frauen denn damit machen? Lass uns einen klaren Strich unter die Vergangenheit ziehen. Lass uns verkaufen.«

Beide hatten nicht gemerkt, dass schwere Wolken über den Hotzenwald herangezogen kamen. Die ersten Tropfen machten dunkle Flecke auf Adeles Bluse.

»Komm, hier wird es ungemütlich.«

Nachdenklich folgte Elisabeth der Schwester, die sich als Erste unter dem Zaun durchzwängte. Als sie die Wiese erreichten, regnete es bereits in Strömen.

7

AM WEIHER

Das Wetter schlug um, und Alexander Behringer feierte Geburtstag. Man beging das Fest am Dorfweiher, der an den Behringerhof grenzte. Aus Dachsberg, Finsterlingen und Hierholz, aus Urberg, Fröhnd und Ibach strömte buchstäblich die gesamte Bevölkerung zum Ehrenfest des Bürgermeisters.

»Er hat uns nicht eingeladen.« Elisabeth schüttete fünf Liter frisch gepressten Birnensaft in einen Topf auf dem Herd. Entgegen ihrer Ankündigung hatte Adele mitgeholfen, die Mostbirnen aus der Wiese zu klauben. Zwanzig Steigen hatten sie zum Schnapsbrenner gefahren und acht Kanister Birnensaft zurückbekommen. Sie wollten keinen Schnaps daraus machen, sondern den Most unvergoren trinken. Dazu musste man ihn aufkochen und luftdicht in Flaschen abfüllen. Man hätte sich die aufwendige Arbeit sparen und den Birnensaft im Supermarkt kaufen können, aber der Selbstgepresste schmeckte am besten.

»Keiner aus dem Dorf wurde namentlich eingeladen«, entgegnete Adele. »Trotzdem gehen alle hin.«

»Wir sind Alexanders Nachbarn. Wenn er uns dabei haben wollte, hätte er ein Wort gesagt.«

»Sei nicht so eine Mimose.« Adele goss kochenden Saft aus dem zweiten Topf in einen Trichter, bis die Flasche voll war.

Elisabeth setzte den Deckel auf den Topf. »Ich gehe trotzdem nicht hin.«

Adele schloss die Flasche mit dem Schraubverschluss und stellte sie zu den übrigen in die Kiste. Es war die fünfte. »Das wäre der Anfang vom Ende. Wenn wir heute kneifen, kriegst du auf dem Dachsberg nie wieder einen Fuß in die Tür.«

»Aus dir soll einer schlau werden.« Elisabeth wusch sich die Hände. »Einerseits willst du den Hof verkaufen, andererseits möchtest du das Dorffest besuchen.«

»Und wenn ich hundertmal verkaufen möchte, heute gehört uns das Land auf dem Dachsberg noch. Darum werden die Kohlbrennerschwestern ihre hübschesten Kleider anziehen und dicke Jacken mitnehmen, weil es nachts kalt wird, wir werden zum Weiher gehen und Alex gratulieren.« Sie nahm die nächste leere Flasche.

»Na schön, wenn du so kampfeslustig bist, will ich nicht kneifen.« Elisabeth achtete darauf, dass der Saft nicht überkochte.

»Ich ziehe das rote Stretchkleid an. Das wird die Aufmerksamkeit der Dorfbullen auf mich lenken.«

Die Küche, die Stube, sogar der angenzende Stall waren erfüllt von dem schweren, beizenden Birnengeruch.

Noch hielt der Himmel, noch standen die langen Tische mit Süßem und Pikantem im Freien, die Holzkohle glomm im Grill. Noch warfen die Frauen unter freiem Himmel Koteletts, Würste und Rippenstücke auf den Rost. Den Getränkeausschank hatte man allerdings im Festzelt aufgebaut.

Adele und Elisabeth rechneten mit einem Spießrutenlauf, einer Parade der Unfreundlichkeiten, mit dem Unverständnis der Eingeborenen darüber, warum die Kohlbrennerschwestern sich diese Demütigung antaten.

»Wie schön!«

Kaum kamen die beiden eingehängt die schmale Straße zum Weiher herunter, lief ihnen das Geburtstagskind entgegen. Mit seinen großen braungebrannten Händen fasste Alexander die Hände der Kohlbrennermädchen. »Ich war nicht sicher, ob ihr kommen würdet.«

»Du hast uns ja nicht eingeladen«, antwortete Adele spitz, ließ sich aber trotzdem auf die Wange küssen.

»Überall im Dorf hängen Plakate, dass jeder eingeladen ist.« Mit seinem freundlichen, wettergegerbten Gesicht sah er Elisabeth an. »Gut siehst du aus in dem Kleid.«

Elisabeth wartete ebenfalls auf einen Kuss des Bürgermeisters, doch der kam nicht. Er hakte sich zwischen den Kohlbrennerfrauen ein und führte sie zum Festplatz.

»Schaut, wen ich mitgebracht habe!«

Und alle drehten sich um. Musik orgelte aus den Lautsprechern, der Wind zerrte singend an den Stahlseilen des Zeltes, die Dohlen krächzten über den Essensresten, trotzdem drehten sich alle um, als Alexander sie rief. Es schien, als ob die Zeit um dreißig Jahre zurückgedreht worden wäre. Die Kohlbrennermädchen, um die sich in ihren Teenagerjahren die Burschen vom Dachsberg gerissen hatten, wurden vom jungen Behringer auf das Fest geführt. Auch er hatte Falten und graue Haare bekommen. So wie er hatten die anderen Burschen den Dachsberg nie verlassen. Sie hatten Bäuche gekriegt und Kinder, manche waren durch Glatzen, Lebenswunden oder Wohlstand beinahe unkenntlich geworden. Ihre roten Gesichter waren Zeugen der schweren Arbeit und des Biergenusses. Manche Krücke, mancher Rollstuhl erzählten von Arbeitsunfällen und vom Krebs. Doch in diesem Moment war das vergessen. Die Jugendzeit war wieder da, die schöne helle Zeit, als alles noch möglich schien, als die Träume größer waren als die Befürchtungen, als die Sense der Wirklichkeit die Wünsche noch nicht abgemäht hatte. Die Dachsberger standen mit ihren Frauen da, die ihr Übergewicht mit weiten Pullovern kaschierten. Ein Dorffest war immer auch ein Zustandsbericht: Die Jungen waren nicht jünger geworden, die Alten nutzten die Gelegenheit, um sich als flotte Hirsche zu geben, die wirklich Jungen waren nur gekommen, weil ihre Eltern darauf bestanden hatten.

Auch an den Kohlbrennermädchen war die Zeit nicht spurlos vorübergegangen. Elisabeth war fülliger geworden, doch in ihrer Robustheit lag ihre Liebenswürdigkeit. Adele war immer noch eine schimmernde Perle, sie hatte sich den Zauber der Schönheit bewahrt.

Nach einem Moment der Stille, in dem die Einheimischen und die Heimkehrer einander musterten, setzte das Geplauder wieder ein. Der Kreis schloss sich um Elisabeth und Adele. Sätze wurden hörbar: »Kennst du mich noch?« – »Das ist meine Frau. Meine Tochter hat uns gerade ein Enkelkind geschenkt.« – »Nein, mein Vater ist voriges Jahr gestorben.« Unglaublich und doch wahr, die Dachsberger freuten sich, dass die Kohlbrennermädchen wieder da waren. Niemand sprach den Schandfleck hinter den Tannen an, wahrscheinlich dachte gar niemand daran. Was Hans Kohlbrenner vor langer Zeit getan hatte, zählte heute nicht, heute feierte man Geburtstag.

»Darf ich dir meine Frau vorstellen?«, sagte Alex. »Das ist Martina.«

»Guten Abend.« Elisabeth schüttelte einer schlanken Frau die Hand. Sie war hübsch, sie wirkte flink, beinahe fahrig, sie schüttelte Elisabeths Hand, als würde sie einen Brunnenschwengel bedienen.

»Ich bin froh, dass der Nachbarhof nicht mehr leer steht«, sagte sie. »Ich fand das gruselig, das große leere Haus, wo nie ein Licht brannte.« Martina stammte nicht aus der Gegend, sie sprach das kantige Idiom, das man von der Schweizer Grenze kannte.

»Martina ist wieder zurück«, sagte Alex. »Das ist ein gutes Gefühl.« Er legte den Arm um seine Frau und zog sie an sich.

Elisabeth dachte an die Worte des alten Behringer, dass Alex eine Liebschaft hätte, sagte aber natürlich kein Wort. Vielleicht hatte sich der böse Alte das Ganze nur ausgedacht. Alex und Martina sahen zufrieden aus.

Die Schwestern wurden aufgefordert, zu essen, den Linsensalat müssten sie unbedingt probieren und die eingelegte Rote Beete. Koteletts wurden auf ihre Teller gelegt und die langen Würste aus der Hochmooser Gegend. Der Wind zerrte an den Tischtüchern, Wolkentürme schoben sich von Westen heran, trotzdem dachte niemand daran, ins Zelt zu gehen.

Irgendwann wurden Elisabeth und Adele getrennt, jede wechselte mehrmals die Tische. Man wollte Adeles Geschichten aus Hamburg hören und Elisabeths Erlebnisse in Bonn. Immer wieder kam die Frage, ob sie den früheren Bundeskanzler wirklich gekannt hätte. Obwohl im Schwarzwald die meisten CDU wählten, wurde der Name des roten Kanzlers mit Bewunderung ausgesprochen.

»Ich habe ihn nur ein paar Mal gesehen«, antwortete Elisabeth.

Während sie erzählte, wurde es still am Tisch, weil plötzlich der Hauch der großen Politik zu spüren war. Doch gleich war es mit der Stille wieder vorbei, als die Blasmusik einsetzte. Es war die Besonderheit des Südschwarzwaldes, dass fast jedes Dorf seine eigene Kapelle hatte. Für den Geburtstag des Bürgermeisters waren alle zusammengekommen, sie spielten wechselweise und auch miteinander. Die Mädchen, das schien Gesetz zu sein, hatten sich dem Holz verschrieben, den Klarinetten, Oboen und Flöten. Das Blech war den Burschen vorbehalten. Die frechen Trompeten, die arroganten Flügelhörner, die aggressiven Posaunen, das Euphonium, gespielt vom einarmigen Franz, und die vertrauenerweckenden Tuben. Das Repertoire reichte von Gassenhauern und Pop-Hits über die Märsche des John Philip Sousa und die Walzer der Straußfamilie bis hin zu Mozart und dem Concierto de Aranjuez. Je betrunkener die Musiker wurden, desto abenteuerlicher phrasierten sie die Melodien, desto hastiger rasten die Märsche vorüber und heizten die Stimmung an. Getanzt wurde, Reden wurden geschwungen, es gab zotige Zwischeneinlagen, Spiele für Erwachsene und solche für Kinder. Beherzte Dachsberger sprangen trotz der Oktoberkälte in den Weiher und schwammen bis zur Badeplattform, Betrunkene warfen Betrunkene ins Wasser, die Alten saßen und schauten und lächelten still in sich hinein. Ein paar Pferde wurden vorbeigeführt, das waren Reiter aus dem Hotzental, die sich verirrt hatten und eingeladen wurden, sich aufzuwärmen. Immer wieder wurde Alexander Behringer gratuliert, mehrmals ergriff er das Wort. Elisabeth beobachtete, wie Martina meistens still an der Ecke eines Tisches saß und einen merkwürdigen Ausdruck im Gesicht hatte.

Als es spät wurde, verlagerte sich das Fest ins große Zelt. Draußen heulte der nächtliche Sturm, Plakate, Servietten, Plastiktüten wirbelten über die angrenzenden Weiden. Elisabeth hatte die Schwester mehrfach aus den Augen verloren, fand sie aber in Sekundenschnelle wieder, weil das rote Kleid überall hervorleuchtete. Man riss sich um die schöne Adele. Sie war die Bienenkönigin, die von Arbeitsbienen und Drohnen gleichermaßen umschwirrt wurde.

Mit einem Mal, es ging auf halb elf, war die Bienenkönigin verschwunden. Elisabeth erkundigte sich an mehreren Tischen, Adele war seit einiger Zeit nicht mehr gesehen worden. Sollte sie müde geworden sein, wäre sie nicht einfach gegangen, ohne Elisabeth Bescheid zu sagen.

»Ich habe sie mit einem Mercedesfahrer gesehen«, sagte Alex, als Elisabeth ihn darauf ansprach.

»Mercedesfahrer gibt es viele hier.« Die meisten Bauern fuhren Mercedes. Die Nähe zu Stuttgart machte Daimler zur einzig standesgemäßen Marke.

»Keiner von uns. Ich habe ein Hamburger Nummernschild gesehen.«

Jemand aus Hamburg? Elisabeth trat aus dem Zelt. War Adeles Mann zu Besuch gekommen? Elisabeth wusste immer noch wenig über Herrn Diekmann, außer dass er im Transatlantikliner-Geschäft tätig war und in Hamburg lebte.

Hätte sie beim Verlassen des Zeltes ihr Wolltuch nicht festgehalten, wäre es vom Sturm gepackt und über den Weiher geweht worden. Staub tanzte durch die Luft. Dort stand ein Benz mit laufendem Motor, die Lichter blendeten Elisabeth. Es war eines von den großen Modellen, schneeweiß, zwei Silhouetten saßen im Inneren, ein Mann und eine Frau im roten Kleid. Gegen den Sturm lief Elisabeth näher und öffnete die Beifahrertür. »Ich habe mich schon gewundert …«

Adeles Kopf fuhr herum. Es war ein Anblick, so erschreckend, dass sich Elisabeth die Hand vor den Mund hielt. Adeles Haut hatte jede Farbe verloren, das Rouge, der Lidschatten, der Lippenstift leuchteten krankhaft aus dem bleichen Gesicht. Wie ein Gespenst sah sie aus.

»Ich wäre gleich zurückgekommen.« Ihre Stimme war nur ein Wispern.

»Willst du mich nicht vorstellen?«, erwiderte Elisabeth, nicht weil die Situation sich nach einem harmlosen Geplauder anfühlte, sondern weil sie erschrocken war über die Verwandlung ihrer Schwester.

»Herr Tank ist ein entfernter Bekannter.« Adele sah den Mann am Steuer nicht an. »Er ist zufällig vorbeigekommen.«

»Zufällig?« Elisabeth beugte sich in den Wagen. Niemand kam zufällig auf den Dachsberg. Der Weg war umständlich, die meisten verfuhren sich beim ersten Mal. Bei Donaueschingen musste man von der Autobahn ab, bis Bonndorf war es eine Odyssee, und hinter dem Schluchsee wurde die Strecke wahrhaft abenteuerlich. »Guten Abend, Herr Tank.«

Sein rabenschwarzes Haar war ölig nach hinten frisiert, die Lippen erinnerten an einen Anus, aus hellblauen Augen fixierte er sie. »Sie sind also die Schwester?« Eine Hand mit blauen Adern schoss auf Elisabeth zu. »Da freue ich mich.«

Sie schüttelte die kalte Hand. »Warum kommt ihr denn nicht herein?«

»Herr Tank muss weiter«, sagte Adele hastig.

»Wohin weiter? Im Umkreis von zwanzig Kilometern kenne ich keine Pension und keinen Gasthof«, wunderte sich Elisabeth.

»Wie es aussieht, bin ich am Arsch der Welt gelandet.« Tank lachte.

»Also gut, Herr Tank.« Adele setzte das rechte Bein aus dem Wagen. »War nett, Sie wiedergesehen zu haben.«

»Wir sollten das ab jetzt öfter machen«, erwiderte der Mann.

»Kommen Sie denn öfter in die Gegend?«, fragte Elisabeth.

»Jetzt, da ich weiß, wo Adele wohnt …« Es sollte scherzhaft klingen, aber Elisabeth hörte so etwas wie eine Warnung heraus. Sie spürte, dass ihre Schwester Angst hatte, und das war außergewöhnlich. Adele war normalerweise resistent gegen Furcht. Meistens, wenn Elisabeth zögerlich war, hatte Adele zugepackt. Wenn Elisabeth sich hinter Konventionen versteckte, brach Adele sie auf. Wenn jemand Elisabeth angriff, warf Adele sich in die Bresche. Adeles Prinzip war der Kampf, ihre Philosophie der Egoismus, sofern er anderen nicht schadete. Jetzt aber schien es, als ob die Schwester im roten Kleid sich in Elisabeths Arme flüchten wollte.

»Komm, Adele, drinnen fragen sie schon nach dir.«

Sie nahm die dargebotene Hand. »Lange möchte ich nicht mehr bleiben. Ich bin schon ziemlich müde.«

»Gute Nacht, Herr Tank«, sagte Elisabeth, da Adele sich ohne Verabschiedung zum Zelt wandte.

»Bis bald, Frau Kohlbrenner.« Der Benz wendete, für einen Augenblick wurden die Schwestern von den Scheinwerfern der Dunkelheit entrissen, dann entfernte sich der Wagen über die Hügelkuppe.

8

SOUVENIR DE LA MALMAISON

Durch das farbenprächtige Spalier kam Elisabeth der Bundeskanzler entgegen. Der dunkle Anzug war ihm in den letzten Jahren etwas zu eng geworden. Selbstbewusst trug er seinen kleinen Bauch vor sich her.

»Willy«, begrüßte sie den Bundeskanzler.

»Elisabeth«, sagte er mit diesem Gemisch aus knatternden und pfeifenden Lauten, die seine Sprache ausmachten. »Was willst du denn bei mir?«

»Wunderschön haben Sie es hier.« Sie guckte zwischen den Spalieren hindurch auf das Ganze.

»Du kennst meinen Garten noch nicht?«, sagte der Bundeskanzler. »Dann komm einmal mit.«

Er führte sie aus der Allee seiner Formrosen, die sich an Holzrabatten und geschwungenen Eisenbögen hochrankten, hinaus auf die weite Fläche des Rosengartens. Unendlich, dachte Elisabeth, das ist ja ohne Ende, wer hatte je so einen Garten gesehen, wer hätte so einen Garten entworfen und angelegt, wer war imstande, ihn zu pflegen? Strauchrosen und Edelrosen und Rabattenrosen und Heckenrosen und Rosenbäume und rankende Rosen, alles gab es in Willys Garten, gab es in einem Übermaß, dass Elisabeth glaubte, die ganze Welt sei voller Rosen. Zur Linken erhob sich ein Tank aus Stahl. Sie schenkte ihm kaum Beachtung.

»Wann haben Sie das angelegt?«, fragte Elisabeth.

»Ich meine, neben Ihrer ganzen Arbeit, wann hatten Sie Zeit dafür?«

Während sie zwischen der blühenden Pracht dahinschlenderten, zog Willy ein Etui hervor und zündete sich eine schmale Zigarre an. »Mit der Politik verhält es sich wie mit dem Garten. Solange die Wurzeln nicht gekappt oder verletzt sind, bleibt die Pflanze gesund. Sie erholt sich stets aufs Neue, treibt aus, blüht und trägt Früchte. Selbst wenn der eisigste Winter herrscht und wir fürchten, nie wieder Tauwetter zu erleben, wird es doch kommen. Mit der Schneeschmelze tauchen die Knospen auf, der Sommer verwandelt das helle Grün in das schwere, dunklere Grün, dann ist die Zeit der Reife gekommen. Wir ernten, was wir gesät haben.« Willy bückte sich zu einem Strauch, dessen Blüten zwischen Rosa und Gelb changierten. Mit zwei Fingern zupfte er eine dunkelbraune Dolde ab, die dazwischen hing. »Wusstest du, dass die Frucht der Rose die Hagebutte ist?«

»Nein«, antwortete Elisabeth. »Ich weiß nichts über Rosen.«

Vor dem lebenden Gemälde seines Rosengartens stemmte der Kanzler die Hände in die Hüften. »Womit wollen wir beginnen?« Sein Finger zeigte zu einem Rosenfeld zur Linken. »Da drüben siehst du die Bourbonrosen, eine der ältesten Züchtungen, vielleicht die Mutter der Rosen überhaupt.« Willy beugte sich über eine zartrosa Blüte. »Das ist mein Liebling, die *Souvenir de la Malmaison.*«

»Wieso heißen sie Bourbonrosen?«

»Das ist eine interessante Geschichte. Jahrhundertelang hatte die Insel im Indischen Ozean, die heute *La Réunion* heißt, den Namen *Insel der Bourbonen.*

Die ersten Siedler waren Kriminelle, verurteilte Meuterer, die man im siebzehnten Jahrhundert zur Strafe auf die unbewohnte Insel deportierte. Sie wurden ausgesetzt und ihrem Schicksal überlassen. Die Meuterer, zuerst verzweifelt über ihr Geschick, fanden bald Schildkröten, Gänse und Wildschweine und stellten fest, dass die Tiere leicht zu fangen waren. Sie begannen, sich am Ort ihrer Verbannung häuslich einzurichten. Nachdem sie die Strafe abgebüßt hatten, wurden sie abgeholt. Die meisten weigerten sich, von ihrem Paradies Abschied zu nehmen.«

»Das Paradies«, flüsterte Elisabeth.

Die Sonne stand in ihrem Rücken, es wurde Abend. Der Bundeskanzler warf einen langen Schatten voraus.

»Und die Rosen?«

Er zerbröselte den Zigarrenstummel und streute Asche und Tabak zwischen die Sträucher.

»Die Nachkommen der ersten Siedler haben auf der Bourboneninsel die Damaszenerrose mit der chinesischen Teerose gekreuzt und sie zur Begrenzung ihrer Felder angepflanzt. Im neunzehnten Jahrhundert hat man Sämlinge dieser Rose an den Gärtner des Herzogs von Orléans geschickt, der daraus die erste Bourbonrose kultivierte.« Willy brach eine Blüte und reichte sie Elisabeth. »Sie blüht von Juni bis Spätherbst und entwickelt den wunderbaren Duft ihrer chinesischen Vorfahren.«

Elisabeth schnupperte. Der Geruch war schwach, aber bezaubernd. Das helle Rosa, die feinen Stacheln, das Strohgelb der Staubfäden, der Zauber der Blume nahm sie gefangen.

»Herr Bundeskanzler«, sagte sie und setzte sich auf.

Im Nachthemd saß Elisabeth am Küchentisch. Es war kalt. Sie hatte den Ofen schon angezündet, aber um diese Jahreszeit dauerte es eine Weile, bis der Kachelofen seine Wärme entfaltete. Draußen gingen die Temperaturen mit jedem Tag deutlicher gegen Null.

»Ich weiß nichts über Rosen.« Sie pustete in den Tee. »Ich habe nie etwas darüber gewusst. Rosen haben mich nur dann interessiert, wenn Dietrich mir einen Strauß mitbrachte, meistens aus schlechtem Gewissen, weil er wieder einmal zu spät kam.«

»Schön, verstehe. Und was weiter?« Adele saß ihr gegenüber. Sie war nicht gewillt, um diese Uhrzeit schon ein zivilisiertes Gespräch zu führen. Kurz vor sechs hatte Elisabeth sie geweckt, im Nachthemd, eine Decke um die Schultern geschlungen, ihre Füße hatten in Gummistiefeln gesteckt.

»Wie siehst du denn aus?«

»Ich konnte nicht mehr schlafen, da bin ich rumgelaufen.«

»Und jetzt willst du mir bestimmt erzählen, was dich so aufgeregt hat.« Adele hatte gegähnt.

»Komm nach unten. Ich mache Tee.«

»Ich würde lieber noch schlafen.«

»Komm, Adele.«

Unter Protest hatte Adele ihren dunkelgrünen Morgenmantel übergeworfen und war der Schwester in die Küche gefolgt.

»Wie konnte ich in meinem Traum so viel über Rosen wissen?«

Adele kicherte grimmig. »Na, wie schon? Der Bundeskanzler hat es dir erzählt.«

»Das war kein gewöhnlicher Traum. So einen Traum hatte ich noch nie im ganzen Leben.«

»Willst du behaupten, im Traum sei dir Willy Brandt erschienen und hätte dir seinen Rosengarten gezeigt? Willy, der Schutzheilige aller Rosen?«

»Aber so war es, so war es«, bekräftigte Elisabeth. »Es war wie eine Erscheinung.«

»Jetzt werd mal nicht größenwahnsinnig. Du wirst den Kram über Rosen irgendwo gelesen und wieder vergessen haben. Und im Traum hat es dein altes Gehirn eben ausgespuckt.«

Elisabeth starrte in den dampfenden Tee. »Es gäbe noch eine andere Möglichkeit. Willy Brandts Büroleiter heißt Rosen, Klaus Henning Rosen. Wir sind uns ein paar Mal begegnet.«

»Da hast du doch eine Erklärung.« Adele trommelte auf die Tischplatte. »Ich habe Hunger. Wenn ich mir so früh deine Gespenstergeschichten anhören muss, möchte ich wenigstens gebratenen Speck.«

Elisabeth warf die Decke ab und eilte zur Vorratskammer. Die Witterung ließ es bereits zu, dass man den Kühlschrank abschaltete. Sie kam mit Eiern und einer Speckseite zurück. »Aber warum ist mir Willy Brandt im Traum erschienen?«

»Weil du den Mann immer geliebt hast«, antwortete Adele unbeeindruckt.

»Nicht geliebt, bewundert.«

»Du hast ihn vergöttert.« Plötzlich musste Adele lachen. »Weißt du, was ich dachte, als du mich vorhin geweckt hast?«

»Was denn?«

»Du kommst selber drauf.«

»Nein, Adele.«

»Gestern war ich zu müde und habe dir nichts mehr über Herrn Tank erzählt.«

Elisabeth legte den ersten Speckstreifen in die heiße Pfanne. »Stimmt, den hatte ich ganz vergessen.« Sie öffnete die Brotdose.

»Also, was war mit diesem sonderbaren Herrn Tank?«

Adele begann, zögernd zu erzählen. Es war eine Hamburger Geschichte, Adeles Mann kam darin vor, auch Dr. Seyfferth, ihr Chef, und dessen Privatklinik. Als Adele geendet hatte, stand Elisabeth wie erstarrt am Herd. Die gebratenen Speckstreifen hatte sie auf ein Blatt Haushaltspapier gelegt.

»Wie viele Eier möchtest du?«, fragte sie kaum hörbar.

»Drei.«

»Gott, Adele, das ist ja eine Katastrophe.« Elisabeth schlug die Eier in die Pfanne.

Nachdem sie sich alles von der Seele geredet hatte, wirkte Adele zutiefst niedergeschlagen. »Es ist nicht die erste Katastrophe in meinem Leben.«

»Was wirst du jetzt tun?«

»Ich muss zu Geld kommen, irgendwie, an ziemlich viel Geld.«

»Adele, du verdammtes dummes Huhn. Was ist bloß in dich gefahren?«

»Tu nicht so, als ob du das nicht wüsstest.«

»Was soll ich wissen?«

»Ich hatte immer eine kriminelle Ader, von klein auf. Der Vater hat es gemerkt. Darum hat sich der Vater immer Sorgen um mich gemacht.«

»Du, kriminell?« Elisabeth achtete darauf, dass die Eier nicht anklebten.

»Ich habe schon als Kind geklaut. Weißt du das nicht mehr? Süßigkeiten in der Konditorei, dem Vater habe ich Münzen aus der Geldbörse gestohlen, später auch Scheine. Er wusste bald Bescheid. Er hat mich bestraft, aber ich ließ mich von Strafen nicht abschrecken.«

»Und hast du später auch noch gestohlen, als wir von hier weg waren?«

»Natürlich. Von dem, was ich verdient habe, hätte ich mir die schicken Klamotten und die teuren Reisen nicht leisten können.«

Elisabeth hob die Eier auf die Teller. »Das sind harmlose Sachen. Jeder macht irgendwann mal so etwas.«

»Du nicht. Du denkst immer zuerst an die anderen. Du bist ein guter Mensch, das habe ich immer gespürt, ich dagegen bin ein verdammtes Ekel. Ich habe meine Sucht nie in den Griff gekriegt, den ewigen Stachel, der mich gelockt hat, etwas Verbotenes zu tun. Das Heimtückische daran war, dass die Leute mir, selbst wenn sie mich erwischt haben, nie etwas getan haben.«

»Weil du so außergewöhnlich hübsch warst.«

»Vielleicht. Die Menschen wollten mir verzeihen, sie wollten mir meine Kavaliersdelikte nicht ankreiden.«

»Was du jetzt getan hast, ist kein Kavaliersdelikt.« Elisabeth salzte und pfefferte.

»Es ist veritabler Betrug, eine kriminelle Handlung.«

»Wieso hat Dr. Seyfferth nicht die Polizei verständigt? Weshalb hat er dich nicht angezeigt?«

»Kannst du es dir nicht denken?«

»Weil du schon so lange bei ihm arbeitest? Hat er dir deine Treue angerechnet?«

»Treue, mein Arsch«, entgegnete Adele derb. »Es hat mit dem Gegenteil von Treue zu tun. Ich hatte eine Affäre mit Aaron.«

»Wann?«

»Vor ein paar Jahren, es hat uns beiden Spaß gemacht. Nachdem er meinen Betrug entdeckt hatte, hat er mich nur deshalb nicht angezeigt, damit ich seiner Frau nichts von unserem Tralala erzähle.«

»Adele ...« Elisabeth brachte die Teller zum Tisch.

»Komm mir jetzt nicht mit deinem moralischen *Adele.* Du hast dich zwei Jahrzehnte lang an einen verheirateten Mann geklammert. So funktioniert das Leben in der Großstadt, so läuft es nun mal. Wir alle sind nicht glücklich, keiner von uns. Wir wissen nicht, woran das liegt, und deshalb machen wir Sachen, die eben in unsere Zeit passen. Sie passen in die Zeit, aber nicht zu den Menschen. Im Grunde lassen sie uns kalt, wir bleiben einsam und verloren, und irgendwann geben wir auf.«

Die Speckscheiben dufteten. Adele starrte durch die Küchentür in die Stube und weiter nach draußen, zu dem schiefen Apfelbaum. Elisabeth schaute aus dem Fenster gegenüber, wo der Tankwagen vorbeifuhr, der die Milch vom Behringerhof holte. Dahinter lag die Schlegel-Weide und über ihr erhoben sich die schwarzen Tannen. Sie verbargen den Ort, wo ein anderer Kohlbrenner vor Jahrzehnten einen Betrug begangen hatte, ein Verbrechen, das ein ganzes Dorf mitriss.

»Was will dieser Tank von dir?«

»Er ist ein Geldeintreiber, den Dr. Seyfferth beauftragt hat. Tank soll sich die Summe holen, die ich meinem Chef schulde.« Adele nahm sich vom Speck. »Als ich aus Hamburg abgehauen bin, dachte ich, hier oben findet mich keiner. Aber wie du siehst, kann man sich nicht einmal auf tausend Metern Höhe der Verantwortung entziehen.« Der kross gebratene Speck knirschte zwischen ihren Zähnen.

»Lass uns überlegen, was wir unternehmen können.« Elisabeth schnitt den Dotter entzwei. Er war sekundengenau gebraten und zerfloss nicht. »Jetzt verstehe ich, warum du den Hof unbedingt verkaufen willst.«

»Wenn wir nicht verkaufen, weiß ich nicht, wie ich an das Geld kommen soll.«

»Ich habe etwas gespart.«

»Du bist süß.« Adele lächelte traurig. »Ich fürchte, hier geht es um ganz andere Summen.«

»Aber vielleicht reicht es für eine erste Rate. Könntest du Tank nicht anbieten, dass du zahlst, aber nicht alles auf einmal?«

»Es kommt nicht in Frage, dass du meinetwegen an deine Ersparnisse gehst.«

»Du bist meine Schwester.«

Schweigend begannen sie zu essen.

9

NEBELSTURM

Die Tage, die Stunden, wenn der Nebel alles in der Höhe gleichmachte. Der Nebel, der die Farbe aus der Landschaft nahm, die Hoffnung aus der Landschaft nahm, wenn die Entblätterung der Bäume das Einzige war, was sich änderte. Für immer, dachte Elisabeth dann, während sie am Fenster stand und auf die Straßenbeleuchtung schaute, die selbst tagsüber kaum ausging, während sie den kahlen Apfelbaum betrachtete, die kahle Birke, das kahle Haselnussgesträuch. Für immer. Das Leben im Winter bedeutete Stillstand, die einzige Tätigkeit bestand darin, das Feuer nicht ausgehen zu lassen. Sie erinnerte sich an die Winter ihrer Kindheit, als der Vater aus Langeweile jeden Tag einen Besen aus Birkenreiser gebunden hatte. Als der Frühling kam, hatten sie über hundert Besen dastehen.

Zwanzig Grad unter Null, und das seit drei Wochen. Im Nebel erkannte man kaum, dass es ununterbrochen weiterschneite. Die Behringers besaßen eine Schneefräse, auch die Schlegels und die anderen Höfe hatten eine Fräse, mit der sie die wichtigsten Wege freihielten, nur die Kohlbrenners nicht. Man musste den Schnee räumen, solange er frisch war. Ließ man frisch gefallenen Schnee auch nur eine Nacht lang liegen, verwandelte der Frost ihn in Harsch und schließlich in Eis. Dann griff selbst die stärkste Fräse nicht mehr, dann musste man das Eis mit der Spitzhacke zertrümmern.

Als Elisabeth das begriffen hatte, war es zu spät. Das Auto stand in der Garage, wo früher der Traktor überwintert hatte. Vor der Einfahrt lag der vereiste Schnee einen Meter hoch. Man bekam den Wagen nicht mehr heraus.

»Verhungern werden wir ja wohl nicht«, sagte Adele.

»Hilf mir.« Dick vermummt trat Elisabeth über die Schwelle, nur die Augen schauten zwischen Kapuze und Schal hervor.

Adele war immer noch eine Prinzessin, aber sie hatte gelernt, dass Prinzessinnen auf dem Dachsberg ein anderes Lebten führten. Im Pelzmantel kam sie aus dem Haus und kletterte auf die erstarrte Schneebarriere.

»Ich hacke, du schaufelst«, sagte Elisabeth und hob die Spitzhacke. Zwanzig Grad unter Null bedeutete, dass der Schnee hart wie Zement war. Nach ein paar Minuten hielt sie schwer atmend inne. Was sie geschafft hatte, war nicht größer als ein Kopfkissen.

Mit der Schaufel beförderte Adele das Eis in den Graben. Nach drei Schaufeln stellte sie das Ding in die Ecke. »Ich bin gleich wieder zurück.«

Sie überquerte den Platz und marschierte auf das Haus des Automechanikers Gernot Behringer zu. Er stammte nicht aus der Behringer-Dynastie, im Schwarzwald hießen viele Behringer.

Währenddessen schneite es unvermindert weiter. So lautlos es sich vollzog, hatte es doch etwas Unerbittliches. Elisabeth mühte sich noch mit der Hacke ab, als Adele nach einer Viertelstunde wiederkam.

Hinter ihr tauchte der Traktor des Mechanikers Behringer auf, vorne hatte er die Baggerschaufel aufgeschnallt. Mit einer galanten Bewegung winkte Adele den Bagger vorbei, die Schaufel senkte sich und stieß krachend ins Eis. Selbst eine brachiale Maschine wie diese bekam die erstarrte Schneeschicht nicht mühelos aufgemeißelt. Immer wieder brüllte der Dieselmotor, ein ums andere Mal stieß Behringer die Baggerschaufel unter die Eisdecke. Brocken für Brocken hob er ab, Meter für Meter wurde die Einfahrt freigelegt.

»Jetzt hat er uns bestimmt auch den Asphalt zertrümmert«, raunte Adele, als die Arbeit fast geschafft war.

»Hauptsache, wir sind nicht mehr eingesperrt.«

Behringer sprang vom Traktor, zog einen Handschuh aus und schüttelte Elisabeth die Hand. »Was willst du jetzt machen?«

»Ich hole den Wagen aus der Garage und lasse ihn draußen stehen.«

»Das kannst du nicht.« Er nahm die Fellmütze ab. Durch seinen Bart hatte Behringer wie ein markiger Kerl ausgesehen, das änderte sich, als er seine Glatze freilegte. »Bei minus zwanzig Grad frieren dir sämtliche Leitungen ein. Da hilft auch kein Frostschutz.«

»Wir haben keine Fräse, um unsere Einfahrt freizuhalten«, erwiderte Elisabeth.

Er wischte sich den Schweiß von der Glatze. »Ich habe in der Werkstatt gerade nicht viel zu tun. Du könntest dein Auto bei mir unterstellen, bis die Temperaturen wieder steigen.«

»Wäre das wirklich möglich … ähm …« Sie machte eine fahrige Geste in seine Richtung.

»Gernot«, sagte er. »Ich heiße Gernot.«

»Das wäre wirklich großartig, Gernot.«

Von diesem Tag an stand Elisabeths Auto bei Gernot im Warmen.

Und wieder kamen die Tage, die Stunden, und der Nebel wollte nicht weichen. Es schneite weiter. Elisabeth stand an den Fenstern. Für immer, dachte sie, für immer Winter.

»Wo ist dein Mann?«

»Auf Reisen. Das habe ich dir schon gesagt.«

»Du hast alles Mögliche gesagt, zum Beispiel, dass du der gute Geist in der Praxis deines Schönheitschirurgen bist. In Wirklichkeit scheinst du sein böser Geist gewesen zu sein. Seyfferth hat dich rausgeschmissen.«

»Wie redest du denn mit mir?« Adele holte die graue Schachtel aus dem Stubenschrank. Sie war so alt, dass der Karton brüchig geworden war. »Bin ich dir etwa Rechenschaft schuldig?«

»Ja, das bist du, weil wir zusammen unter einem Dach leben. Zweieinhalb Monate bist du jetzt schon da, aber bis heute hat sich dein Ehemann nicht blicken lassen. Auch du hast ihn kein einziges Mal besucht. Solltet ihr telefoniert haben, musst du das in meiner Abwesenheit getan haben. Manchmal frage ich mich: Hast du überhaupt einen Mann?«

Mit der Schachtel in der Hand kam Adele in die Küche, öffnete sie und betrachtete die Krippenfiguren. Sie waren fast so alt wie das Haus, Holzschnitzereien aus dem neunzehnten Jahrhundert. Josef, Maria, Ochs und Esel, auch die Könige aus dem Morgenland lagen friedlich vereint in der Schachtel. Der kleine Heiland war vor Jahrzehnten verbrannt.

Als Achtjährige hatte Adele die Bibelstelle gelesen,

in der der römische Soldat höhnisch zu Christus am Kreuz sagt: »Bist du Gottes Sohn, so steige herab.« Adele war maßlos enttäuscht gewesen, dass Jesus nichts dergleichen tat und sich lieber zu Tode quälen ließ. Er war in ihren Augen ein Schwächling, aber er sollte von ihr noch eine Chance bekommen. Sie hatte die Krippenfigur des Jesuskindes hervorgeholt und in den Kachelofen geworfen. Wäre Christus wirklich Gott gewesen, hätte er dem Feuer widerstehen müssen. Doch knackend und prasselnd hatte sich Jesus in ein Häufchen Asche verwandelt.

Adele legte die Krippenfiguren nebeneinander. »Mein Mann und ich, das ist eine besondere Geschichte.«

»Es ist Adventszeit«, antwortete Elisabeth. »Da erzählt man sich besinnliche Geschichten.«

»Besinnlich? Na, ich weiß nicht. Die Geschichte beginnt schon früher, lange bevor ich Herrn Diekmann kennenlernte.«

Elisabeth nahm die Blechdose mit den Plätzchen vom Schrank. »Umso besser. Tee?«

»Lieber einen Milchkaffee.«Adele stellte die Holzfiguren in den Stall von Bethlehem. Der Stern, der die Weisen aus dem Morgenland geführt hatte, war abgebrochen und musste an jedem Heiligabend neu angeklebt werden. »Was nehmen wir dieses Jahr als Baby Jesus?«

»Einmal hatten wir einen kleinen Donald Duck, weißt du noch?« Elisabeth setzte Milch auf.

»Und einmal eine lebende Maus«, lachte Adele. »Der Vater war für solche Scherze zu haben.«

»Wieso ist die Maus nicht davongelaufen?«

»Der Vater hat ein Wasserglas über sie gestülpt.«

»Der Vater.« Elisabeth nahm die Kaffeemühle auf den Schoß. »Er war ein lustiger Mann.«

»Ein Kauz war er, das weißt du so gut wie ich.« Adele schüttelte den Kopf. »Wann wird es in diesem Haus endlich mal eine anständige Kaffeemaschine geben?«

Elisabeth begann, die Mühle zu drehen. »Solange ich die Kraft habe, meinen Türkischen mit eigener Hand zu mahlen, kommt mir so etwas nicht über die Schwelle«, rief sie über das Geräusch hinweg. »Wie war das also mit Herrn Diekmann?«

»Genaugenommen beginnt die Geschichte in Wien.«

10

WIEN, 1967

Jung wie ein Feuer, jung wie ein Springquell, das Leben war eine Lust, wenn man so jung war und alle Männer einem nachschauten, weil die Röcke so kurz waren und die Haare die einer Löwin.

Blond sprang Adele über die Wiener Ringstraße. Die Wiener Paläste waren schmutzig, schwarz von den Autoabgasen, Wien hatte sich Adele als schmutzige Stadt vorgestellt. Sie lief über den Opernring und suchte den Eingang zur Hofburg. Dort erwartete sie jemand, dort war die große Welt versammelt, dort spielte die Musik.

1966 hatte Udo Jürgens den Eurovisions Song Contest für Österreich gewonnen, der diesjährige Wettbewerb fand daher in Wien statt. Adele hatte Träume und Pläne, wer sollte einer lodernden Fackel wie ihr schon etwas abschlagen? Zwei Jahre als Schreibkraft in Rudis Bauunternehmen hatten ihr gereicht. Rudi war ein guter Chef gewesen, und sie hatte sich als gute Sekretärin erwiesen. Der Umzug vom Dachsberg nach Stuttgart war ihr wie ein Flug auf einen anderen Planeten erschienen, doch nachdem sie die Gesetze der Stadt gelernt hatte, fand sie die Stuttgarter enttäuschend. Sie waren noch viel rückständiger als die Dachsberger, weil ihnen die Natur fehlte. Der Wald, der Nebel, die Tiere und der Blitz auf freiem Feld, das waren nur andere Formen von Freiheit. Die Dachsberger waren frei, die Stuttgarter hatten es sich dagegen in ihren spießigen Käfigen gemütlich gemacht. Rudi war ein lustiger Mann und der Erste, mit dem Adele geschlafen hatte. Es machte ihr nicht besonders viel Spaß, es gehörte zum Stadtleben eben dazu. Eines Tages sagte Adele zu Rudi, Sekretärin, das sei nichts für sie, sie wolle Sängerin werden.

»Und was habe ich damit zu tun?«, fragte Rudi hinter seinem Schreibtisch.

»Du könntest mir helfen.«

Rudi war ein guter Kerl, und er half ihr. Adele wusste noch nicht genau, welche Art Sängerin sie werden wollte. An den Gesangsschulen in Stuttgart und München war sie abgelehnt worden. In Wien setzte man sie auf die Warteliste, falls jemand ausfallen sollte. Adele vertraute auf ihr Glück. Sie dankte Rudi für den finanziellen Vorschuss, den er in ihr Talent investierte, und bezog ein Zimmer in Wien. Es war das Hinterzimmer eines Büros, wo sie morgens im Bademantel zwischen den Angestellten durchgehen musste, wenn sie aufs Klo wollte. Das Glück verließ Adele rasch wieder, sie wurde nicht aufgenommen. Doch einer der Juroren der Musikschule gab ihr eine Visitenkarte, dort könne sie mal fragen, ob Ferdinand eine Aufgabe für sie hätte.

Ferdinand betrieb ein musikalisches Kabarett, das in Wien beliebt war. Adele sagte, sie habe noch nie Kabarett gespielt, Ferdinand sagte, mit ihren Beinen sei das kein Problem. Sie schlief nicht mit ihm, obwohl er es gewollt hätte. Sie schrieb Rudi, dass sie nun keine Gesangs-, sondern eine Kabarettausbildung machen würde. Ihre Kostüme im Kabarett *Brettl* waren knapp geschnitten, ihre Rolle war die der Blondine, die sich vom Komiker die Tagespolitik erklären ließ. Die schwarze österreichische Regierung unter Bundeskanzler Klaus hatte die absolute Mehrheit und regierte mühelos an den Sozialdemokraten vorbei. Obwohl Wien in den Sechzigern eine verschlafene Stadt war, erlebte Adele eine flotte Zeit. Während sie ihr Tingeltangelleben in Wien führte, machte Elisabeth in Stuttgart eine Ausbildung zur Handelsassistentin und perfektionierte ihre Fähigkeiten im Maschineschreiben.

1967 gründete der Österreichische Rundfunk den Unterhaltungssender Ö3. Obwohl Peter Alexander und Udo Jürgens die olympische Riege der österreichischen Unterhaltungsstars anführten, entstand neben dem Hochglanzschlager auch eine Subkultur, aggressiv, pointiert und im Wiener Dialekt. Die Worried Man Skiffle Group, Wolfgang Ambros, Arik Brauer und André Heller etablierten mit ihren frühen Titeln den Austro-Pop. Nie hätte Adele angenommen, dass ein Mädchen aus dem Schwarzwald hier seinen Platz finden würde.

Gottfried aus der Steiermark suchte so eine wie sie. Gottfried gründete in Wien eine Band und suchte eine Sängerin. Adele war bildhübsch, da machte es nichts, dass es mit ihrem Wienerisch nicht weit her war. Gottfrieds Band wurde nie so berühmt wie die Shootingstars des Austro-Pop, aber sie schafften es, als Vorgruppe auf Konzerten zu spielen, traten bei Hochzeiten und in kleinen Gemeinden rund um die Hauptstadt auf. Gottfried an der E-Gitarre, Wilfried am Bass, Werner am Schlagzeug, alle drei verliebten sich in Adele, sie schlief mit keinem von ihnen.

Adele erreichte die Hofburg, Gottfried erwartete sie schon.

»Wo bleibst du so lange?«

»Entschuldige, aber was bei euch so alles Hofburg heißt ...«, verteidigte sie sich. »Die innere Hofburg, die Neue Burg, der Schweizerhof. Ich habe es nicht gleich gefunden.«

»Er wartet schon. Er ist nur einen Tag in Wien, nur während des Song Contests.«

Gottfried zerrte Adele über die Marmortreppe zum Festsaal hinauf, wo die Proben stattfanden. Das war eine andere Welt als die läppischen Dorffeste, auf denen sie auftrat, wo die Jungs ihre zwei Scheinwerfer auspackten, wechselweise in den Farben Grün, Rot und Blau. Hier fuhren die ORF-Kameras wie riesige Ungetüme an Adele vorbei, über Lautsprecher kamen Anweisungen der Regie, hunderte Beleuchtungskörper hingen unter der Prunkdecke des kaiserlichen Festsaales. Die Teilnehmerin aus Luxemburg hatte gerade ihre letzte Probe, sie hieß Vicky Leandros und sang auf Französisch. Adele war so hingerissen von der Atmosphäre, dass sie den Grund ihres Besuches fast vergaß.

»Das ist Herr Diekmann.« Gottfried stellte einen kleinen, unglaublich dünnen Mann vor, der sein schütteres Haar geschickt nach vorn frisierte.

Adele ließ sich von dem kleinen Diekmann die Hand küssen. An das Handgeschlecke hatte sie sich in Wien erst gewöhnen müssen. Diekmann war Hamburger, doch die Geste entsprach seiner grundsätzlichen Eleganz. Der Zeitgeist verlangte damals etwas anderes. In Künstlerkreisen galt es, die verkrusteten Relikte der Nachkriegszeit aufzubrechen. Der klassische Männeranzug war verpönt, der moderne Mann trug Weites und Farbenprächtiges mit Mustern, schrille Uniformjacken und Jeans zu jeder Gelegenheit. Mit solchen Trends durfte man Herrn Diekmann nicht kommen. Er verachtete Lässigkeit, mied Schlampigkeit, für ihn galt die Jeans nicht als Beinkleid, sondern als Arbeitsbekleidung. Eine Herrenhose hatte aus Flanell oder Tweed zu sein. Vor zwanzig Uhr durfte ein Anzug braun oder blau sein, abends gab es für Diekmann zu Schwarz keine Alternative. Herr Diekmann trug ein Stecktuch, einen Siegelring und eine Brille mit Kettchen um den Hals. Er war Plattenproduzent mit Firmensitz in München.

»Ich habe mir Ihre Musik angehört«, sagte er zu Gottfried und gab ihm eine Tonband-Kassette zurück.

»Die können Sie behalten«, antwortete der ungeschickte Gottfried.

Wortlos drückte ihm Diekmann die Kassette in die Hand und konfrontierte Gottfried damit, dass Probeaufnahmen keinen Sinn hätten. »Es gibt schon zu viele von euch Wiener Dialektbarden«, sagte er. »Ich sehe da keine Möglichkeit.« Diekmann wollte sich wieder Vicky Leandros und ihrem Refrain *L'amour est bleu* zuwenden, als Adele ihm in den Weg trat.

»Ich bin keine Wienerin.«

»Woher kommen Sie denn?«

»Aus dem Schwarzwald.«

»Ein sehr lieber Freund von mir lebt im Schwarzwald. Aus welcher Gegend stammen Sie?«

Herr Diekmann lud Adele zum Kaffee ein. Bei diesem Treffen war Gottfried nicht mehr dabei.

Es dauerte keine drei Wochen, bis Adele Gottfrieds Band gesprengt hatte. Sie flirtete einmal zu oft mit Wilfried, worauf Gottfried den Bassisten hinauswarf. Wie eifersüchtige Hähne buhlten er und Werner um

Adele, bis es zum blutigen Streit kam, bei dem Werner Gottfried beinahe ein Auge ausstach. Die Band war Vergangenheit, und Adele zog nach München. Herr Diekmann sagte ihr, er habe nichts für sie zu tun, aber die Art, wie er es sagte, war verlockend genug für Adele, sich in Schwabing einzumieten.

In München hatte man damals gerade die ersten drei Kilometer der U-Bahn fertiggestellt, in der Nymphenburger Straße eröffnete das erste Eros-Center, auf dem Flughafen Riem wurden fünftausend Starts und Landungen pro Jahr gezählt. München war mit den meisten Ländern der Welt telefonisch verbunden, ein Gespräch nach Japan kostete sechzig D-Mark pro Minute. Blacky Fuchsberger und Elke Sommer waren die Stars des Münchner Filmballs. München lag im Trend.

Adele und Herr Diekmann verstanden sich auf eine besondere Weise, sie besuchte ihn häufig. Er hatte eine geschmackvoll eingerichtete Wohnung, sie saßen vor dem offenen Kaminfeuer und tranken Cognac. Er führte sie in sein Schlafzimmer, um ihr seinen *Kakemono* zu zeigen, eine Malerei, die er in Hongkong erstanden hatte. Das Bild zeigte eine Raupe auf einem Bambuszweig. Es hing über seinem riesigen, schwarz bezogenen Bett, das einem Katafalk ähnelte. Adele setzte sich darauf, in Erwartung, dass Herr Diekmann nun zur Sache kommen würde. Er zündete sich eine Zigarette an, lächelte und führte Adele wieder aus dem Schlafzimmer hinaus. Nach der ersten Irritation, dass es einen Mann gab, der nicht das Übliche von ihr wollte, war sie erleichtert.

Beruflich konnte Diekmann tatsächlich wenig für sie tun. Bei Konzerten, die unter seiner Patronanz standen, setzte er sie als Hintergrundsängerin ein und brachte sie mit Leuten aus der Modewelt zusammen. Als Mannequin stellte sich Adele ungeschickt an, bei Werbeaufnahmen für einen Fernseh-Spot schämte sie sich, in Unterwäsche auf einem Auto zu posieren.

Zwei Jahre vergingen, und Adele hatte immer noch keine Karriere gemacht. Herr Diekmann hatte noch immer nicht mit ihr geschlafen. Ihr Geld war aufgebraucht, ihre Gesangslaufbahn rückte täglich in weitere Ferne. Ihr dämmerte, dass sie nicht gut genug sang und nicht genügend Ausstrahlung besaß, um in diesem harten Geschäft zu bestehen. Als Prinzessin vom Dachsberg bewundert zu werden, war etwas anderes als der Konkurrenzkampf in München. Herr Diekmann hatte es wohl von Anfang an gewusst, vielleicht hatte auch Adele es in all der Zeit geahnt, jedenfalls war sie mit Ende zwanzig klug genug, eine bürgerliche Ausbildung zu beginnen. Diekmann schlug ein Studium vor, doch Adele wusste, dass sie zum Lernen nicht geboren war. Bald stellte sich die Erkenntnis ein, dass sie für die meisten Berufsausbildungen bereits zu alt war. An diesem Punkt angelangt, ließ sich Adele einige Monate lang vollkommen hängen. Sie jobbte als Kellnerin in Schwabing und probierte ein paar Drogen aus.

Eines Morgens warf sie einen Blick in den Spiegel. Sie hatte den Tag übersehen, an dem sie älter geworden war. Von einer strahlenden Jugendschönheit hatte sie sich in eine ernste, etwas abgehärmte junge Frau verwandelt. Sie war immer noch schön, aber sie war nicht mehr ganz jung. Ihre Schönheit zerfiel allmählich als Hülle an Adele, und darunter kam nicht allzu viel zutage. Sie hatte sich immer für interessant gehalten, weil ihr die Männer das sagten, um bei ihr zu punkten, doch mit schwindender Jugend schwand auch das Interessante an ihr. Es kam die Zeit, als sich die Männer nicht mehr so häufig nach Adele umdrehten.

Da kriegte sie es mit der Angst. Sie wollte keine gescheiterte Tingeltangelsängerin ohne Ausbildung, Perspektive und ohne Partner sein. Also verführte sie Herrn Diekmann. Er machte das Spiel geduldig mit, lächelte danach in seinem Bett unter dem Kakemono, zündete sich eine Zigarette an und sagte, dass es zwischen ihnen so nicht laufen würde. Adele wusste längst, dass Herr Diekmann nichts mit Frauen anfangen konnte, aber sie hatte ihn auch noch nie zusammen mit einem Mann gesehen. Er sagte, er könne ihr nichts bieten als das, was sie seit Jahren miteinander hatten, und bat sie, im Gästezimmer zu schlafen.

Adele brach zusammen. Sie hatte fest daran geglaubt, dass das Leben dem schönsten Mädchen vom Dachsberg Glanz und Freude bescheren würde. Nun lebte sie in einem winzigen Zimmer über der Gastwirtschaft, in der sie nachts Bierkrüge stemmte, besuchte ihren asexuellen Freund und wurde mit jedem Tag älter. Sie verlor an Gewicht, ihr fielen zeitweise die Haare aus.

Als Adele den tiefsten Punkt ihres Elends erreicht und begriffen hatte, dass sich das Glück nicht von selbst wieder bei ihr einnisten würde, machte sie den Carnossagang aufs Arbeitsamt. Sie begann eine Ausbildung als Arzthelferin. Die medizinischen Grundkennntisse erwarb sie bei einem Praktikum im Klinikum Schwabing, wo sie Dr. Michael Seyfferth kennenlernte, er war Chirurg und verheiratet. Sein

Spezialgebiet, die Schönheitschirurgie, hatte er damals noch nicht für sich entdeckt. Als Adeles Praktikum zu Ende ging, verloren die beiden einander aus den Augen. Für Adele begann ein Leben, wie Elisabeth es von Anfang an geführt hatte: Sie ging arbeiten.

11

MARTINA IST WEG

Draußen verschwand der weiße Mercedes im Nebel. Man hörte noch das Motorengeräusch, aber Herr Tank und sein Wagen verschmolzen mit dem milchigen Nichts. Herr Tank hatte die zweite Schuldenrate bekommen und würde sie Dr. Seyfferth aushändigen. Elisabeth hatte das Geld bei der Sparkasse in St. Blasien abgehoben und Adele in einem Umschlag übergeben. Sie reichte den Umschlag ungeöffnet an Herrn Tank weiter. Er hatte das Kuvert aufgerissen und nachgezählt. »Im März sehen wir uns wieder«, waren seine letzten Worte.

»Was machen wir im März?« Adele warf das zerrissene Kuvert in den Ofen.

»Bis dahin haben wir drei Monate Zeit.«

Für Adele waren Geldsorgen stets eine Belastung. Wenn sie Geld hatte, fürchtete sie, es würde nicht reichen. Hatte sie eine Menge davon, warf sie es aus dem Fenster. Wurde das Geld knapp, bekam es Adele mit der Angst: Ruin und gesellschaftliche Ächtung waren die Dämonen, die dann im Raum standen. Die Höhe von Adeles derzeitigen Schulden war eine ernste Angelegenheit, aber wie Elisabeth vorhergesehen hatte, war Dr. Seyfferth mit Ratenzahlungen einverstanden gewesen. Alle drei Monate würde Herr Tank vorbeikommen und kassieren.

Adele fegte die Tannennadeln unter dem Weihnachtsbaum zusammen. »Sollten wir den Baum nicht hinausschaffen?«

»Niemals vor dem Dreikönigstag. Das bringt Unglück.« Elisabeth saß auf dem Sofa, neben ihr lagen die Stricknadeln. Sie hatte vorgehabt, an den Socken weiterzustricken, aber ihr fehlte die Lust dazu. »Wir könnten etwas von unserem Grundstück verkaufen.«

»Du willst also doch verkaufen?«

»Nicht das Ganze. Vielleicht eine Parzelle unten am Ostwald. Der Förster besteht darauf, dass wir das Bruchholz vom letzten Sturm abtransportieren, da kämen zusätzliche Kosten auf uns zu. Wenn wir den Wald verkaufen, sparen wir diese Kosten.«

»Wie stehen denn die Preise für Holz derzeit?«, wollte Adele wissen.

»Für die Begleichung der nächsten Rate würde es reichen.«

Adele stützte sich auf den Besen. »Gott, Elisabeth, das Ganze ist ein Albtraum.«

»Sei nicht so melodramatisch. Im März drücken wir Herrn Tank das nächste Kuvert in die Hand.«

»Und was wird im Juni?«

»Da ziehen wir unsere Sommerkleidchen an und ernten die Kirschen.« Elisabeth streckte die Beine aus und betrachtete ihre dicken Filzhausschuhe. »Wir holen das Winterholz aus dem Wald und stapeln es im Stall. Ich mähe unser Gras selbst mit der Sense. Ich habe Lust, die Sense zu schwingen. Der Vater hat sie mir früher immer gedengelt, wenn sie stumpf geworden war. Keiner konnte das wie er.«

»Du willst Heu machen, wozu? Wir haben keine Tiere.« Adele nahm die Tannennadeln mit dem Handfeger auf und schüttete sie aus dem Fenster.

Fröhlich zeigte Elisabeth auf ihren Bauch. »Schau mich doch an. Das Weihnachtsessen, das Rumsitzen und das Alter: Ich werde immer dicker. Außerdem macht das Sensen gute Laune. Man arbeitet sich durch ein genau begrenztes Areal, wenn die Schneide stumpf ist, wetzt man sie am Schleifstein, und in den Pausen plaudert man. Sensen ist eine gute Arbeit, es hält einen am Laufen.«

»Und was machst du mit dem gemähten Gras?«

»Ich lasse es trocknen.«

»Und dann?«

»Dann wende ich es.« Elisabeth warf einen Blick zur Hügelkuppe, hinter der sich der Behringerhof verbarg. »Ich frage Alex, ob er mein frisches Heu brauchen kann.« Sie stand auf. »Lass uns jetzt alles festlich herrichten, um das Neue Jahr hereinzulassen.«

»Nur für uns zwei?«

»Es ist unser erster Jahreswechsel. Bist du nicht gespannt, was das neue Jahr uns bringt?«

»Schulden, Einsamkeit und Sorgen.« Adele sank auf den Stuhl neben dem Ofen.

»Nein. Natur, neue Freunde und spannende Aufgaben«, widersprach Elisabeth.

»Wo sollen die *neuen Freunde* denn plötzlich herkommen?«

»Wenn ich beobachte, wie die Dachsberger Männer dir nachschauen, mache ich mir darüber keine Sorgen.«

»Diese Primitivos? Ich fand die Männer vom Dachsberg schon als Teenager zum Davonlaufen.«

»Dafür flirtest du aber recht ungeniert mit ihnen.«

»Ich bin eben ein höflicher Mensch.«

»Du bist eben Adele.« Elisabeth schaltete das Deckenlicht ein.

»Ich verstehe nicht, dass du so guter Laune bist.«

»Warum hast du so schlechte?«

»Weil ich es kaum noch aushalte in dieser Einöde. Noch drei volle Monate Winter!«

»Viereinhalb, um genau zu sein. In unserer Höhe beginnt der Frühling erst Mitte Mai.«

»O Gott.«

Elisabeth lächelte. »Jedesmal, wenn wir früher im April ins Tal gefahren sind, hast du gesagt: O Gott, da unten blüht schon alles! Die Wiesen stehen voller Blumen, und bei uns sind noch nicht einmal die Knospen herausgekommen. Wenn es wieder einmal so weit war, hat der Vater dich immer getröstet und gesagt, dafür liegen wir im Winter über der Nebelgrenze. Bei uns strahlt die Sonne, während die Leute unten in Waldshut Winterdepressionen kriegen.«

Adele zeigte in das weißgraue Nichts, das sogar das Licht der Straßenlaterne verschluckte. »Ist ja toll, wie wunderbar wir über der Nebelgrenze liegen.« Vor Verzweiflung musste sie lachen. »Es ist so schrecklich, dass man es kaum noch aushält.«

»Du nimmst den Staubsauger, ich mache das Bad.« Elisabeth griff zu den Gummihandschuhen.

Es war fünf Minuten vor Mitternacht. Elisabeth und Adele hatten sich dick angezogen und stapften mit Sektgläsern und einer Flasche zur Hügelkuppe hoch. Von dort konnte man die Feuerwerke in der Umgebung gut sehen, bei klarer Sicht sogar das große Feuerwerk in Zürich. Auch wenn sich der dichteste Nebel verzogen hatte, war die Sicht heute verhangen. Die Schneedecke war gefroren, aber mitunter brachen sie unterwegs unvorbereitet ein. Eine Schwester half der anderen, wieder hochzukommen. Sie erreichten die Kuppe, stellten sich in den Windschatten der Eberesche und warteten auf das Spektakel.

»Im Jahr der deutschen Einheit dürften die Feuerwerke besonders prächtig ausfallen.« Elisabeth und Adele stießen an, warteten aber noch mit dem Trinken.

Als aus der Dunkelheit ein Schemen auftauchte, erschraken sie. Es war Alexander Behringer.

»Grüß euch«, rief er gegen den Wind.

»Was machst du hier oben?«

»Das Feuerwerk anschauen, so wie ihr.«

»Warum bist du allein? Wo sind deine Leute?«

»Die sind unten.«

»Auf dem Hof?«

»Nein.«

»Wo dann?«

»Lass ihn doch«, beschwichtigte Elisabeth, die Alex ansah, dass er nicht in Silvesterlaune war.

»Die Familie ist in Urbach bei der Schwiegermutter. Ich wollte auf keinen Fall mit meinem Vater in der Schlucht feiern, also bin ich … allein geblieben.« Er zeigte in die Runde, wo jeden Moment die Glocken läuten und die Böller krachen würden.

»Warum ist die Familie denn in Urbach?«, ließ Adele nicht locker.

»Weil Martina weg ist«, antwortete er. »Und diesmal kommt sie nicht wieder. Diesmal ist es endgültig.«

»Sie hat dich verlassen?«, entgegnete Adele ohne Feingefühl.

Behringer blieb ihr die Antwort schuldig, der Jahreswechsel schnitt ihm das Wort ab. Überall begann es zu schießen und zu knallen, in Hierbach, in Fröhnd, in Finsterlingen, auch drüben auf der Kaiser-Rudolf-Höhe gingen die Blitze und Funken und Farben und die zischenden Girlanden los, die kreiselnden Feuerbälle, der ganze große Lichterzauber. Die drei standen da und schauten. Manchmal trieb der Wind Nebelschwaden vorbei. Elisabeth wollte Alex aus ihrem Glas trinken lassen, aber er trank lieber aus der Flasche.

»Ein gutes neues Jahr!« Als Elisabeth ihn umarmte, spürte sie seine Verwirrung, seine Einsamkeit und seinen Trotz. Er klammerte sich an das Mädchen aus seiner Kindheit und wollte sie fast nicht mehr loslassen.

Elisabeth beugte sich zurück. »Warum kommst du nicht mit zu uns und feierst noch ein bisschen?«

»Mir ist nicht zum Feiern.« Er gab ihr die Flasche zurück.

»Genau deshalb solltest du es tun.«

»Gib zwei einsamen Damen zu Silvester keinen Korb, Alex«, gurrte Adele und hakte Behringer unter. »Ein Mann im neuen Jahr, das hat uns gerade gefehlt.«

»Du bist eine verrückte Nudel, Adele.«

Eingehängt zu beiden Seiten führten die Kohlbrennerschwestern den jungen Behringer in ihr Haus am Fuße der Hügelkuppe. Wenn der schwere Mann im Schnee einbrach, halfen sie ihm aus dem Loch heraus und liefen weiter.

12

DIE DÄMONEN

Herr Diekmann sollte mit dem Zug zunächst nach Titisee kommen, von dort wollte er mit dem Auto abgeholt werden.

Elisabeth schaute zum Himmel hoch, Schneeflocken landeten auf ihrem Gesicht und schmolzen. »Ich weiß nicht, ob meine Winterreifen die Steigung beim Feldberg schaffen werden.«

»Soll Herr Diekmann etwa zu Fuß kommen?« Adele zog ihren Pelzmantel an.

»Der Bus von Titisee nach St. Blasien fährt mit Schneeketten.«

»Harry hat in seinem ganzen Leben noch keinen Bus bestiegen.«

»Wieso ist er nicht mit dem Flieger nach Zürich gekommen? Von dort hätte ich ihn mühelos abholen können.« Elisabeth schlüpfte in den Anorak.

»Harry kennt den Schwarzwald noch nicht. Er möchte durch die verschneite Landschaft fahren.«

»Wenn ihr am Feldberg aussteigen und schieben müsst, wird er den Schwarzwald bestimmt kennenlernen.«

Sie brachen auf. Unterwegs fuhr der Schneepflug vor ihnen her und räumte die Straße frei. Ohne Probleme erreichten sie den Bahnhof Titisee. Ein feiner, ein entzückender, ein beinahe verschwindender Mensch stieg aus dem Zug. Harry Diekmann trug etwas, das aussah wie ein Zelt. Es war ein leuchtend blauer bodenlanger Mantel, dick wie eine Steppdecke und aus dem gleichen Material. Eine weiße Wollmütze wärmte Diekmanns Köpfchen. Er trug eine schwarze Hornbrille, ließ sich vom Schaffner seinen Koffer reichen und kletterte vorsichtig zu den wartenden Frauen in den Schnee.

»Ich begrüße dich, meine Liebe«, sagte er zu Adele. »Und das ist also deine reizende Schwester.« Er küsste Elisabeth die Hand, obwohl diese in wollenen Fäustlingen steckte. »Das war eine bezaubernde Reise, kann ich euch sagen, eine Eisfantasie, ich kam regelrecht ins Träumen.« Zitternd zog sich Herr Diekmann noch tiefer in sein Mantelzelt zurück. »Allerdings hättet ihr mich warnen müssen, dass es hier so kalt ist.«

»Im Winter ist es kalt bei uns«, erwiderte Elisabeth trocken.

Er zeigte zwischen den Frauen hindurch zum Parkplatz. »Wo steht denn eure Karosse?«

Elisabeth lief auf den rostroten Opel Corsa zu.

»Tja, du wolltest ihn kennenlernen«, lächelte Adele, während sie Herrn Diekmanns Koffer zum Wagen trug. »Da hast du mein Schätzchen.«

Auf der Rückfahrt waren sie gezwungen, Kolonne zu fahren. Ein Traktor hatte kein Einsehen mit dem Stau, den er verursachte, und wich nicht aus. Herr Diekmann und Adele saßen auf dem Rücksitz und plauderten. Im Schrittempo fuhr Elisabeth an einem Hotel am Fuße des Feldberges vorbei.

»Pass auf!«, schrie Adele plötzlich.

Ein dumpfer Schlag, ein knirschendes Geräusch, etwas war unter die Räder geraten. »Was war das?« Elisabeth stieg auf die Bremse.

»Das war … Ich glaube …« Adele wisperte. »Ich glaube, das war ein Kind.«

Nichts war zu hören, kein Geräusch, kein Schmerzenslaut, bis weiter hinten einer hupte, weil Elisabeth die Straße blockierte.

»Nein, nein, nein«, flüsterte sie. Zentimeter um Zentimeter öffnete sie vorsichtig die Fahrerür.

Bevor sie aussteigen konnte, stürzte ein untersetzter Mann auf den Opel zu. »Angelo! Angelo, cosa è successo?« Er warf sich zu Boden und streckte seine Arme unter das Auto.

»O Gott … nein …« Zitternd kletterte Elisabeth aus dem Wagen.

Der Mann versuchte, etwas zwischen den Reifen hervorzuziehen. Sie musste sich anlehnen, sonst wäre sie in Ohnmacht gefallen.

Auch Herr Diekmann war ausgestiegen. »Keine Sorge.« Er legte Elisabeth die Hand auf die Schulter. »Kinder haben einen Schutzengel.«

Der Mann kam unter dem Wagen hervor, in seinen Armen barg er das Kind, einen Jungen mit dunklem Haar. Er trug einen leuchtend grünen Anorak.

»Angelo …« Der Vater redete Italienisch auf den Jungen ein, bis der sich plötzlich wie ein erschrockener Vogel schüttelte und den Vater erstaunt ansah.

»Guidavo lo slittino, papà«, sagte er fröhlich.

Der Italiener drückte das Kind erleichtert an sich, doch im nächsten Moment tat er etwas Unglaubliches, er gab dem Jungen eine Ohrfeige. »Angelo, te l'ho detto cento volte, non devi tagliare la strada alle macchine quando vai sullo slittino.«

»*Slittino*«, wiederholte Herr Diekmann. »Wie es aussieht, hat uns der Junge mit seinem Schlitten gerammt. Das war der Rumms, den wir gehört haben.« Er bückte sich zur Stoßstange und brachte das zertrümmerte Modell eines Kinderschlittens zum Vorschein.

»Wir müssen die Rettung rufen«, flüsterte Elisabeth. »Einen Arzt.«

Diekmann wandte sich an den Vater, der sein Kind zu Boden setzte. »Seien Sie vorsichtig, wir wissen noch nicht, welche Verletzungen Ihr Sohn hat«, sagte er in fließendem Italienisch.

Der Vater war überrascht, dass der Fremde seine Muttersprache beherrschte. »Er hat keine Verletzungen.«

»Das muss ein Arzt beurteilen. Am besten rufen wir die Ambulanz.«

»Keine Ambulanz«, widersprach der Vater. »Angelo geht es gut.«

Diekmann schüttelte den Kopf. »Sehen Sie sich den Schlitten an. Es ist ein kleines Wunder, dass Ihrem Sohn nichts Schlimmes passiert ist.«

Inzwischen saß der Junge im Schnee und formte einen Schneeball, was mit dem gefrorenen Harsch nur schwer gelang.

»Dieser Italiener ist stur«, sagte Diekmann zu den Schwestern. »Er möchte nicht ins Krankenhaus fahren.«

»Aber das muss er.« Auch Adele war ausgestiegen.

»Heute ist sein letzter Urlaubstag. Morgen will die Familie nach Bologna zurück. Der Mann hat wohl Sorge, dass ein Arzt Angelo hierbehalten könnte.«

»Natürlich wird man ihn hierbehalten. Der Junge muss untersucht werden. Was für eine Art Vater ist das denn?«

»Ein italienischer Vater«, antwortete Diekmann lächelnd. »Wenn seinem Jungen wirklich etwas zugestoßen wäre, würde er Himmel und Hölle für ihn in Bewegung setzen. Aber wie ich schon sagte: Kinder haben einen Schutzengel.«

»Wir können doch nicht einfach weiterfahren.« Elisabeth hatte sich in den Schnee gesetzt, um gegen ihre Übelkeit anzukämpfen.

»Warum gibst du dem Vater nicht Namen und Versicherungsnummer, und wir schreiben uns seine Daten auf«, schlug Adele vor. »Mit Harry und mir hast du zwei Zeugen, die bestätigen, dass wir einen Krankenwagen rufen wollten.«

»Ich brauche keine Zeugen. Ich will, dass dieses Kind untersucht wird.« Statt aufzustehen näherte sich Elisabeth dem Jungen auf ihren Knien. »Angelo, wie fühlst du dich?«

»Papà?« Der Kleine musterte die unbekannte Frau, die zu ihm herangerutscht kam. »Papà?« Als Elisabeth ihn anfassen wollte, sprang Angelo auf, lachte die kniende Frau aus und rannte quietschvergnügt ins Hotel.

Der Vater stand über Elisabeth. »Vedi, sta bene.« Auch er lachte über das ganze Gesicht, weil seinem Sohn nichts geschehen war.

Adele half Elisabeth auf. »Es ist anscheinend wirklich alles in Ordnung.«

Sie gingen ins Hotel, setzten sich mit dem Vater an einen Tisch und erledigten die Formalitäten. Der Junge spielte daneben mit einem Plastikclown.

Herr Diekmann lag in der Stube auf dem Sofa und rauchte. Er lag da nicht wie jemand, der sich ausruhte, sein Liegen war eher ein vorgeführter Akt, Liegen als Projekt, eine Performance des Liegens. Dazu trug Diekmann einen Tweedanzug mit Weste und Krawatte. Die Brille hatte er auf die Stirn geschoben.

»Er hatte sie heiß geliebt. Am meisten hat er sie geliebt, wenn sie voneinander getrennt waren. Wenn sie sich auf Reisen trafen, sehnte er sich nach der frühen Zeit zurück, als sie ohneeinander nicht sein konnten, als ihr Beisammensein etwas Zwanghaftes, ihre sexuelle Vereinigung etwas Unausweichliches war. Leider hatten sie sich inzwischen in ein ganz gewöhnliches Paar verwandelt. Dieser Gedanke machte ihn traurig.« Herr Diekmann stippte die Zigarettenasche an der Untertasse ab, von der er Elisabeths Kekse gegessen hatte.

»Ich habe noch nicht verstanden, woher Sie diesen Mann kennen«, rief Elisabeth aus der Küche, wo sie das Abendessen vorbereitete.

»Ich kenne ihn gar nicht. Das war das Ende des Films.«

»Ein *Film*?« Elisabeth warf einen Blick zu Adele, die am Küchentisch Kartoffeln schälte. »Er hat uns seit einer halben Stunde bloß einen Film nacherzählt?«

Adele schmunzelte. »So ist mein Diekmännchen nun mal, er lebt gern in seiner eigenen Welt und erzählt von Dingen, in die er sich hineinträumen kann.«

»Wann wirst du ihm die Sache mit Seyfferth erzählen und von deinen Schulden?«

Elisabeth hatte noch nicht zu Ende gesprochen, als Adele ihr ein Zeichen machte, den Mund zu halten. »Lass das meine Sorge sein.«

»Was tuschelt ihr da drüben?«, rief Diekman.

Elisabeth betrachtete Adeles Mann durch das Glas der Durchreiche. Das war ein Türchen, durch das man früher die Speisen in die Stube geschoben hatte. Auf das kleine Viereck reduziert wirkte Herr Diekmann auf dem Sofa wie ein altertümliches Gemälde. »Was war Ihre letzte Plattenproduktion?« Sie bestrich den Braten mit Kümmel und Senf.

»Plattenproduktion?«

»Ich meine die aktuelle Platte.«

Herr Diekmann erhob sich vom Sofa, zog seine Weste zurecht und kam in die Küche. Er sah Adele staunend an. »Was hast du deiner Schwester denn erzählt?«

Sie lachte harmlos. »Ich habe bloß von der Zeit berichtet, als wir uns kennenlernten. Von München, deiner Plattenfirma und der Wohnung.«

»Ach, die schöne Münchner Wohnung«, schwärmte er, faltete die Hände wie zum Gebet und kam um die Kochstelle herum, die als mächtiger Block in der Mitte der Küche stand. »Das Leben bedeutet Veränderung, nicht wahr? Anfangs stellt es sich als die Summe all unserer Möglichkeiten dar, von denen es unendlich viele zu geben scheint. Später kommt die Phase, in der wir Entscheidungen treffen. Wir leben mit den Konsequenzen unserer Entscheidungen und werden älter. Eines Tages ist das Leben dann die Summe all unserer getroffenen Entscheidungen. Verstehen Sie, was ich meine?«

Elisabeth wischte sich den Dampf von der Stirn, der ihr beim Öffnen des Ofens entgegengeschlagen war. »Nein.«

»In den sechziger und siebziger Jahren war ich Musikproduzent. Die Liste der Künstler, die ich unter

Vertrag hatte, konnte sich sehen lassen. Ende der Siebziger traf ich dann einige Entscheidungen. Ich vertraute einem Mann, der mir Hoffnungen machte, mein Geld zu vervielfachen, und habe gewisse Papiere gekauft.«

»Ach herrje.« Elisabeth ahnte, was nun kam.

»Mein Geld hat sich nicht vervielfacht, im Gegenteil, die Zahlen auf meinem Konto wurden plötzlich rot. Bald war ich ein Plattenproduzent ohne Firma und musste auch meine Wohnung aufgeben. Damals bekam Adele das Angebot, in Seyfferths Hamburger Klinik zu arbeiten. Da habe ich mich beruflich eben auch nach Hamburg orientiert.«

Die Geschichte von Diekmann passte zu dem eleganten Mann im Tweedanzug. Sie passte auch zu Adele, die in Hamburg das Geld ihres Chefs veruntreut hatte. Es war eine Großstadtgeschichte über zwei gestrandete Großstadtmenschen. Die Geschichte passte aber nicht auf den Dachsberg. Elisabeth fühlte sich unwohl damit, mehr noch, die Anwesenheit dieses Pärchens machte ihr mit einem Mal Angst. Adele war ihre Schwester, doch im Verbund mit Herrn Diekmann veränderte sich Elisabeths Sicht auf Adele. Unehrlichkeit und Betrug lagen in der Luft, vor allem aber der Versuch, mehr zu scheinen, als man war.

Harry Diekmann war ein Bankrotteur. Seine Spekulationen waren schiefgegangen, er arbeitete mittlerweile als Animateur auf einem Kreuzfahrtschiff. Die Hamburger Reederei schickte ihn kreuz und quer durch die Welt. Er trat an Bord als Conférencier auf, sang Liedchen und machte Witze. Manchmal bestand seine Aufgabe darin, alleinreisenden Damen Gesellschaft zu leisten. Damit erklärte sich für Elisabeth auch, weshalb Herr Diekmann erst jetzt im Schwarzwald auftauchte, Monate nachdem Adele in Schwierigkeiten geraten war. Er war soeben von einer Karibikreise zurückgekehrt.

Elisabeth suchte Einfachheit und das schlichte, unaufgeregte Leben, das sie aus ihrer Kindheit kannte. Sie wollte solche Leute nicht im Haus haben. Solche Leute zerstörten das Echte, Unverfälschte, das Elisabeth dringend brauchte, um zu heilen und vorsichtig Schritt für Schritt von Neuem zu beginnen. Diese Leute waren wie ein unangenehmer Ton, der die Stille störte, sie waren wie unheilvolle Geister aus dem Tal, die Elisabeth absichtlich dort unten zurückgelassen hatte. Nun waren sie auf dem Dachsberg erschienen. Bald war Fastnacht, dachte Elisabeth, dann wurden nach altem Brauch die Dämonen ausgetrieben. Sie wusste noch nicht wie, doch sie würde das rechte Mittel für eine Austreibung finden.

Adele war mit dem Schälen fertig, Elisabeth legte die Kartoffeln auf ein Blech und schob es in den Ofen. Bis das Essen fertig war, musste sie Herrn Diekmanns Erzählungen weiter anhören. Sie selbst sagte wenig und ließ seine halb schlauen, halb verächtlichen Lebensweisheiten über sich ergehen. Er und Adele waren so sehr mit sich selbst beschäftigt, dass sie die Eintrübung von Elisabeths Stimmung nicht bemerkten. Nach dem Essen sagte sie, dass sie müde sei, und richtete Herrn Diekmann sein Bett im Mädchenzimmer. Dass er nicht bei Adele schlief, wunderte Elisabeth nicht weiter. Nachdem sie sich hingelegt hatte, hörte sie die beiden in der Küche noch lange lachen und schwatzen.

13

DIE ROSEN

Einige Tage darauf wollte Herr Diekmann zu jenem lieben alten Freund im Hochschwarzwald weiterfahren, den er Adele gegenüber in Wien erwähnt hatte, und sie sollte ihn bei der Stippvisite begleiten. Herr Diekmann fragte höflich, ob Elisabeth ihm den Opel Corsa leihen könne. »Ich verspreche, den Wagen vollgetankt und in tadellosem Zustand zurückzubringen.«

Normalerweise hätte Elisabeth ihr Auto nicht in fremde Hände gegeben, wäre sie dadurch nicht in den Genuss gekommen, wieder allein zu sein. Sie wollte nachdenken, musste dringend nachdenken, doch das war unmöglich, solange die beiden in ihrer Nähe waren. Adele und ihr Mann standen spät auf, frühstückten ausgiebig, saßen in der Stube, lasen Zeitung, manchmal führte Herr Diekmann ein Telefongespräch und entschuldigte sich nach einer Stunde, dass es so lange gedauert hätte. Nie kam er auf die Idee, Elisabeth etwas Geld für die Benutzung des Telefons hinzulegen. Seit ihr Mann auf dem Dachsberg war, gab sich auch Adele dem süßen Nichtstun hin. In den Wochen davor hatte Elisabeth den Eindruck gehabt, die Schwester würde am gleichen Strang ziehen, was ihre gemeinsame Zukunft betraf. Im Duo mit Herrn Diekmann benahm sie sich wie die Prinzessin auf der Erbse, die sie im Grunde ihres Wesens war.

»Bitte nur die Motorbremse verwenden, wenn es

bergab geht«, erklärte Elisabeth, während sie Diekmann die Autoschlüssel aushändigte. »Die Batterie ist alt, also nie vergessen, das Licht abzuschalten.«

»Sicher, aber sicher.« Er mimte aufmerksames Zuhören und lud gleichzeitig die Koffer ein. Adele küsste die Schwester zum Abschied auf die Wange.

Elisabeth winkte ihnen nach und beobachtete, wie der Corsa schon in der ersten Kurve ins Rutschen kam. Sie sah Adele und Diekmann im Nebel verschwinden, ging ins Haus zurück, atmete ein paar Mal durch, setzte sich und lauschte auf die Stille, die hier zuletzt ein seltener Gast geworden war. Wie angenehm, wie wunderbar, wie notwendig, nichts zu hören, nicht das Geringste, die vollkommene Winterstille.

Du beginnst dich allmählich zu verlieren, dachte Elisabeth. Du bist aus deinem alten Leben geflohen, hast hier aber kein neues begonnen. Du hältst dich in einer Zwischenwelt auf. Du bezeichnest diesen Hof als dein Zuhause, in Wirklichkeit benutzt du ihn als Hotel, in dem du Urlaub vom Leben machst. Wenn du nicht bald etwas Sinnvolles anpackst, wirst du auf dem Dachsberg noch verrückt. Die Einheimischen leben hier ihr Dachsbergleben, weil sie keine Alternative haben. Sie denken nicht darüber nach, ob dieses Leben richtig für sie ist, und genau deshalb sind sie zufrieden. Sie wissen, hier bin ich, das ist mein Land, das sind meine Menschen, so ist es gut. Du aber naschst nur an dem Leben hier, du kokettierst mit der Möglichkeit, immer noch alles verkaufen und woanders neu beginnen zu können. Man darf am Leben aber nicht nur naschen, man muss sich für die ganze Mahlzeit entscheiden.

Elisabeth stand auf. Das war der springende Punkt.

Solange sie nicht wusste, welchen Sinn ihr Leben haben sollte, welche Farbe, welchen Geruch, welche Form, welche Geschwindigkeit, würde sie immer weiter in dieser unbefriedigenden Abwartehaltung bleiben, in dieser Zwischenwelt, egal, ob sie auf dem Dachsberg lebte, in Bonn oder Timbuktu.

Sie starrte aus dem Fenster und fragte sich, ob sie vielleicht deshalb all die Jahre so hoffnungslos an Dietrich gehangen hatte, weil sie mit ihrem eigenen Dasein so wenig anfangen konnte. Dieser Mann hatte ihren Tagen Struktur gegeben, selbst wenn es nur die Struktur der Einsamkeit war, die quälenden Wochen, wenn sie ihn nicht zu sehen bekam. Selbst dann hatte ihr Dasein einen Sinn gehabt, denn sie durfte ja auf ihn warten. In ihrem Beruf hatte Elisabeth nie Erfüllung gefunden. Was hatte sie schon getan? Sie tippte seitenweise Worte ab. Wenn sie fertig war, trug sie die Seiten von A nach B, bekam neue Seiten, trug sie von B nach A und tippte wieder Worte ab. Es war die Existenz eines Hamsters im Laufrad, kein Leben, denn das Leben bekam seinen Sinn erst durch die Liebe.

»Was?«, fragte Elisabeth stimmhaft in die Küche. »Das Leben bekommt seinen Sinn nur durch die Liebe?« Es waren die ersten Worte, die seit der Abreise der Quälgeister gesprochen wurden.

Zwanzig Jahre lang hatte Elisabeth Dietrich ihre Liebe geschenkt. Nun gab es ihn nicht mehr, wohin also mit ihrer Liebe? Elisabeth wurde neunundvierzig. In diesem Alter wieder bei Null zu beginnen, war schwierig. Im Grunde hatte sie keine Lust, die üblichen Paarungstänze aufzuführen, aber irgendjemanden, irgendetwas musste man schließlich lieben, sonst ging man zugrunde.

»Was kann ich lieben?«, fragte Elisabeth in die schweigsame Stube hinein. »Was oder wen soll ich lieben?« Sie öffnete die Tür zum Flur, der das Haus von Norden nach Süden durchschnitt. Dort hing der alte Spiegel. Elisabeth schaute in ihr freundliches rundes Gesicht, das im Moment ziemlich finster dreinblickte. »Kannst du mir das sagen?« Die Frau im Spiegel sah ratlos aus.

»Was soll ich dir sagen?«, fragte eine Stimme.

Elisabeth erschrak so sehr, dass sie aufschrie. Sie hatte niemanden kommen hören.

»Mit wem redest du?« Durch den zwielichtigen Korridor kam Alexander Behringer näher.

»Was willst du hier?«

»Das ist ja ein reizender Empfang. Besuchen wollte ich dich.«

Unwillkürlich fuhr sie sich durchs Haar. »Warum?«

»Was für eine Frage. Warum besuchen die Leute einander?«

»Du besuchst mich, weil dir drüben die Decke auf den Kopf fällt«, antwortete sie, ohne zu überlegen.

»Du triffst den Nagel auf den Kopf.« Er lachte das freche Bernsteinlächeln. »Ich habe Adele abfahren sehen und wollte schauen, ob du dich fürchtest, so ganz allein.«

»Gut, komm herein, ich mache uns einen Kaffee.« Elisabeth ging voraus, wusch die Kanne aus und nahm die Kaffeemühle vom Schrank. »Erzähl mir, Alex, wie ist das, wenn man verlassen wird?«

»Du stellst ja ziemlich indiskrete Fragen.«

»Es interessiert mich. Ich wurde noch nie verlassen.«

»Angeberin.« Er setzte sich.

»Ich meine es nicht, wie du denkst. Um verlassen zu werden, muss man mit jemandem zusammen sein.« Sie gab ihm die gefüllte Mühle.

»Warst du das nie?«

»Nicht in der Art, wie die Dachsberger es kennen.«

»Du warst dein ganzes Leben eine einsame Kämpferin?«

»Eine Kämpferin?« Der Ausdruck bewegte etwas in ihr, für etwas zu kämpfen, ja, das wäre vielleicht ein Anfang. »Wofür kämpfst du, Alex?«

»Zurzeit kämpfe ich ums Überleben.« Auf ihren erstaunten Blick hielt er im Mahlen inne. »Martina ist fort, die Kinder sind fort. Es ist ziemlich hart.«

»Ich dachte, du hast eine junge Geliebte.«

»Wer hat dir das erzählt?«

»Dein Vater.«

»Der alte verbitterte Mann.«

»Hast du denn keine junge Geliebte?«

»Nein.« Er ließ die Luft ausströmen. »Ja.«

»Und du wunderst dich, dass deine Frau dich verlässt?« Sie stellte zwei Tassen auf den Tisch.

»Die Sache in Waldshut bedeutet doch nichts.«

»Dann hast du Martina also wegen *Nichts* betrogen? Wegen Nichts hast du sie leiden lassen und wieder leiden und sich kränken und heimlich weinen und ihr Elend vor den Kindern veheimlichen? Deine Martina hat die Familie zusammengehalten, während du wegen Nichts ins Tal gefahren bist.«

»Hast ja recht«, knurrte der König vom Dachsberg.

»Gib her, feiner wird der Kaffee nicht.« Sie nahm ihm die Mühle ab. »Du bist schon ein Früchtchen, Alex. Du amüsierst dich mit deiner Baumarktschönheit, zerstörst das Lebensmodell von dir und Martina, lässt sie davonziehen und beschwerst dich auch noch, dass dir die Decke auf den Kopf fällt?«

»Bin ich etwa hergekommen, um mir eine Standpauke anzuhören?«, fragte er, als ob noch ein Dritter im Raum wäre.

»Ich habe keine Ahnung, warum du gekommen bist.« Sie kippte den gemahlenen Kaffee ins Kännchen und setzte es auf den Herd.

»Willst du mir etwa weismachen, du wärest hier oben glücklich?«, fragte er grob.

Ich habe ihn angegriffen, dachte Elisabeth, und jetzt schlägt er zurück. »Muss man denn immer glücklich sein? Die Sucht nach dem permanenten Glück kenne ich nur aus der Stadt. Hier oben rennen die Leute dem Glück nicht so beschämend hinterher, dachte ich. Hier nehmen sie das Leben, wie es kommt.«

»Deinen Heiligenschein kaufe ich dir nicht ab. Ich nehme an, du hast in Bonn interessantere Leute gekannt als hier. Immerhin kennst du den früheren Bundeskanzler. Außerdem ist es am Rhein sonnig und warm, während es hier die meiste Zeit kalt ist. Dort wächst der Wein, bei uns gedeihen nur die dunklen Fichten.«

Er hatte recht. Solange sie nicht wusste, was sie wollte, hätte sie genausogut in Bonn leben können. »Ich habe vom Bundeskanzler geträumt.« Der Satz fiel einfach aus ihr heraus, ohne vorbereitenden Gedanken.

»Geträumt?«

»Ja. Und weißt du, was er im Traum zu mir gesagt hat?«

»Woher soll ich wissen, was du mit Willy Brandt

besprichst, wenn ihr allein seid?« Wieder sein freches Lachen.

»Er hat mir seinen Rosengarten gezeigt.«

»Ich wusste nicht, dass Brandt einen Rosengarten hat.« Alex machte ein ungläubiges Gesicht. »Was träumst du denn für komische Sachen?«

Die Sache mit den Rosen war Elisabeth seit jener Nacht nicht aus dem Kopf gegangen. Es musste etwas dahinterstecken, man träumte nicht einfach so von einem Mann, den man von allen am meisten bewunderte. Man träumte nicht von einem Feld voller Rosen, wenn das Ganze nichts zu bedeuten hatte. Träume waren Wegweiser, daran glaubte Elisabeth fest, besonders ein Traum, in dem der Bundeskanzler vorkam. Wenn er verlangte, dass sie sich mit Rosen beschäften sollte, dann hatte sie sich mit Rosen zu beschäftigen. Indem sie Alex ihre unüberlegte Antwort gab, hatte Elisabeth sich selbst die Antwort gegeben. Oder verlor sie allmählich den Verstand?

»Der Kaffee geht über«, sagte Alex, staunend über den sonderbaren Ausdruck, mit dem Elisabeth am Herd stand.

Sie nahm das Kännchen vom Feuer und goss ihnen ein. Ihre Gedanken waren bei Willy, bei den Rosen, bei der Zukunft.

14

DER AUFTRAG

»Was tust du da?«

»Ich beschäftige mich mit Rosen.«

Elisabeth saß über ein farbenprächtiges Buch gebeugt. Heute früh hatte sie den Umstand verflucht, dass sie Diekmann ihr Auto geliehen hatte. Sie musste in die Stadt, doch wie sollte sie ohne Auto ins Tal kommen? Einen Tag nachdem Alex sie besucht hatte, ging sie zu ihm herüber. »Wann fährst du das nächste Mal zu deiner Liebsten in den Baumarkt?«, fragte sie direkt, aber humorvoll.

»Warum?«

»Ich muss nach Waldshut, aber ich habe kein Auto.«

»Ich fahre nicht zu Isabel. Trotzdem bringe ich dich hin.«

»Warum willst du das tun?«

»Weil wir Freunde sind. Weil du mir Kaffee gemacht und mir den Kopf gewaschen hast.«

»Gut, dann bring mich nach Waldshut in die Buchhandlung.«

Mit einem Stapel von sechs schweren Wälzern waren sie später auf den Dachsberg zurückgekehrt. Seitdem saß Elisabeth am Küchentisch und las und schmökerte und lernte. Sie hatte solche Lust, das Gelernte sofort in die Tat umzusetzen, dass sie am liebsten das Kalenderblatt mit den düsteren Februartagen abgerissen und ihren eigenen persönlichen März begonnen hätte. Im März musste der Boden vorbereitet werden, hatte sie gelesen, im April konnte man dann mit allem Übrigen beginnen.

»Hier sagen sie zum Beispiel, dass man im ersten Jahr noch keine Kreuzungsversuche machen soll.« Elisabeth tippte auf eine bestimmte Stelle. »Es wird empfohlen, keine fertigen Rosenstöcke zu kaufen, sondern mit der Aussaat von Samen zu beginnen.«

»Ich verstehe nicht ganz. Du hast vor …?« Adele stand am anderen Ende der Küche. »Nein, bitte erklär es mir noch einmal.«

»Begreifst du nicht? Das ist mein Auftrag, weshalb ich nach Hause zurückgekehrt bin.«

»Wahrscheinlich ist mir entgangen, dass du in der Einöde irgendwelche Aufträge bekommen hättest.«

»Einen inneren Auftrag meine ich. Ich habe ihn mir selbst gegeben, verstehst du?«

»Nein.«

»Unsere Familie hat Schuld auf sich geladen, Adele. Wir haben den Boden unserer Heimat vergiftet.«

»*Wir*? Wir waren gar nicht hier, als es passierte. Du warst in Stuttgart, ich in Wien. Hans war der Übeltäter. Er wusste genau, was er tat. Er hat das Erdreich und das Grundwasser sehenden Auges vergiftet. Seine angeblich so tiefe Reue kam erst Jahre später, nachdem er den Schaden bereits angerichtet hatte. Auf Anraten seines Anwalts hat er Reue vorgegaukelt, weil er sein Strafmaß mindern wollte.«

»Ich weiß, das weiß ich ja alles, aber das ist nicht der springende Punkt. Was Hans getan hat, liegt Jahrzehnte zurück. Mich interessiert, was heute getan werden muss. Hinter den Tannen liegt dieses Stück

Erde, drei Hektar groß, und die schreien mich an. Ich kann das so nicht lassen. Zwanzig Jahre lang sind die Tannen gewachsen und haben den Schandfleck nach und nach verdeckt. Jetzt muss ich das ändern. Ich werde die Tannen fällen.«

»Wozu? Damit man den Schandfleck noch deutlicher sieht?«

»Die Bäume stehen auf der Südseite und nehmen dem Grundstück die Sonne. Solange keine Sonne auf das Gelände fällt, kann ich dort nichts anpflanzen.«

»Du willst in kotaminierter Erde etwas pflanzen?«

»Natürlich nicht. Die alte Erde muss abtransportiert und entsorgt werden, aber diesmal viel tiefer. Danach muss ein wasserdurchlässiges Schutzvlies aufgebracht werden, das die letzten verseuchten Spurenelemente daran hindert, in den Boden einzudringen. Darauf kommt eine Schicht Mutterboden und darauf der Lehmboden, mindestens zwei Meter hoch.«

»Wieso Lehm?«

»Rosen brauchen tonhaltige Erde, sie lieben Lehm. Du kannst Rosen überhaupt nur in Lehmboden ziehen.«

»Wieso Rosen? Was für Rosen?«

»Davon rede ich doch die ganze Zeit, von meinem … von unserem Rosengarten.«

Adele sah die Schwester an, dann wandte sie sich zum Fenster. »Schau hinaus.« Ihr Tonfall glich dem Stich eines Floretts.

»Ich weiß, es hat wieder zu schneien begonnen.«

»Es schneit ununterbrochen. Bald werden wir jemanden bitten müssen, unser Dach abzuschaufeln, damit die Schneelast es nicht eindrückt.«

»Wir haben Februar. Im März wird es zu schneien aufhören.«

»Wir liegen auf tausend Metern Höhe. Du kannst hier keinen Rosengarten anpflanzen, nicht auf einer kontaminierten Brache, nicht bei unserem Wetter. Beim ersten Sturm weht es dir deinen Garten davon.«

»Glaubst du, das hätte ich nicht bedacht, glaubst du, ich weiß nicht, dass es schwierig wird? Es gibt für alles eine Lösung.«

»Das ist ein dummes, unhaltbares Sprichwort. Für deinen Irrsinn gibt es keine Lösung.«

»Wir brauchen zunächst den richtigen Boden. Gegen die Stürme aus dem Westen will ich einen Wall aufschütten, dadurch wird der Sturm über den Garten hinwegstreichen. Gegen die Winterkälte brauchen wir ein Gewächshaus, wahrscheinlich mehrere.« Elisabeth schlug eines der Bücher auf. »Es gibt einige Möglichkeiten, Rosen vor Frost zu schützen. Man häufelt Gartenkompost auf die Stöcke und legt Nadelreisig oben drauf. Das schützt sie vor dem austrocknenden Wind.«

Den Blick auf das Rieseln der Schneeflocken gerichtet, stand Adele am Fenster. »Ich verstehe. Ich hatte allerdings vergessen, dass du einen Millionär kennengelernt hast.«

»Einen Millionär? Welchen? Ich kenne keinen Millionär.«

»Das ist auch mein Eindruck. Wenn du aber keinen Millionär kennst und ihn durch dein bezauberndes Wesen nicht dazu bringen kannst, sein Scheckheft zu zücken, weiß ich nicht, womit du das alles bezahlen willst, den Lehmboden, den Westwall, die Gewächshäuser und vor allem deine tausenden Rosen.«

»Richtig, das hatte ich noch nicht erwähnt«, antwortete Elisabeth. »Das muss ich dir jetzt wohl beichten.«

»Beichten, was?«

»Ich hatte das Glück ...« Sie stockte und begann noch einmal. »Mein lieber Dietrich war oft bei mir zu Gast. Daher kam es, dass er manchmal seine Telefonate in meiner Wohnung führte. Es waren auch geschäftliche Telefonate dabei.«

»Und?«

»Dietrich hat manchmal gekauft und manchmal verkauft, meistens im großen Stil.«

»Wie schön für ihn.«

»Manchmal habe ich mir etwas gemerkt, manchmal Notizen gemacht. Mitunter habe ich auch gekauft, natürlich in viel kleinerem Rahmen.«

Adele begann zu ahnen, was die Schwester meinte. »Gekauft? Du meinst ... Aktien?«

»Mit den Jahren habe ich mir einige nette Aktienpakete zugelegt. Ich habe, wie man so schön sagt, *investiert.* Dabei dachte ich natürlich an meine Altersvorsorge, jetzt aber weiß ich, wozu ich diese Aktien verwenden muss, endlich weiß ich es. Aktien sind nichts als Papierbündel. Diese Papiere werden sich jetzt in etwas Schönes und Kreatives verwandeln.«

Adele war kreidebleich geworden. »Du besitzt Aktien in größeren Mengen?«

»Es läppert sich einiges zusammen.«

»Und das sagst du mir erst jetzt?«, erwiderte Adele schneidend. »Warum hast du es nicht gesagt, als ich dir von meinen Problemen erzählt habe?«

»Ich habe dir aus der Klemme geholfen, Adele. Das habe ich doch?«

»Mit den paar Brosamen, die du mir hingeworfen hast, haben wir das Problem nicht gelöst.«

»Ich habe mein Sparkonto aufgelöst, um dir unter die Arme zu greifen.«

»Du hättest die gesamte Schuld von meinen Schultern nehmen können, wenn du nur gewollt hättest.«

Da veränderte sich etwas bei Elisabeth, ein Klang, ein Licht, eine Wallung des Blutes. Ihr war, als hörte sie einen warnenden Ton. Ihr Gesicht bekam Klarheit und Härte. Sie stand auf und schlug ihre Rosenbücher zu.

»Ja, das wäre möglich gewesen«, antwortete sie laut und deutlich. »Aber ich wollte nicht.«

»Wie bitte?«

»Ich wollte nicht, Adele. Ich habe dir aus den ärgsten Schwierigkeiten geholfen, weil du meine Schwester bist. Weiter werde ich nicht gehen. Du hast deinen Arbeitgeber bestohlen. Du hast seine Bücher gefälscht, seine Steuererklärung frisiert, du hast gestohlen, Adele, jahrelang. Du hast in Saus und Braus gelebt. Ich habe mich immer gewundert, woher das viele Geld kam, mit dem du mich nach Nizza und New York eingladen hast, in die besten Hotels, in die besten Restaurants. Es tut mir leid, dass du jetzt Sorgen hast, aber eigentlich ist es in Ordnung. Du hast dein Leben genossen, aber die Rechnung nicht bezahlt. Jetzt musst du zahlen, aber nicht mit meinem Geld, Adele. Dieses Geld werde ich für etwas anderes verwenden. Für etwas Schönes und Gutes.«

Adele war anzusehen, dass sie ihrer Schwester die Beleidigung heimzahlen wollte, aber sie beherrschte sich. Vielleicht sah sie ein, dass Elisabeth sämtliche Argumente auf ihrer Seite hatte, während Adele nichts vorweisen konnte. Elisabeth war im Recht, Adele im Unrecht, mit einem Mal war sie die böse Prinzessin, während Elisabeth die unangefochten gute Schwester war.

Wortlos lief Adele aus der Küche, aus der Stube und nahm die Treppe in den ersten Stock. Vorhin hatte Herr Diekmann sich etwas hingelegt. Elisabeth hörte, wie Adele ihn weckte und auf ihn einredete. Man hörte die beiden auf und ab gehen und diskutieren.

Elisabeth war bewusst, was es für Adele bedeuten musste, von der kleinen Schwester so etwas gesagt zu bekommen. Doch nun hatte sie es gesagt, und das war gut. Nun, da sie wusste, was sie damit anfangen würde, liebte Elisabeth den Gedanken an ihren kleinen Reichtum. Ihr war, als ob sie den Kokon aus Unsicherheit und Zweifeln endlich zerrissen hätte. Sie erkannte die Wirklichkeit und damit die Zukunft. Elisabeth setzte sich an den Tisch, nahm die Brille und schlug ihr Rosenbuch auf.

15

DIE SONNE KOMMT DURCH

Die Maschine schwieg. Der Mann mit dem Helm, der eher einem Astronauten glich als einem Holzfäller, trat zurück. Der Bürgermeister persönlich legte Hand an und zeigte damit, dass er seinen Segen für das Unternehmen gab. Elisabeth stand hinter ihm, den Blick nach oben gerichtet.

»Zurück!«, rief Alex, packte Elisabeths Hand und zog sie zur Seite, wo ihr nichts passieren konnte. Alex hatte den Baum an der Nordseite angeschnitten. Der Stamm der Tanne war so dick, dass er nicht die gewöhnliche Kettensäge verwendet hatte, sondern die, deren Schwert einen Meter lang war. Das Ein-Meter-Schwert benutzten nur professionelle Waldarbeiter, es war zu schwer, zu unsicher zu handhaben. Alex hatte einen halbmetertiefen Keil aus der Tanne herausgeschnitten, länglich nach oben verlaufend. Je höher der Keil war, desto langsamer fiel der Baum. Diese Tanne war so riesig, dass Alexander ihr die Ehre antat, majestätisch zu stürzen.

Gerade hatte man das charakteristische Knacken gehört, das ankündigte, dass ein Baum nachgab, seinen Halt, seine Verbindung nach unten verlor, das Knacken, wenn sein Leben vorbei war und er stürzen musste. Alexanders Gesicht war hinter dem Visier des Holzfällerhelmes kaum zu erkennen. Elisabeth hielt seine Hand, gemeinsam schauten sie nach oben.

Eine Menge Leute waren gekommen. Was heute passierte, war die erstaunlichste Veränderung seit dem Tag, als Hans Kohlbrenner den Grundstein für seine Fabrik gelegt und behauptet hatte, das Wirtschaftswunder werde auch auf dem Dachsberg einziehen. Zwanzig Jahre später sollte seine Tat nun ungeschehen gemacht werden. Die Familien waren fast vollzählig erschienen, die Behringers, die Hierholzers und die Kaisers, die Hierbacher und die Holzwarths waren alle gekommen, weil sie kaum glauben wollten, dass die junge Kohlbrennerschwester mit ihrem Vorhaben ernst machte. Sie hatte über ihre Pläne wenig erzählt, nur eines hatte sich wie ein Lauffeuer herumgesprochen, Elisabeth Kohlbrennerin besaß Geld. Damit wollte sie die Chemiebrache von Grund auf sanieren, eine Sensation auf dem Dachsberg, darum hatten sich die vielen Zaungäste eingefunden.

Einer von ihnen stand abseits, der Vater des Holzfällers, Rudolph Behringer. Er hing zwischen seinen Krücken und schaute in die Krone der Tanne, die hier seit achtzig Jahren stand. Als Hans Kohlbrenner seine Fabrik gegründet hatte, war die Tanne halb so hoch gewesen, mit den Jahrzehnten war sie zu einem mächtigen Baum herangewachsen.

Als der Wipfel der Tanne zitterte, gab es Rudolph einen Stich. Nicht weil der Baum fiel, auf dem Dachsberg gab es tausende Tannen. Ein Stich ging durch sein Herz, weil mit der Tanne das bestehende Vorurteil fallen würde. Seit zwanzig Jahren wusste jeder, die Kohlbrenners waren an allem schuld. Seit sie die Verfemten, die Geächteten waren, hatten die Behringers die Geschicke auf dem Dachsberg gelenkt. Rudolph war kein dummer Mann, er wusste, dass Elisabeth nicht die Macht auf dem Dachsberg anstrebte. Aber er hatte es genossen, die Kohlbrenners vom Dachsberg zu vertreiben. Er war ein König auf einem kleinen Land, aber so klein sein Reich auch war, kein König ließ es sich gern streitig machen. Heute zerstörte Elisabeth Kohlbrenner den Glauben an das Königreich der Behringers. Hatte er selbst sie nicht aufgefordert, den angerichteten Schaden aus der Welt zu schaffen? Nie im Leben hätte er geglaubt, dass Elisabeth die Mittel dazu aufbringen und ernst machen würde. Jetzt musste Rudolph tatenlos zusehen, wie die Kohlbrennertochter ihn beschämte. Er klammerte sich an seine Krücken und schaute zum Wipfel empor. Sein Sohn hatte die Tanne entzweigesägt. Nun begann sie zu stürzen.

Gemeinsam mit Herrn Diekmann hatte Adele vorgehabt, den Zug nach Hamburg zu besteigen. Sie wollte ihrer Schwester vor Augen führen, dass sie allein auf dem Dachsberg nichts ausrichten konnte. Doch als sie merkte, dass Elisabeth sich nicht beirren ließ, als sie tatsächlich ihre Aktien verkaufte und eine hohe Summe auf ihrem Konto aufschien, wurde Adele schwankend. Diese Zahlen besaßen eine magische Anziehungskraft. Adele hatte nichts Betrügerisches im Sinn, doch falls nach der Realisierung von Elisabeths Hirngespinst noch etwas Geld übrigbleiben sollte, käme Adele vielleicht in den Genuss davon. Sie kam sich nicht hinterhältig vor, doch um vieles unwürdiger als ihre kleine Schwester. Elisabeths Veränderung war ein Stachel in Adeles Fleisch, nicht, weil die Schwester beschlossen hatte, etwas Gutes zu tun, sondern weil sie zu wissen schien, was sie mit ihrem Leben anfangen wollte. Das hatte Elisabeth der Älteren voraus.

»Das haben wir Willy Brandt zu verdanken«, raunte Adele, als die Kettensäge schwieg und alle auf das Ergebnis warteten.

»Was meinst du, meine Liebe?« Herr Diekmann trug selbst bei dem milden Wetter seinen blauen Zeltmantel.

»Diese Wahnsinnsidee hat Willy meiner Schwester im Traum eingeflüstert. Und wir müssen nun die Konsequenzen tragen.«

»Eigentlich hätte man Herrn Brandt heute einladen sollen«, schmunzelte Diekmann. »Zuerst die Wiedervereinigung und jetzt das Wunder vom Dachsberg. Für beides hat Willy den Grundstein gelegt.«

Die Tanne neigte sich nach Nordosten, knackte und krachte, langsam, dann immer schneller fiel sie, streifte das Geäst der umstehenden Bäume, riss Äste mit sich, kappte den Wipfel einer kleineren Tanne und prallte schließlich donnernd und dumpf auf den Boden. Die Wucht war so groß, dass die Erde im weiten Umkreis bebte. Das fuhr jedem in den Körper, dem alten Behringer genauso wie dem jungen, Adele genauso wie Elisabeth.

Breitbeinig stand sie da, den Blick auf den gestürzten Baum gerichtet. Ein staunendes und zärtliches Lächeln legte sich auf ihr Gesicht, als die Sonne zum ersten Mal seit Jahrzehnten durch die Tannen brach und ihre Strahlen auf den zerstörten Industrieboden fielen. Die Sonne zauberte auch auf die Gesichter der Dachsberger ein Lächeln.

Elisabeth hielt immer noch Alex' Hand. »Danke, Xandi. Ich danke dir sehr.«

Der Mann mit dem Helm drehte sich um und sah die Kohlbrennerschwester freundlich an.

16

DIE SACHE MIT DER LIEBE

Bist du verrückt? Hast du den Verstand verloren? Wer gibt dir die Zuversicht, dass du Adeles Selbstbewusstsein besitzt oder ihr Durchsetzungsvermögen? Adele wäre vielleicht imstande, ein Projekt dieser Größe durchzuziehen, aber du doch nicht. Du bist die kleine Schwester und wirst immer die kleine Schwester bleiben. Du bist Sekretärin und hast Aufträge entgegengenommen. Noch nie hast du Aufträge erteilt.

Elisabeth saß am Küchentisch und hatte Dokumente vor sich, deren Inhalt sie gar nicht oder unvollständig verstand. Draußen vor dem Haus diskutierten Fachleute vom Boden- und Gewässerschutz miteinander. Am Morgen waren Leute vom Landesamt für Umwelterhebung hier gewesen, sie hatten sich für nicht zuständig erklärt, es ginge in Elisabeths Fall in erster Linie um Sondermüllentsorgung. Nachmittags erwartete Elisabeth die Experten der UMEG, die Fragen der Mikrobelastung, der Altlastensanierung und des Tier- und Artenschutzes klären wollten. Es genügte nämlich nicht zu sagen: »Ich will etwas Gutes tun, hier ist das Geld dafür, bringen Sie das in Ordnung, damit ich meine Rosen pflanzen kann.« Es genügte nicht einmal ansatzweise, es löste vielmehr eine Lawine behördlicher Kontrollen, Auflagen und Einschränkungen aus. Vor zwanzig Jahren hatte der Umweltverstoß der Firma Kohlbrenner hohe Wellen geschlagen und war bei den Baden-Württembergischen Ämtern als Umweltsünde erster Ordnung dokumentiert worden. Jeder, der sich von Neuem an der Fabrikruine zu schaffen machen wollte, erregte die Aufmerksamkeit der Ämter, und ohne deren Zustimmung durfte niemand etwas unternehmen, nicht einmal etwas Gutes.

Elisabeths Projekt hatte die Kennziffer *Dk-6587-1991fbb* erhalten. Ein Hinweis darauf, dass hier eines Tages ein Rosengarten entstehen sollte, fand sich nirgends. Elisabeth selbst war mittlerweile so eingeschüchtert von *Dk-6587-1991-fbb*, dass sie manchmal vom Küchenfenster zur Brache hochblickte und ihren unsäglichen Traum verfluchte. Warum hatte der Bundeskanzler ihr nur den Rat gegeben, einen Rosengarten anzulegen?

»Er hat dir keinen Rat gegeben«, flüsterte Elisabeth, über die Dokumente gebeugt. Niemand hat dir einen Rat gegeben, außer den, alles zu verkaufen. »Wenn Dietrich jetzt nur hier wäre«, seufzte sie. Er hätte ihr sagen können, ob sie die richtige Intuition hatte oder ob das Ganze eine Spinnerei war. Dietrich würde ihr helfen, mit ihm wäre es möglich, das Ganze durchzusetzen. Mit Dietrich war alles möglich.

Adele kam in die Küche. »Und, wie ist die Lage?«

»Die vom Boden- und Gewässerschutz werden wohl ihre Zustimmung geben. Allerdings verlangen sie, dass ich eine zusätzliche Kontaminationssperre aufbringe, bevor der Mutterboden eingeschüttet wird.«

»Und das bedeutet?«

»Zehntausend Mark Mehrkosten.« Elisabeth staunte, weil Adele nicht wie sonst ihren dicken Pullover trug, sondern das graue Kostüm. »Warum bist du so schick?«

»Ich bringe Harry zum Bahnhof, danach fahre ich nach St. Blasien.«

»Weshalb?«

»Ich habe ein Vorstellungsgespräch.«

»Ein …?« Elisabeth strich das Haar zurück, das ihr beim Lesen in die Stirn gefallen war. »Wofür?«

»Ich will wieder arbeiten, Elisabeth. Ich muss wieder arbeiten. Erstens, weil ich Geld brauche, und zweitens, weil ich sonst in der Einöde verrückt werde.«

»Aber Adele, wenn du dich in St. Blasien bewirbst, dann bedeutet das …« Elisabeth stützte die Ellbogen auf den Tisch. »Dann bedeutet das, dass du hierbleiben möchtest?«

»Wo soll ich denn jetzt noch hin?«, erwiderte Adele nüchtern.

»Du könntest zum Beispiel mit deinem Mann nach Hamburg fahren.«

»Du siehst doch, wie es zwischen Harry und mir steht.«

»Ja … Nein.« Sie suchte nach Worten. »Ich sehe nur, dass ihr euch gut versteht und im Grunde zueinander passt.«

»Gib dir keine Mühe.« Adele straffte sich. »Harry geht nächste Woche auf ein Schiff nach Hongkong. Und ich werde Arzthelferin in St. Blasien.« Sie breitete die Arme aus. »Jeder macht das, was er kann. Du züchtest Rosen.«

»Wenn das nur wahr wäre! Mir bricht nachts der kalte Angstschweiß aus, wenn ich denke, was ich mir da aufgehalst habe.«

»Lass dich nicht beirren.« Adeles Ton war plötzlich voll Wärme. »Ich beobachte mit Staunen, wie dein Projekt nach und nach Wirklichkeit wird. Das hätte ich dir gar nicht zugetraut.« Sie schenkte der Schwester ein Prinzessinnenlächeln.

»Ich bin froh, dass du bleibst. Ich brauche deine Hilfe. Du bist immer noch die Klügere von uns beiden.«

»Die Geschicktere vielleicht. Die Klügere warst immer du.« Adele griff zum Schlüsselbord. »Kann ich den Wagen nehmen?«

»Natürlich. Müsst ihr schon los?«

»Noch nicht. Harry ist noch bei der Körperpflege.«

»Ich musste gerade an Dietrich denken. Es gibt Situationen, in denen ist ein Mann etwas Wunderbares.«

»Findest du?«

»Du nicht?«, entgegnete Elisabeth überrascht. »Ich frage mich ohnehin, wie du das aushältst. Wir sind jetzt ein halbes Jahr hier oben, nur wir zwei Frauen, und du hattest nie …«

»Sex?«

»Na ja, und alles, was dazugehört.«

»Romantik, Herzflimmern, Liebe? Meinst du das?«

»So wie du es sagst, klingt es verächtlich.« Da Adele nichts erwiderte, fuhr Elisabeth fort: »Du warst immer die Begehrte von uns beiden. Jeder Mann hat sich nach dir umgedreht, als Teenager und später in Stuttgart genauso. Du hattest etwas mit Rudi, und dann war da noch ein anderer, ein Großer mit Bart. Du hast dich nie für die Liebe anzustrengen brauchen. Sie kommt einfach zu dir.«

»Ha!«, machte Adele, ein kurzes, hartes Ha! »Die Liebe kommt zu mir?«

»Was hast du?«

»Ich staune, wie schlecht meine eigene Schwester

mich kennt.« Auf Elisabeths fragenden Blick hob Adele die Hand. »Lass gut sein. Ich möchte nicht darüber sprechen.«

»Ich habe dir so viel über Dietrich und mich erzählt.«

»Weil du ihn geliebt hast. Weil du ihn immer noch liebst.«

»Ja, natürlich.«

»Weißt du, wie glücklich du bist? Weißt du, wie sehr ich dich beneide?«

»Du – mich?«, erwiderte Elisabeth verblüfft.

»Du weißt, *wen du willst*. Das ist das größte Geschenk, das man im Leben kriegen kann. Du hattest den Menschen, der dir alles bedeutet, und dieser Mensch hat deine Liebe erwidert.«

»Aber er ist doch tot.«

»Na und?« Adele zog den Stuhl zurück und setzte sich ihrer Schwester gegenüber. »Ich hatte das nie, dieses andere Wesen, das mich ergänzt und mich so sieht, wie ich wirklich bin. So jemand hat niemals meinen Weg gekreuzt.«

»Vielleicht wolltest du das nie.«

»Und ob ich wollte!« Übergangslos begann Adele zu weinen. »Aber ich kann nicht. Ich kann niemanden an mich heranlassen. Ich schaffe es nicht. Jedesmal, wenn einer auftaucht, von dem ich spüre, der könnte es sein, reagiere ich auf die gleiche schreckliche Weise. Ich tue ihm so weh, dass er das Weite sucht. Wo ich auch hinkomme, bin ich bald als die Drachenlady verschrien. Die Drachenlady, die Männer heiß macht und ihnen dann das Herz aus dem Leib reißt«, sagte sie unter Tränen. »So kennt man mich, so sieht man mich. Deshalb bin ich froh, hoch oben auf diesem

Berg zu sitzen, wo kein vernünftiger Mann vorbeikommt, wo nur meine Schwester um mich ist. Hier kann ich ein friedlicher Drache sein, der nicht Feuer speien muss.« Adele war vollkommen aufgelöst. »So eine Scheiße«, schluchzte sie.

Vor Verblüffung saß Elisabeth auf ihrem Stuhl festgebannt, unfähig, etwas Vernünftiges zu sagen.

»Man sollte nicht heulen, wenn man Kajal benutzt hat.« Adele verschmierte die Schminke noch mehr.

»Und was ist mit Herrn Diekmann?«, stammelte Elisabeth.

»Leck mich am Arsch mit Herrn Diekmann. Du siehst doch, was mit ihm los ist. Muss ich es noch aussprechen?«

»Aber wenn Herr Diekmann ... so ist, wie er ist, warum hast du ihn dann geheiratet?«

»Weil er mich in Ruhe lässt. Weil er mich nicht anfasst, weil ich bei ihm nicht Feuer speien muss.«

»*In Ruhe lässt?*«, wiederholte Elisabeth konsterniert.

»Glaubst du, mir macht das Spaß, dass mir die Männer wie läufige Hunde hinterherhecheln? Sie wittern mich, sie wollen mich, sie schnüffeln mir nach. Aber ich ekle mich vor ihnen.« Als ob ihre eigenen Worte sie überraschten, wurden Adeles Augen plötzlich groß. Tränen standen darin, Tränen liefen ihr die Wange hinunter. »Nein, so meine ich es nicht, glaub mir, Elisabeth. Ich weiß, es gibt auch nette Männer. Leider sind das nicht die, die etwas von mir wollen.«

Darauf war es eine Weile still.

»Und ich dachte immer, ich hätte eine verkorkste Beziehung geführt«, sagte Elisabeth leise.

»Verkorkst? Im Gegenteil. Du hast die Liebe kennengelernt, du hast die Liebe gelebt, zwanzig Jahre lang. Niemand behauptet, dass die Liebe leicht ist. Vielleicht ist sie unmöglich. Aber ihr einmal zu begegnen, so wie du, das ist eine Gnade, Elisabeth.«

»Stört man die Ladys bei ihrer Plauderei?« Im beigen Tweedanzug, mit fliederfarbener Krawatte und ebensolchem Stecktuch stand Herr Diekmann in der Tür. Frisch und rosig sah er aus, sogar seine Glatze hatte eine rosafarbene Tönung angenommen. »Müssten wir nicht allmählich zum Zug, mein Schatz?«

»Ja, Harry. Ich mache mich schnell zurecht.« Mit einem Blick, der Elisabeth um Verzeihung bat, stand Adele auf und lief abgewandt hinaus, damit Herr Diekmann ihre Tränen nicht sah.

»Nun heißt es, tapfer sein und Abschied nehmen.« Mit unverbindlichem Lächeln kam er auf Elisabeth zu und umarmte sie. »Danke für alles. Es waren genussreiche Wochen.«

Dass einer so geschmeidig lügen kann, ohne dass es ihm etwas ausmacht, dachte sie, erwiderte die Umarmung kurz und schob Diekmann von sich. »Gute Fahrt und gute Reise, wenn du wieder in See stichst.«

Bis Adele wiederkam, redeten sie Belangloses miteinander. Elisabeth atmete auf, als die beiden endlich zum Auto gingen.

17

MEIN DIETRICH

Dietrich Reither war ein Umstrittener. In Heidelberg geboren, trat er nach der Machtergreifung in die Hitlerjugend ein. Kurz nach dem Anschluss Österreichs wurde Dietrich Studentenführer in Salzburg, wo er sein juristisches Staatsexamen machte. Vor seiner Einberufung an die Westfront heiratete er die Tochter eines NS-Politikers. Dietrich wurde in Frankreich verletzt und als dienstuntauglich entlassen. 1944 trat er in den Zentralverband der Industrie für das Protektorat Mähren ein und war auch für die Beschaffung von Zwangsarbeitern für das Deutsche Reich zuständig. 1945, kurz vor Beginn des tschechischen Aufstands, floh er von dort und versteckte sich bei seiner Familie in Heidelberg. Er wurde verhaftet und kam in amerikanische Kriegsgefangenschaft, aus der er nach drei Jahren entlassen wurde. Zwanzig Jahre später hatte Dietrich Reither in allen wichtigen Gremien der deutschen Wirtschaftsverbände seine Hände im Spiel. Keine maßgebliche Entscheidung in Industrie und Gewerbe konnte an ihm vorbei getroffen werden. Sein Veto war gewichtiger als das mancher Regierungsmitglieder. Er war ein überzeugter Feind von Willy Brandt und dessen Politik. Brandt selbst stufte Reither als gefährlichen Gegner ein.

Doch weil die Liebe manchmal gerade durch die Unvereinbarkeit zweier Menschen Begehrlichkeit schuf, ließ Elisabeth sich darauf ein, diesen Mann, der das Gegenteil ihrer politischen Überzeugung darstellte, zu lieben. Elisabeth war von Brandts Politik der ausgestreckten Hand begeistert, verliebte sich aber gleichzeitig in einen Mann, der trotz seiner früheren Gesinnung zu einem führenden Lenker der jungen Bundesrepublik geworden war.

Bonn war ein Nest, fand Elisabeth, ein spießiges Kaff. Nur ein Greis wie Adenauer konnte diese Stadt zur Hauptstadt küren. Als die amerikanischen Soldaten im März 1945 den Zweiten Weltkrieg für Bonn beendeten, lag der Zerstörungsgrad der Gebäude dort bei nur dreißig Prozent. Der Ausbau zum Regierungssitz unter britischer Besatzung konnte also zügig vorangehen.

Während Elisabeths Zeit in Stuttgart, als sie eine tüchtige und geschätzte Sekretärin geworden war, hatte Willy Brandt die Bundestagswahl gegen den fünfundachtzigjährigen Adenauer verloren, die Mauer wurde gebaut, mit Hilfe Wehners kürte man Brandt zum Parteivorsitzenden, er verlor auch die Bundestagswahl gegen Erhard, wollte sich aus der Bundespolitik zurückziehen, blieb aber Berliner Bürgermeister. 1966 ging die CDU unter Bundeskanzler Kiesinger mit der SPD eine große Koalition ein, Brandt wurde Außenminister und bezog mit seiner Familie die Dienstvilla auf dem Bonner Venusberg.

Elisabeth Kohlbrenner war damals vierundzwanzig Jahre alt. Sie war begeistert von Brandt, der vieles anders machte als die alten Hasen, von denen nicht wenige ehemalige Nationalsozialisten waren. Brandt war Emigrant gewesen, hatte sich unter Lebensgefahr vor den Nazis davongemacht und war erst nach dem

Krieg zurückgekehrt. Elisabeth verachtete die Leute, die ihn wegen seiner unehelichen Herkunft und seiner *Vaterlandsflucht* diffamierten. Als sich für sie durch ein Stellenangebot die Möglichkeit ergab, von Stuttgart nach Bonn zu wechseln, sagte Elisabeth sofort zu und trat ihre Stellung als Schreibkraft bei einem großen Bonner Anwaltskonsortium an, dessen Ankermann und Mittelpunkt der Jurist Dietrich Reither war.

»Ihre Bluse ist links herum geknöpft«, sagte der elegante Mann mit dem dunkelbraunen Haar. In seinem Lächeln lagen Härte und Sinnlichkeit.

»Entschuldigung, das ist mir nicht aufgefallen«, antwortete Elisabeth.« Da der Unbekannte aus dem Waschraum kam und Elisabeth in Hemdsärmeln gegenübertrat, ließ sie sich zu einer saloppen Frage hinreißen. »Ich muss gleich zu den Oberbossen hinein, für mein Antrittsdiktat.« Sie brachte ihre Bluse in Ordnung. »Geben Sie mir einen Tipp, auf wen muss ich besonders achtgeben?«

»Achtgeben?« Dietrich beobachtete sie beim Knöpfen der Bluse.

»Wer ist der schärfste Hund hier, der nicht nur bellt, sondern auch beißt?«

»Wo kommen Sie denn her, dass Sie Ihre Chefs mit kläffenden Hunden vergleichen?«

»Entschuldigung, ich wollte nicht ...«

»Ist schon in Ordnung, dass Sie das Terrain sondieren«, erwiderte er lächelnd. »Der Schärfste von allen ist ohne Zweifel dieser Reither. Mit dem ist nicht gut Kirschen essen.«

»Was hat der so für Marotten?«

»Er mag es, wenn seine Sekretärinnen ihre Blusen

richtig zuknöpfen.« Dietrich streckte ihr die Hand entgegen. »Dietrich Reither, herzlich willkommen in unserer Familie.«

Elisabeth hatte ihm nie vergessen, dass er sie nicht ins offene Messer laufen ließ, sondern seine Charade aufdeckte, bevor sie ins Sitzungszimmer ging und den Vorstand kennenlernte. Bereits in ihrer zweiten Woche wurde Elisabeth Reithers Büro zugewiesen, drei Monate später war sie seine persönliche Sekretärin. Neben der juristischen Arbeit war Dietrich Eigentümer eines Wirtschaftsunternehmens, das seine Frau führte. Er hatte zwei Söhne und lebte auf dem Venusberg. Dietrich war Mitglied zahlloser Gremien, was die Führung eines dichtgetakteten Terminkalenders erforderlich machte, das gehörte zu Elisabeths Aufgaben. Er war häufig unterwegs, meistens in Begleitung seiner Sekretärin.

In Stuttgart war Elisabeth mit einem einzigen Mann zusammen gewesen. Sie hatten versucht, miteinander zu schlafen, aber Stephan hatte dieses gewisse Problem, und so war es eine Schwester- und Bruderliebe geworden.

Als sie mit Dietrich zu einer Tagung nach Bern fuhr, stiegen sie im Hotel Metropole unweit des Bundeshauses ab, Dietrich führte seine Verhandlungen mit den Schweizern, anschließend lud er Elisabeth zum Essen ein.

Sie plauderten, bis das Lokal geschlossen wurde. Dietrich ließ Elisabeth erzählen, geschickt entlockte er ihr immer neue Schwarzwaldgeschichten. Dietrich liebte Tiere, er hatte zwei Hunde, Max und Moritz, tagsüber lagen sie in der Kanzlei unter seinem Schreibtisch. Er mochte auch Katzen, beobachtete die

Amseln auf dem Balkon und fütterte die Eichkätzchen im Godesberger Stadtpark.

»Das bedeutet, alle männlichen Zicklein werden geschlachtet?«, fragte er in Bern bei ihrer zweiten Flasche Neuchâtel.

»Ja, es ist eine Schande, aber was soll man machen?« Elisabeth war beschwipst, sie schwitzte von dem schweren Essen. »Die Böcke fressen ja nur das Gras. Die Allerwenigsten werden für die Zucht eingesetzt, die anderen schlachtet man, bevor sie geschlechtsreif werden.«

Nachdem Dietrich bezahlt hatte, schlenderten sie durch die warme Berner Sommernacht, fuhren mit dem Aufzug in ihre Etage, dort küsste er sie. Elisabeth war nicht entgangen, dass sie ihm sympathisch war, sie lachten oft miteinander, sie war von ihm beeindruckt gewesen, seit sie ihn einmal im Gerichtssal beobachtet hatte. Als er sie vor dem Fahrstuhl küsste, fragte sie sich, wie viele Frauen er schon auf diese Art umarmt, zielstrebig an der Hand genommen und auf sein Zimmer geführt hatte.

»Ich lasse dich in Ruhe, wenn du willst«, sagte er und nahm die Krawatte ab. »Aber ich mag dich jetzt nicht nach drüben gehen lassen. Ich fühle mich wohl mit dir. Komm, schlaf bei mir.«

Es klang selbstverständlich und fühlte sich selbstverständlich an. Elisabeth ging ins Bad und überlegte, dass sie erst mit einem einzigen Mann Sex versucht hatte. Wie würde Dietrich darauf reagieren, wenn er dahinterkam, dass seine lebenslustige Sekretärin noch nie mit jemandem geschlafen hatte?

»Ich bin vielleicht noch Jungfrau«, sagte sie beim Zurückkommen.

»*Vielleicht noch Jungfrau?*« Darauf lachte er schallend. »Komm her, du Vielleicht-Jungfrau, und küss mich.«

Es war wunderschön mit ihm, einmalig und unvergesslich. Mit Dietrich entwickelte sich Sex zu etwas, woran Elisabeth jedesmal Freude hatte. Die Nächte mit ihm zu verbringen, ihre Gespräche, das gute Essen, meistens Alkohol und Liebe, Sex und Liebe, Elisabeth hatte endlosen Spaß daran. Dietrich war pur und feurig, ehrlich und so bezaubernd, dass die beiden einander eines Tages gestanden, dass es wohl Liebe war.

Die Schwierigkeiten kamen erst später, als er wegen seiner braunen Vergangenheit ins Kreuzfeuer der Presse geriet, als er einen Herzinfarkt erlitt, als Hedwig, seine taktisch geschickte Frau, ihm wegen der Langzeitaffäre mit Elisabeth finanziell das Messer auf die Brust setzte. Dietrich ging auf ihre Forderungen ein, weil er sich nicht noch einen Skandal leisten konnte. Hatte er jemals vorgehabt, Elisabeth zu heiraten? Sie hatten Pläne gemacht, schöne, liebenswürdige, zugleich kindische Pläne. Auf Reisen träumte man eben von solchen Dingen.

Elisabeth und Dietrich waren in Rom gewesen, sie bewohnten das Apartment des italienischen Handelsattachés in Bonn. Elisabeth kochte, Dietrich sah fern und sagte mehrmals: »Ich verstehe kein Wort.«

Sie brachte Spaghetti und dazu den Salzstreuer, weil Dietrich immer nachsalzte. Sie waren glücklich. Der Herzinfarkt schien der Vergangenheit anzugehören, sie liebten einander, bis der Morgen graute.

»Warum heiratest du mich nicht?«, fragte er mit fliegendem Atem.

»Du bist schon verheiratet.« Sie kuschelte sich in seinen Arm.

»Ich will ein Kind mit dir. Heirate mich.«

Sie sagte ja und glaubte doch keine Sekunde daran. Sie fürchtete sich vor sich selbst. Elisabeth Kohlbrenner an der Seite von Dietrich Reither, dem Königsmacher, dem Fädenzieher? Elisabeth auf großen Empfängen, im Blitzlichtgewitter, auf den Gesellschaftsseiten der Illustrierten? Nachdem sie nach Bonn zurückgekehrt waren, hatte sie seinen Vorschlag nicht mehr angesprochen. Er selbst hatte ihn wohl auch vergessen. Dietrich war ein wundervoller Mann, der ihr von Zeit zu Zeit die Welt zu Füßen legte. Konnte man mehr erwarten? War es nicht Glück genug, ein Leben in Dietrichs Schatten zu führen? Glück genug, dachte sie manchmal an Abenden, wenn er kurzfristig abgesagt hatte. Glück genug, dachte sie, wenn sie ihn im Fernsehen sprechen hörte. Glück genug in all den Jahren. Zwanzig Jahre waren auf diese Weise verstrichen, und es war immer genügend Glück für Elisabeth da gewesen.

18

RINGELZANGE UND DIBBELBRETT

»Steine«, sagte Lilli. »Bei uns in der Höhe findest du nichts als Steine. Es wächst nichts, und wenn es wächst, dauert es doppelt so lange wie im Tal.«

Lilli Brombacher gab ihre Baumschule auf und verkaufte den Restbestand zu Sonderpreisen. Nur wenige kannten den wahren Grund für Lillis Firmenschließung, sie hatte Krebs.

An der Seite dieser Frau mit der schlecht sitzenden Perücke schlenderte Elisabeth zwischen den Pflanzen umher. Lilli hatte das meiste ausgetopft, um den Ausverkauf zu beschleunigen. Der Schlussverkauf von lebenden Pflanzen mutete traurig an, traurig und lustlos wie Lillis Verkaufsgespräch.

»Wollen Sie nicht auch ein paar Haselnusssträucher mitnehmen, ich mache Ihnen einen guten Preis. Wie wäre es mit dem Fächer-Ahorn, der ist winterfest. Ich habe auch noch einen Bestand sehr schöner Bergmandeln da.«

»Ich bin nur an Rosen interessiert.«

Elisabeth hatte ihre ursprüngliche Absicht, die Rosen ausschließlich als Samen auszupflanzen, aufgegeben. Sie hatten schon Ende Mai, es gab aber immer noch nicht die kleinsten Triebe zu sehen. Täglich auf einen Rosengarten zu schauen, in dem nichts wuchs, war frustrierend. Der kontaminierte Boden war inzwischen abgetragen, das schützende Flies aufgebracht worden. Fünfzig Lastwagen hatten guten schwarzen Mutterboden geliefert. Gernot Behringer, der Automechaniker, hatte wie damals im Winter die Baggerschaufel auf seinen Traktor montiert und Tage damit zugebracht, die nährstoffreiche Erde auf der Brache zu verteilen. Danach waren die Laster mit lehmhaltiger Rosenerde angerückt. Alles hatte länger gedauert als geplant, alles war teurer geworden, und das Wetter hatte auch nicht mitgespielt. Normalerweise regnete es im April so heftig, dass man seines Lebens nicht mehr froh wurde, aber nicht in diesem April. Stechend schien die Sonne Tag für Tag auf den Dachsberg und machte eine zusätzliche Ausgabe notwendig, mit der Elisabeth nicht gerechnet hatte, eine Bewässerungsanlage.

»Normalerweise ist der Dachsberg eine Wetterecke«, kommentierte sie die Tücke der Natur. »Wenn im Rheintal die Sonne scheint, kannst du sicher sein, dass es auf dem Dachsberg schüttet. Aber nicht in diesem Jahr. Dieses Jahr haben sich die Götter gegen mich verschworen. Elisabeth Kohlbrenner will einen Rosengarten anpflanzen? Rosen brauchen Regen, wir schicken ihr aber keinen Regen.«

Adele schmierte sich ihr Pausenbrot. »Mach keine persönliche Fehde mit dem Himmel daraus, wenn es hier mal nicht gießt wie aus Kübeln.«

»Diese Bestäubungsanlage kostet sechs Tausender, dabei ist mir Herr Hirsch mit dem Preis noch entgegengekommen.«

»Mit dem Gartenschlauch könntest du genausogut bewässern. Muss es unbedingt diese *Bestäubung* sein?« Adele packte das Brot in eine Kunststoffdose.

»Rosen gedeihen am besten unter Mikrotröpfchen, sagt Herr Hirsch.«

»Ich sehe noch keine Rosen.« Adele zeigte nach draußen, wo die Sonne tief im Osten stand, ihre Strahlen erreichten die Brache noch nicht. »Ich sehe nichts als graue, spröde Erde. Wann wächst da oben endlich etwas?«

»Wenn Herr Hirsch die Bestäubungsanlage installiert hat.«

»Du bist schon eine ulkige Nudel«, ging Adele dazwischen. »Manche Leute haben ihren Priester, andere ihren Guru, du hast Herrn Hirsch.«

»Es ist ein Segen, so einen Ratgeber zu haben.« Elisabeth goss sich Kaffee nach.

»Ja, ein Segen für Herrn Hirsch. Auf seinen Rat hast du den halben Baumarkt aufgekauft.«

»Ich brauchte wenigstens eine Grundausstattung an Geräten.«

»Brauchst du wirklich eine Ringelzange, ein Dibbelbrett, einen Stielgrubber oder wie all deine Neuanschaffungen heißen? In unserer Kindheit hatten wir Harke, Rechen und Schaufel, fertig.«

»Herr Hirsch sagt ...«

»Lass mich in Ruhe mit Herrn Hirsch.« Adele verschloss die Brotdose. »Die vom Baumarkt lachen sich bestimmt scheckig, weil jeden Tag die Irre vom Dachsberg anrückt und tonnenweise Sachen kauft. À propos, fährst du heute nach Waldshut?«

»Ja, warum?«

»Ich hatte gehofft, das Auto nehmen zu können.«

»Morgen gerne«, schlug Elisabeth vor.

»Morgen ist Samstag.«

»Schon wieder eine Woche verstrichen.«

»Ich muss los, damit ich den Bus noch kriege.« Adele schlüpfte aus den Hauslatschen und in die Stöckelschuhe.

»Ich habe im Baumarkt Alexanders Liebschaft getroffen«, rief Elisabeth ihr nach.

Wie von einer Schnur gezogen kam Adele zurück. »Und wie ist die so?«

»Hübsch und wahnsinnig jung. Sehr nett.«

»Habt ihr miteinander gesprochen?«

»Sie hat mich angeredet.«

»Arbeitet sie denn in der Gartenabteilung?«

»Nein, aber wie du sagtest, hat sich offenbar herumgesprochen, dass die *Irre vom Dachsberg* im Baumarkt ist.«

»Wie hat sie dich angesprochen: Hallo, ich bin das Flittchen, mit dem Alex seine Frau betrügt?«

»Ich glaube, zwischen den beiden steht es nicht zum Besten.«

»Na, das wäre doch einmal eine gute Nachricht.« Adele lief zur Tür. »Jetzt muss ich aber wirklich …«

»Ich finde es immer traurig, wenn eine Liebe scheitert.«

»Sagt die Philosophin vom Dachsberg.« Lachend verließ Adele das Haus.

Es war wirklich traurig, dass Alex sich zwischen zwei Stühle gesetzt hatte. Martina kam nicht mehr zurück, und die Baumarktangestellte verstand nicht, warum Alex sich kaum noch bei ihr meldete. Sie hatte Elisabeth gebeten, ihm auszurichten, dass sie das Wochenende über Zeit hätte.

Gedankenverloren war Elisabeth danach durch die Gartenabteilung geschlendert, als sie von der Pracht der Rosen plötzlich überwältigt worden war.

Das spross und knospte in allen möglichen Farben, während bei ihr auf dem Berg alles noch grau und öde aussah. Sie hatte sich auf die Suche nach Herrn Hirsch gemacht. Mit einer Wagenladung Rosensträucher war sie später auf den Dachsberg zurückgekehrt. Der freundliche Herr Hirsch hatte ihr noch einen Rat mit auf den Weg gegeben: »Lilli Brombacher geht es ziemlich schlecht.«

»Brombacher? Ist das die Baumschule in Ibach?«

»Genau die.«

»Was ist mit der Frau?«

»Lilli ist sehr krank. Sie macht gerade Ausverkauf und würde sich bestimmt freuen, wenn Sie Rosen bei ihr kaufen würden, Frau Kohlbrenner.«

Am nächsten Tag war Elisabeth nach Ibach gefahren.

»Meine Rosen habe ich im Glashaus«, sagte Lilli Brombacher.

Miteinander gingen sie zu den Gewächshäusern. Oben in den Bäumen machten die Stare einen Heidenlärm.

»Wollen Sie wirklich nur Rosen setzen?«, fragte Lilli mit verändertem Ton.

»Ja, warum?«

»Hier ist nicht die Gegend für eine Rosenzucht.«

»Warum soll man es nicht wenigstens probieren?«

»Es ist zu kalt hier. Ein harter Winter, und alle Rosen werden eingehen.«

»Bei Ihnen gedeihen Sie doch auch.« Elisabeth zeigte auf die Rosenstöcke hinter Glas.

»Wissen Sie, wie viele Rückschläge ich eingesteckt habe? Es war purer Trotz, dass ich nicht aufgegeben und immer weitergemacht habe.«

»Gut möglich, dass es bei mir etwas Ähnliches ist«, sagte Elisabeth lächelnd.

»So viel man auch glaubt, über Rosen zu wissen, diese Blume ist schlau, sie besitzt eine Gerissenheit, sie ist empfindlich, sie ist sogar heimtückisch.«

Elisabeth wandte sich zu der Frau mit der kastanienbraunen Perücke, die sogar im Zwielicht unecht aussah. »Wenn Sie so viel über Rosen wissen, warum helfen Sie mir nicht?«

»Dafür habe ich nicht mehr genügend Zeit, Frau Kohlbrenner.« Lilli ging ins Glashaus voraus. »Aber meine Rosenstöcke verkaufe ich Ihnen gerne.«

19

IN FRIEDEN LEBEN

Die Käufer für das Schlegelhaus standen fest. Dr. Barbara Wieland war Psychotherapeutin, ihr Mann Armin Leitgeb hatte eine Professur für Philosophie in Düsseldorf innegehabt und wollte sich im Schwarzwald zur Ruhe setzen. Das Schlegelhaus war viel zu groß für zwei Personen, aber es hieß, sie würden Pferde mitbringen. Der Philosoph wollte züchten, sie wollte reiten. Barbara Wieland hatte strahlende Augen, welliges kastanienbraunes Haar, sehr weibliche Formen und ein selbstbewusstes Auftreten. Armin Leitgeb war ein Cäsarentyp, ein kantiger Mann mit weißem, kühn nach vorn frisiertem Haar. Beide sprachen den harten norddeutschen Dialekt, beide stachen deutlich von der weichen, unangestrengten Lebensart der Schwarzwaldmenschen ab.

Vom ersten Tag an war klar, dass Elisabeth mit diesen Leuten Schwierigkeiten kriegen würde. Das Schlegelgrundstück grenzte im Norden an die ehemalige Industriebrache. Der steile Hang, der dorthin führte, gehörte den Wieland/Leitgebs, das bedeutete, dass Elisabeth wahrscheinlich auch ein paar Tannen hatte fällen lassen, die nicht auf ihrem Grundstück gestanden hatten.

»Die Tannenschonung war ein Sichtschutz«, sagte Dr. Wieland. »Die Bäume hätten stehenbleiben müssen.«

Man hatte sich nicht zum Kaffeetrinken getroffen, wie neue Nachbarn das taten, stattdessen war ein Lokalaugenschein an der Grundstücksgrenze anberaumt worden.

»Täglich müssen wir vor unserer Nase Ihre Bauarbeiten ertragen. Ihre Lkws fahren über unser Grundstück, das Brüllen der Bagger ist ein Alptraum.«

Elisabeth wurde rasch klar, dass Frau Wieland in dieser Ehe das Sagen hatte, während der Professor danebenstand und cäsarisch aussah.

»Die Glashäuser sind bald fertiggestellt«, erwiderte Adele anstelle ihrer Schwester. »Die *Bagger*, von denen Sie sprechen, sind kleine Raupenfahrzeuge, die den Aushub für die Drainage graben. Auch das ist bald erledigt.«

Wieder einmal bewunderte Elisabeth ihre Schwester. Adele war nicht in Alltagskleidung zum Lokalaugenschein erschienen, sondern in ihrem Nadelstreifkostüm. Geschäftliches musste in Geschäftskleidung besprochen werden, dafür hatte Adele ein Gespür. Elisabeth war in ihren Arbeitshosen erschienen, sie trug eine weite Bluse, die nicht mehr ganz sauber war. Ihr Haar war gelinde gesagt wirr, während Adele ihre Jean-Harlow-Locken zu einer straffen Business-Frisur gebündelt hatte.

»Gut, dass sie die Drainage ansprechen«, konterte Dr. Wieland. »Wir haben uns eine Expertise aus Freiburg kommen lassen, derzufolge Ihr Grundstück kontaminiert ist.«

In ihren schwarzen Pumps stand Adele auf der Höhe und zeigte wie ein Feldherr über das Gelände. »Die Kontaminierung wurde vor Jahren großteils beseitigt. Meine Schwester und ich haben im Zuge der

Umgestaltung des Terrains eine weitere Dekontaminierung vorgenommen.«

»Aus unserem Gutachten geht hervor, dass die Kontaminierung immer noch fünf bis zehn Prozent beträgt.«

»Wir könnten ein Gegengutachten vorlegen, in dem die Quecksilberbelastung gegen Null geht.«

Ein solches Gutachten existierte nicht. Adele setzte einfach ihre größte Fähigkeit ein, Täuschen und Tarnen. In Momenten wie diesen war Elisabeth froh, dass ihre Schwester eine geborene Hochstaplerin war.

»Es ist ausgeschlossen, dass Ihre Drainage in der Nähe unserer Wiese versickert«, sagte Dr. Wieland. »Dort werden Pferde weiden. Wer garantiert uns, dass sie kein kontaminiertes Wasser saufen?«

»Die Boden- und Gewässerproben garantieren das.«

»Wir verwahren uns dagegen, dass die Abwässer einer Industrieruine auf unser Grundstück abgeleitet werden.« Dr. Wielands Ton war kälter als der Ostwind, der ein Gewitter ankündigte. »Sie haben Filteranlagen einzubauen und die Drainage in die Kanalisation einzuleiten.«

»Ich kann das Wasser leider nicht den Hügel *hoch*fließen lassen«, argumentierte Adele.

»Dann benötigen Sie eine Pumpstation. Über unser Grundstück wird Ihre Brühe nicht fließen.«

So ging es noch eine Stunde weiter. Gebetsmühlenartig wiederholte Elisabeth in ihrem Kopf das alte Sprichwort: *Es kann der Frömmste nicht in Frieden leben, wenn es dem bösen Nachbarn nicht gefällt.* Sie hatte keine Lust mehr, Lösungen anzubieten, hatte keine Lust auf diese Diskussion, die doch nur eines ausdrückte: Feindschaft. Als ob sie nicht schon genug Schwierigkeiten gehabt hätte, als ob sie sich nicht ständig gegen die Zweifel der Einheimischen hätte wehren müssen, kamen nun auch noch diese Leute aus der Großstadt dazu. Weshalb ließ man sie nicht in Ruhe ihre Rosen pflanzen und ein stilles Leben führen?

Als in diesem Moment Lilli Brombacher auf sie zukam, atmete Elisabeth auf. Lilli Brombacher hatte einen Entschluss gefasst. Sie wollte nicht mehr Tag für Tag auf ihre Krankheit horchen, an der sie irgendwann, beängstigend bald, zugrunde gehen würde. Sie wollte dem allnächtlichen Klopfen des Todes an ihre Tür etwas Freudvolles entgegensetzen und hatte sich entschlossen, in Elisabeths Garten zu arbeiten. Sie wünschte sich, die Schönheit des Wandels zu erleben und die Vergänglichkeit akzeptieren zu lernen. Lilli Brombacher war glücklich, ihre Zeit nicht auf dem Krankenbett, sondern im Rosengarten verbringen zu dürfen, auch wenn von diesem noch nicht viel zu sehen war. Lilli stand Elisabeth mit Rat und Tat zur Seite und kümmerte sich um die fachgemäße Errichtung der Gewächshäuser.

Es war unübersehbar, wie erschöpft Lilli sich auf die Harke stützte, wie schmal ihre Glieder in dem derben Holzfällerhemd wirkten, aber sie stand, sie arbeitete, sie war noch da. »Darf ich dir etwas zeigen?«

»Ich komme.« Elisabeth wandte sich zu den Norddeutschen. »Entschuldigung, wir müssen das ein andermal besprechen. Ich habe jetzt zu tun.«

»Na hören Sie mal«, rief Dr. Wieland. »Sie können uns hier nicht einfach stehen lassen. Das sind entscheidende Dinge, die geklärt werden müssen.«

»Es sind zu viele Dinge auf einmal.« Elisabeth zuckte die Schultern. An Lillis Seite lief sie zu den Gewächshäusern. Dabei stützte Elisabeth die zarte Frau unauffällig, indem sie sich bei ihr unterhakte. »Hast du auch so einen Hunger?«, fragte sie. »Was hältst du davon, wenn wir eine Pause einlegen und uns ein Stück Kirschkuchen genehmigen?«

»Eine Pause, gern«, antwortete Lilli. »Kuchen eher nicht.«

»Ich habe ihn mit meinen eigenen Kirschen gebacken.«

»Ich liebe Kirschkuchen, aber ich schmecke leider nichts mehr. Das kommt von der Chemo.«

Lilli sagte es schlicht und undramatisch, trotzdem war Elisabeth zum Heulen zumute. Es war eine gute Sache mit der Vergänglichkeit, denn sie schuf die Zeit des Lebens. Hätte es keinen Anfang und kein Ende gegeben, wäre das Leben eine pure Unmöglickeit gewesen. Und doch war die Bemessung von Lillis Lebenszeit eine schreiende Ungerechtigkeit. Sie gingen zum Haus und kamen gerade noch rechtzeitig an, bevor das Gewitter losbrach. Sturm und Wasser, Blitz und Donner, das übliche Spektakel auf dem Dachsberg brach los.

Elisabeth setzte Kaffee auf. »Glaubst du, dass der Platzregen die zarten Keimlinge kaputtschlägt?«

»Solange es nicht hagelt, ist der Regen ein Segen.« Lilli ließ sich erschöpft auf die Couch sinken.

Wenig später kam Adele durchnässt zur Tür herein und warf sich in ihren Lieblingssessel. »Diese Düsseldorfer, das sind vielleicht Arschgeigen.«

Elisabeth brachte ihr ein großes Stück Kirschkuchen, Lilli bekam ein kleines.

20

SEINE ASCHE

Es war Sommer, und die Dachsberger hatten sich daran gewöhnt, dass man Elisabeth täglich im Arbeitskittel auf der Brache sah. Wenn Adele in der Dämmerung aus St. Blasien nach Hause kam, half sie ihrer Schwester bei der Arbeit. Sie hatte sich als Sprechstundenhilfe des dortigen Zahnarztes gut eingearbeitet. Manchmal sah man auch Lilli Brombacher im Rosengarten. Meistens saß sie im Schatten, manchmal kniete sie vor den Rosenstöcken und suchte nach Blattläusen. Das sah dann aus, als würde sie beten.

Es war Sommer, wie er nur in der Höhe sein konnte, heiß und stechend. Nichts Schwüles oder Drückendes haftete dem Dachsberger Sommer an, er war ein Schwerthieb, ein Feuerstoß, kurz und unvergesslich. Wer einmal die Magie der Sonne auf dieser Höhe erlebt hatte, mied das Tal in der heißen Jahreszeit, wo man sich müde durch den Sommer schleppte. Auf tausend Metern belebte die Hitze den Menschen.

Es war Sommer, und die Dachsberger trugen Schwarz. Die Kapelle auf dem Berg wäre zu klein gewesen, die vielen Menschen aufzunehmen. Sie lag auf der Anhöhe, wo der pfeifende Wind so sicher war wie das Amen in der Kirche. Bis auf die alten Frauen gingen nur wenige regelmäßig zur Messe. Sie hatten keinen eigenen Pfarrer, sondern einen Tschechen, der einmal die Woche mit seinem Peugeot vorbeikam und die Messe las. Die Dachsberger mochten ihn nicht. Er fuhr die falsche Automarke, er sprach mit diesem Dialekt, der die Worte der Heiligen Schrift unwürdig klingen ließ. Der Tscheche kam donnerstags. Wer sonntags zur Heiligen Messe wollte, musste den Weg nach Hierbach auf sich nehmen. Dort stand eine regelrechte Kathedrale, viel zu groß für das Dorf und zu gewaltig, wenn es nach der Gläubigkeit der Leute ging.

Heute konnte nur die Kathedrale dem Anlass gerecht werden. Heute wollte man keine tschechische Trauerfeier hören, aus Freiburg war ein Priester gekommen, um das Hochamt zu lesen. Die meiste Zeit des Jahres spielte es kaum eine Rolle, dass die Dachsberger katholisch waren, aber an einem Tag wie diesem waren sie froh über den Pomp des römisch-katholischen Rituals. Es gab ein erhebendes Gefühl, dass der Priester den Ornatsmantel trug, dass die Orgelempore mit drei Frauenchören besetzt war und dass Kapellmeister Professor Kubach persönlich die Register bediente. Heute war man dazu aufgelegt, Gott zu begegnen, obwohl man eine Persönlichkeit in die himmlischen Gefilde begleitete, von der viele annahmen, dass er inzwischen eher ans Tor der Hölle klopfte.

Rudolph Behringer war tot. Der König aus der Schlucht hatte seinen letzten Krächzer getan. Er hatte gerade die Haselnusssträucher hinter dem Haus gestutzt, als ihn der Schlag traf. Er fiel hin, konnte sich nicht bewegen oder rufen, daher fand ihn auch niemand. Vier Tage lang hatte Behringer noch gelebt. Er war verdurstet oder erfroren, denn am Grund der Schlucht fiel die Temperatur nachts manchmal noch auf den Gefrierpunkt.

Auch wenn die Dachsberger ihr Trauergesicht aufsetzten, während sie Alexander Behringer kondolierten, waren sie erleichtert, dass der Alte sich endlich davongemacht hatte. Rudolph war ein Gespenst aus versunkener Zeit gewesen, keiner hatte ihn gemocht, als er noch die Zügel in der Hand hatte, keiner mochte ihn in seinen letzten Jahren. Wenn man sich ein Leben lang nur Feinde machte, waren es am Schluss die Feinde, die einen zu Grabe trugen.

Elisabeth trug dasselbe Kostüm, das sie bei Dietrichs Tod angehabt hatte. Adele besaß nichts Schwarzes, also trug sie ihr graues Kostüm, das unter den düsteren Aufmachungen der übrigen beinahe fröhlich wirkte. Überhaupt machte Adele auf Elisabeth einen unerklärlich heiteren Eindruck, als wäre sie nicht zu einer Leichenfeier, sondern auf einem Sommerfest erschienen.

»Was lächelst du die ganze Zeit?«, raunte Elisabeth ihr vor der Kathedrale zu.

»Man soll den Tod ins Leben integrieren, heißt es nicht so? Der Mann da drinnen, den sie auf den Inhalt einer Urne geschrumpft haben, hatte alles, was man sich wünschen kann, Familie, Geld und Einfluss. Nur Liebe hat Rudolph weder gegeben noch empfangen. Liebe niemals.«

Elisabeth bemerkte hektische Flecken an Adeles Hals. »Mich wundert, dass er sich freiwillig hat verbrennen lassen. Ich bin sicher, er wollte eine Erdbestattung.«

»Das war meine Idee«, sagte eine Stimme hinter ihnen.

»Alex?« Obwohl sie ihm schon kondoliert hatte, drückte Elisabeth ihm noch einmal die Hand.

Ohne Umstände nahm er sie in die Arme. »Mein Vater hat über den Tod nie nachgedacht. Er glaubte, er würde ewig leben. Ich habe seine Kremierung in Auftrag gegeben.«

»Wozu? Ihr habt doch diese pompöse Grabstelle auf dem Waldfriedhof.«

Alex näherte seinen Mund ihrem Ohr. »Willst du wissen, wieso? Ich wollte nicht hinter seinem Sarg hergehen müssen. Den Triumph sollte er nicht haben, dass man ihn wie einen König zu Grabe trägt. Eine Urne tut es auch, um ihn ins Jenseits zu befördern.« Alex ließ Elisabeth los und schüttelte die dargereichten Hände der Gäste. »Danke. Ich danke Ihnen. – Ja, es ist ein großer Verlust.«

Adele ließ sich Zeit. Alle anderen waren im Freien, um die Blasmusik zu hören. Sie spielten gerade das *Agnus Dei* von Mozart in einer Transkription für Blechbläser. *Agnus dei qui tollis peccata mundi* – Lamm Gottes, du trägst die Sünde der Welt. Das war so schön, so einfach, die Welt und die Herzen umspannend, dass die Zuhörer gebannt im strahlenden Sonnenschein standen und Tränen vergossen, dass sogar die Bläser sich zusammenreißen mussten, um nicht zu heulen. Doch die Leute weinten nicht um den Toten aus der Schlucht, jeder weinte um sich selbst, weil er so unerbittlich in sein Dasein geworfen war, sie weinten, weil Mozart es so wollte.

Adele sah sich in der Stube des Behringerhofes um, wo für später die Kaffeetafel angerichtet war. Die Zuckerstreuer eigneten sich am besten, fand sie, ergriff eine Schüssel, in der sonst Obst aufbewahrt wurde, dazu drei Zuckerstreuer und ging zum Stubenschrank. Man hatte das Möbel mit violetten Tüchern in einen

Schrein verwandelt, in dessen Mitte die Urne stand. Adele vergewisserte sich noch einmal, dass auch die Serviermädchen draußen waren. Sie öffnete die Urne und leerte den Inhalt mit einem einzigen Schwung in die Obstschale. Was sie sah, war grau und schwarz, erstaunlich fein kamen ihr die Überreste eines Menschen vor. Rasch öffnete sie zwei Zuckerstreuer und kippte das weiße Pulver in die Urne. Das Gewicht stimmte noch nicht, sie füllte aus dem dritten Streuer etwas nach, schloss das Gefäß und stellte es an seinen Platz zurück.

Adeles Herz schlug zum Zerspringen, sie lächelte vor Freude und vor Hass. Sie hatte es getan, und niemand hatte es bemerkt. Niemand würde es jemals merken. Heute noch würde man die zuckergefüllte Urne auf dem Waldfriedhof beisetzen, sie für immer in einer Nische einmauern, und kein Mensch sollte jemals die Wahrheit erfahren.

Während sie die Obstschale hinaustrug, fiel Adele ihre letzte Begegnung mit Rudolph Behringer ein. Vor einer Woche war sie auf dem Weg zum Bus durch St. Blasien gelaufen und hatte Lust auf ein Eis gekriegt. Als sie sich vor der Eisdiele anstellte, erkannte sie Rudolph nicht gleich, weil er einen Anzug trug. In der Schlucht lief der alte Mann in der Kluft eines Waldarbeiters herum.

»Grüß dich, Adele.«

Am liebsten wäre sie weitergegangen, aber es war zu spät.

»Ich lade dich auf ein Eis ein. Welche Sorten magst du?«

»Bestell nur für dich, Rudolph.«

»Ich lade dich ein.«

»Nicht nötig.«

Adele fürchtete, ihren Bus zu verpassen, deshalb hatte sie ihn ein Erdbeereis bestellen lassen. Als Rudolph ihr anbot, sie mit dem Auto nach Hause zu bringen, hatte sie ihm einen Gruß zugerufen und war weitergelaufen. Der Alte war zurückgeblieben. Bevor sie in den Bus stieg, hatte Adele das Eis weggeworfen.

Sie betrachtete seine Asche und verließ die Stube. Auf dem Flur begegnete ihr Nadine, die Tochter Alexanders, die von der Toilette kam. Die Behringerkinder besuchten das Leichenbegängnis ihres Großvaters.

»Hallo«, sagte das Mädchen.

»Gefällt dir die Musik?« Adele hielt die Schale so hoch, dass die Kleine nicht hineinsehen konnte.

Nachdem Nadine auf der Terrasse verschwunden war, betrat Adele das Klo. »Dir ist es egal, Rudolph, und mir tut es gut«, sagte sie, bevor sie seine Asche in die Kloschüssel kippte. Adele setzte sich, streifte den Schlüpfer hinunter und schloss die Augen. Während draußen die rührende Musik erklang, pisste Adele Kohlbrenner auf Behringers Asche.

21

DIE GUTEN STUNDEN

»Du hast alles getan, was man tun konnte«, sagte Lilli. »Jetzt kannst du nur noch abwarten.«

Rosenstöcke, Rosensträucher, Langstielrosen, Kletterrosen, Wildrosen und vieles mehr hatte Herr Hirsch im Laster auf den Dachsberg geschafft. Als sie in die Erde kamen, hatten die Rosen schon geblüht. Sie verblühten, trieben neue Knospen und erblühten im September noch einmal, denn es war ein Bilderbuchsommer. Schließlich wechselten sie von der Blüte zur Frucht. Elisabeth sammelte die Hagebutten ein, öffnete und entkernte sie, wässerte die Kerne, bis einige Samen auf den Boden sanken und andere auf der Oberfläche schwammen. Die schwimmenden Nüsschen waren nicht mehr keimfähig, Elisabeth füllte Anzuchterde in flache Aussaatschalen und setzte die Rosensamen in das Substrat. Sie hielt die Schalen kühl, was auf der Schwarzwaldhöhe einfach war. Wenn es Rosensamen zu warm wurde, verfielen sie in einen Sommerschlaf und keimten bis zur nächsten Kälteperiode nicht mehr, hatte Lilli Elisabeth beigebracht. Solche Rosen konnte man allerdings *aufwecken,* indem man sie ein paar Tage in den Kühlschrank stellte. Schon bald streckten sich die ersten Keimlinge dem Kühlschranklicht entgegen, das sie für die Sonne hielten.

Selbst im Anfangsstadium erkannte man die Rosentriebe an den runden gezackten Blättern und den Stachelansätzen am Stamm. Nachdem sie wenigstens vier Blätter entwickelt hatten, bekamen die Rosen eigene Töpfe mit guter Erde. In den Gewächshäusern aufgereiht waren sie vor dem Wind geschützt. Unter Lillis Anleitung hatte Elisabeth auch das Pinzieren gelernt. Wollte man buschige Sträucher, musste man den obersten Neuaustrieb mit den Fingernägeln oder einer Pinzette abzupfen. Das regte den seitlichen Austrieb an, wodurch die Pflanze voluminöser wurde. In diesem Zustand durften die Rosen auf das nächste Jahr warten, die nächste schöne Jahreszeit, die Wärme und die Sonne.

Ähnlich war Elisabeth mit den gekauften Samen verfahren, ähnlich verfuhr sie mit den Hagebutten, die sie bereits im Winter von Wildrosensträuchern gezupft hatte. Entkernen, wässern, säen, pinzieren und umtopfen, so sah die Reise einer kleinen Rose aus.

»Und jetzt?«

Elisabeth und Lilli saßen auf dem höchsten Punkt des Grundstücks, wo der Hang zum nördlichen Wald aufstrebte.

»Jetzt hoffen wir auf einen milden Winter.«

Lilli hätte die stramme Steigung nicht mehr zu Fuß geschafft, sie saß in ihrem neu erworbenen Ungetüm. Unter den vielen Lieferungen des freundlichen Herrn Hirsch war einmal auch ein Rollstuhl auf den Dachsberg gekommen. Elisabeth stellte ihn im Gartenhaus unter und holte ihn hervor, wenn die Situation es erforderte. Mit jedem Monat, der verstrich, erforderte die Situation es öfter. Lilli klagte nicht über ihren Zustand, sie zog es vor, wenig zu erzählen, und Elisabeth fragte kaum noch nach.

Für Lilli gab es die regulären Tage, an denen sie nicht in den Garten kam, weil sie zur Chemo-Therapie fuhr. Es gab die Tage, wenn sie unangekündigt nicht erschien, das waren die Schmerztage. Und es gab die guten Tage, an denen sie im Garten mithalf. Sie und die Kohlbrennerschwestern lebten nach der Übereinkunft, sich an diesen heiteren Tagen zu erfreuen, die schmerzlichen nahm man eben hin.

Der lange Sommer ließ hoffen, dass man die Miesmacher und Schlechtredner des Rosengartens schon im ersten Jahr zum Verstummen bringen würde. Die alte Brache, die Sünde des Hans Kohlbrenner, sah zwar noch nicht wie ein richtiger Garten aus, an manchen Stellen wirkte das Areal eher wie eine Mondlandschaft. Die Lehmerde war durch die Hitze vertrocknet und hatte Risse bekommen. Aber hier und da, in abgegrenzten Beeten, sprießte bereits das Leben. Dort wuchsen jene Rosen, die Herr Hirsch Elisabeth empfohlen hatte, weil sie sich durch Winterhärte auszeichneten. Und in den Glashäusern warteten die jungen Rosen auf ihre Chance im nächsten Jahr.

Elisabeths Kapital war wegen der hohen Ausgaben arg geschrumpft. Sie hatte auch Adele wieder unter die Arme gegriffen. Jedesmal, wenn Herr Tank im weißen Mercedes erschienen war, hatte Adele ihm ein gefülltes Kuvert gegeben.

Alexander und Martina Behringer waren geschieden worden. Es war nur noch ein formeller Akt gewesen, da sie bereits seit einem Jahr getrennt lebten. Die Kinder wurden ihr zugesprochen. Alex' Affäre mit der Baumarktschönheit hatte sich im Sand verlaufen, vielleicht hatten beide das Interesse daran verloren, weil ihren Stelldicheins nichts Verbotenes mehr anhaftete. Ein geschiedener Mann Anfang fünfzig allein in einem Dorf war etwas Bedauernswertes. Tagsüber arbeitete Behringer als Bürgermeister und in der Landwirtschaft, doch seine Abende endeten in Einsamkeit.

Als der Herbst kam, und Regen und Sturm über den Dachsberg zogen, trat Alex immer öfter den Weg über die Hügelkuppe an und besuchte die Schwestern. Zu Beginn fand er einen Vorwand für jeden Besuch. Seine Hühner hätten so viele Eier gelegt, dass er sie allein nicht essen könne. Seine Traktorkupplung sei gebrochen, ob die Kohlbrennerinnen ihm die Kupplungsstange ihres alten Traktors leihen könnten. Das Fallobst wolle er zum Schnapsbrenner fahren, ob er ihre Birnen auch gleich mitnehmen solle. Irgendwann suchte er keinen Grund mehr, klopfte einfach an und fragte: »Ist es erlaubt?« Elisabeth antwortete: »Nur herein, wenn es kein Wolf ist.« Alex sagte: »Es ist nur der Bürgermeister.« In der Stube hielt er seine Hände an den Kachelofen, setzte sich an den Küchentisch und wurde bewirtet.

Normalerweise aßen die Schwestern einfach. Adele hatte selten Appetit, und Elisabeth versuchte immer noch, die Reste ihrer Figur zu retten. Aber seit Alex häufiger ihr Gast war, wurde größer aufgekocht. Elisabeth stand am Herd, Adele saß mit dem Rotweinglas am Tisch, und der Bürgermeister ließ es sich im Kohlbrennerhaus gut gehen. Nach dem Essen schauten sie zusammen fern. Elisabeth saß in der Mitte, links Adele, rechts Alexander. Wenn seine Hüfte gegen Elisabeths stieß, rührte sie sich nicht. Wenn er seinen Arm beiläufig über die Lehne legte und Elisabeths Haar streifte, lächelte sie.

Elisabeth lächelte häufig in dieser Zeit. Hatte sich nicht alles zum Guten gewendet? War sie nicht angekommen an einem Ort, der zum Bleiben einlud? Wurde sie im Dorf nicht akzeptiert? Sie hatte das Richtige mit ihrem Geld gemacht, hatte den Samen ihrer Trauer ausgepflanzt und Freude und neuen Lebensmut geerntet. Ihre Schwester war bei ihr geblieben. Adele war die Schulter, die Elisabeth manchmal brauchte, wenn Alltagssorgen sie bedrängten, zugleich war Adele der Stachel und die Nervensäge, die das einfache Leben auf dem Berg mit Ärger würzte.

Es gab Zeiten, an denen die Prinzessin es kaum noch aushielt. Das Einerlei der Tage, die schläfrigen Abende nach schwerer Arbeit, die stillen Nächte, in denen nur das Käuzchen und der Wind zu hören waren. Bei der Arbeit fand sie keinen rechten Anschluss und wollte ihn auch nicht. St. Blasien bot ein vorwiegend geriatrisches Bild. Wegen der Lungenheilanstalt waren die Straßen von kranken Menschen bevölkert, manche führten ihr Sauerstoffgerät im Rollator mit. Adeles Chef war ein umgänglicher Mann, verheiratet mit fünf Kindern. Die Kassiererin im Supermarkt, der Mann von der Tankstelle, das Metzgerehepaar, das waren Adeles Kontakte außerhalb des Dachsberges. Manchmal träumte sie von der Großstadt, vom Nachtleben, sie wollte schillern und begehrt werden, sie wollte das Prinzessinnenleben führen, das ihr als Teenager vorausgesagt worden war. Prinzessinnen gab es wie Sand am Meer, doch nur die wenigsten bekamen ein Krönchen. Adele achtete auch weiterhin auf die *Echtheit* ihres blonden Haares. Das wurde von Jahr zu Jahr leichter, denn Blond deckte sich gut mit Weiß.

Herr Diekmann war im Sommer für drei Tage, im Herbst für eine Woche angereist. Die meiste Zeit davon hatte er bei jenem *lieben Freund* hinter den Hügeln verbracht. Jahrelang war Diekmann Adeles Mimikry für eine Partnerschaft gewesen, inzwischen gestand sie sich ihr Scheitern ein. Es gab nur einen Lebensmenschen für Adele, Elisabeth. An trüben Tagen dachte sie, dass ihnen beiden jetzt nur noch übrigblieb, gemeinsam alt zu werden. In der Natur alt zu werden fühlte sich leichter an, und doch war es schwer, denn hier oben geschah wenig mehr, als dass die Zeit verrann. An hellen Tagen gelang es Adele, sich von der lebensfrohen Art ihrer Schwester anstecken zu lassen.

»Wäre es nicht an der Zeit, uns ein paar Tiere zuzulegen?«, fragte Elisabeth an einem Herbstabend.

Die Sonne hatte tagsüber noch so viel Kraft, dass sie selbst abends unter dem verkrüppelten Apfelbaum im Freien sitzen konnten.

»Unser Dach ist dicht, unser Ofen brennt, der Garten ist für das nächste Jahr bereitet. Ich habe mir bisher keine Tiere angeschafft, weil ich mir ein Hintertürchen offen lassen wollte. Ohne Tiere kann man jederzeit aufbrechen und hinfahren, wo man will. Mittlerweile frage ich mich aber: Wohin?«

»Was für Tiere?« Alex schnitt den Speck hauchdünn.

»Ich weiß noch nicht.«

»Hühner vielleicht.« Adele schwenkte das Rotweinglas.

»Hühner machen Dreck«, entgegnete Elisabeth. »Ich kann Hühner nicht leiden, weil sie so dumm sind.«

»Hasen?«

»Hasen sitzen nur in den Käfigen und vermehren sich. Was kann man mit einem Hasen schon machen?«

»Kühe«, sagte Alex.

Elisabeth nahm vom Speck, vom Brot, von den Apfelstücken. »Den riesigen Viechern wären wir zwei Frauen nicht gewachsen.«

»Ein Schwein kommt mir nichts ins Haus«, postulierte Adele. »Ich erinnere mich an unsere Säue, als der Vater noch gelebt hat. Sie wurden fetter und fetter, und zu Weihnachten war es mit ihnen vorbei.«

»Nimm noch vom Schweinespeck.« Alex schob ihr das Brett hin. »Bleiben also nur Ziegen«, sagte er kauend.

Beide Schwestern schwiegen eine Weile.

»Ziegen sind eine gute Idee«, sagte Elisabeth. »Ich will Ziegen halten. Ich weiß auch schon, wo ich ihnen ein Ställchen zimmern werde.« Sie brach vom Brot ab. »Ziegen sind freundliche Tiere. Sie geben Milch. Ziegen sind wunderbar.«

»Ich könnte dir von meinem nächsten Wurf ein paar Weibchen geben«, schlug Alex vor.

»Warum nur Weibchen?«, fragte Adele. »Ach, ich weiß. Nein, ich möchte die kleinen Ziegenböcke wirklich nicht schlachten müssen.«

»Ich hatte den Zuchtbock vor zwei Wochen auf dem Hof«, fuhr Alex fort. »Drei der Weibchen sind trächtig. Sobald die Zicklein geboren sind, kannst du dir ein paar aussuchen.«

Adele nahm das zum Anlass, den Birnenschnaps aus dem Haus zu holen und die Gläser zu füllen. »Wohl bekomm's.«

Sie stießen an. Sie waren zufrieden, weil sie beisammen waren. Sie blieben noch lange unter dem Halbmond sitzen, redeten, aßen und tranken.

22

SATURN

Als der Winter kam, ahnten alle auf dem Dachsberg, dass sich in diesem Jahr etwas ändern würde. Der Winter schlich sich nicht ins Land, er brach herein, er schlug zu, der Winter, das war Saturn, der erstarrte Gott, der Strafende, der Eremit im Eispalast, der Fels, auf dem das Leben erfror.

Bereits im Oktober begann es zu schneien und hörte nicht mehr auf. Mitte Oktober lag der Dachsberg unter einer weißen Haube. Im November fiel das Thermometer auf zehn Grad unter Null, was selbst für die Höhe ungewöhnlich war. Der Schneepflug der Gemeinde leistete Sisyphosarbeit. Um zweiundzwanzig Uhr stellte er seine Tätigkeit ein und nahm sie um fünf Uhr morgens wieder auf. Kaum jemand verließ nachts noch sein Haus. Außer dem Kachelofen mussten die Kohlbrennerschwestern auch den Küchenofen befeuern, damit die Kälte auszuhalten war. In den Wäldern brachen Kiefern und Fichten unter der Schneelast zusammen. Die Waldwege waren unpassierbar. Die Dachsberger bewegten sich vorwiegend auf Langlaufskiern fort. Selbst die stärkste Schneefräse versagte. Wo der Schneepflug der Gemeinde nicht eingriff, schneiten die Hauseinfahrten einfach zu. Im Freien spürte man sein Gesicht nach einer Weile nicht mehr, die mimischen Muskeln versagten, deshalb sprachen die Leute draußen so sonderbar.

Die Gottesdienste wurden abgesagt, weil die Kälte in der Kirche unzumutbar war. Das erste Todesopfer war eine alte Frau, sie hatte ein Fenster nicht richtig geschlossen und erfror im Schlaf.

Mit diesem frühen Wintereinbruch hatten weder die Rosen noch Elisabeth gerechnet. Rund um die Rosensträucher hatte sie Kuhdung und Torf aufgehäufelt, doch die Pflanzen waren in diesem Jahr erst gesetzt worden, die Wurzeln waren noch zart. Elisabeth versuchte es mit Feuer in den Beeten, sie brannte Stroh und Holz ab, um die Temperatur zu heben. Die Heizung der Gewächshäuser hatte nur die Kapazität eines Frostwächters und erwies sich als unzureichend. Da Elisabeth so früh im Jahr noch keinen Frostschutz eingefüllt hatte, platzten die Heizungsrohre. Wie erstarrte Schlangen reckten sie sich in die Höhe.

In einer einzigen Nacht erfroren alle Rosen.

Nicht eine überlebte.

»Jetzt weißt du, warum ich die Baumschule aufgegeben habe.« Am Tag, nachdem die Rosen erfroren waren, kam Lilli Brombacher zu den Schwestern. Sie hatte eine dicke Wollmütze auf dem Kopf und trug mehrere Pullover. Zugedeckt mit einem Fell, unter dem sie fast verschwand, saß sie im Rollstuhl. »Hier oben gedeiht nichts. Und wenn doch etwas wächst, wird es vom nächsten Winter vernichtet. Dieses Land ist das Land der Nadelbäume und des Waldes. Alles andere stirbt hier oben.« Aus müden Augen schaute sie Elisabeth an. »Ich habe dir das Wunder so sehr gewünscht. Aber es gibt keine Wunder«, sagte die kranke Frau. »Es gibt keine.«

Nun, da Elisabeths großer Traum zwischen Eiskristallen erfror, da die Geldsorgen sie niederdrückten und der Plan, auf den sie ihre Zukunft gebaut hatte, zunichte wurde, staunte sie über sich selbst, denn sie verzweifelte nicht. Sie verschwendete keine Zeit und Energie mit Heulen und Zähneknirschen, sie war gefasst, manchmal traurig in diesen Tagen, aber nie mutlos. Sie wunderte sich auch über Adele. Diese Niederlage wäre der rechte Anlass gewesen, um zu sagen: »Du hast für deinen Traum viel Geld verpulvert, Elisabeth, trotzdem hat es nicht funktioniert. Sei jetzt vernünftig, und lass uns den Hof verkaufen.« Aber auch Adele lamentierte nicht. Schweigsam machte sie sich im Haus zu schaffen, Adele dachte nach.

Die Dachsberger erwiesen sich in der Not als Nachbarn. Sie kamen vorbei und sagten, wie leid es ihnen tue, sie hätten sich schon auf die Rosen im nächsten Jahr gefreut. Herr Hirsch kämpfte sich durch den Eissturm auf den Dachsberg hoch und half Elisabeth, den Schnee von den Glashäusern zu schaufeln, damit die Last sie nicht zum Einsturz brachte. Im Januar wurde es sogar nötig, das Dach des Hofes vom unaufhörlich fallenden Schnee zu befreien. Alex nahm den Frauen die gefährliche Arbeit ab. Mit der Schaufel lief er direkt von der Wiese auf das zugeschneite Dach hinauf. Der Westwind hatte so viel Schnee herangeweht, dass man zum Hochsteigen keine Leiter brauchte.

»Das letzte Mal war das im Winter zweiundsechzig so!«, rief Elisabeth zu ihm hoch. »Damals ist der Vater hochgestiegen und hat geschaufelt.«

»Das weiß ich noch«, brüllte Alex gegen den Eissturm. »Ich stand als Dreikäsehoch vor eurem Hof und habe den Mann auf dem Dach bestaunt, der mit Schnee um sich warf.«

Als er nach drei Stunden einen Haufen von der Größe eines kleinen Hauses vom Kohlbrennerdach geschaufelt hatte und wieder herunterstieg, nahm Elisabeth ihn in den Arm. »Das war sehr lieb von dir. Wir hätten das ohne dich nicht geschafft, Alex.«

»Gern geschehen.«

»Komm herein und wärm dich auf.«

Statt einer Antwort zeigte er zum Dachfirst. »Schon erstaunlich: Zweihundert Jahre ist der Dachstuhl alt. Ich hätte nicht gedacht, dass er so einer Belastung noch standhält.«

»Damals haben sie noch anständig gebaut. Kommst du nicht herein?«

»Heute nicht.« Er zog die Handschuhe aus und streichelte Elisabeths erfrorene Wange. »Martina schaut gleich mit den Kindern vorbei. Da muss ich zu Hause sein …«

»Natürlich. Ich hoffe, ihr habt einen schönen Abend.«

»Den hatten wir schon lange nicht mehr. Meistens geht es nur noch um Geld. Ach, es ist …« Er atmete tief durch und küsste Elisabeth ohne Vorwarnung auf den kalten Mund. Seine Lippen baten nicht um Erlaubnis, er gab der Nachbarin, die er von klein auf kannte, einen langen Kuss. »So«, sagte er. »Damit du Bescheid weißt.«

»Du bist einsam, Alex«, antwortete sie. »Rede dir nichts anderes ein. Dein Kuss war trotzdem schön.«

»Das finde ich auch.«

Sie lächelten wie zwei Leute, die fast alles voneinander wussten und tief in den anderen hineinschauen konnten. Es war keine neu erwachte Liebe, aber etwas, das fast genauso schön war.

»Was wirst du wegen der Rosen machen?«, fragte er, bevor er den Hügel hochstapfte.

»Alles, was erfroren ist, wird ausgegraben und zu Humus für die neuen Rosen verarbeitet.«

»Du gibst also nicht auf?«

»Niemals.« Sie lächelte. »Was hätte Aufgeben denn für einen Sinn?«

»Wie willst du die neuen Rosen bezahlen?«

»Ich habe keine Ahnung.«

»Vielleicht kann ich …«

»Kommt nicht in Frage, dass du mir schon wieder hilfst. Nein, Alex.«

»So habe ich es nicht gemeint.« Er kratzte sich am unrasierten Kinn. »Ich bin der Bürgermeister. Es liegt in meiner Macht, Subventionen zu vergeben, wenn ein landwirtschaftliches Projekt vielversprechend ist.«

»*Deine Macht*?« Elisabeth lachte. »So sprach der König vom Dachsberg.«

»Könntest du nicht etwas anderes anpflanzen als ausgerechnet Rosen?« Alex zog die Mütze bis über die Augenbrauen.

»Das geht nicht, weil …«

»Ich weiß, ich weiß, weil Willy Brandt dir im Traum erschienen ist und Rosen bestellt hat. Zu dumm nur, dass der Bundeskanzler unser Wetter nicht kennt.« Er küsste sie noch einmal auf die Wange und trat den Heimweg an.

Elisabeth ging in die Stube und holte den Karton hervor, in dem die Ansichtskarten lagen, die sie in Norwegen gekauft hatte. Der Bundeskanzler mochte raues Klima, sonst hätte er nicht jeden Sommer in Norwegen verbracht. In jenem Sommer war auch Elisabeth dort gewesen. Das Haus am Wasser, der Garten und der Bundeskanzler. Wie lange hatte sie die schönen Bilder nicht mehr angesehen? Bilder aus einer anderen Zeit, aus einem anderen Leben.

23

KANZLERSOMMER

1969 wurde Willy Brandt Bundeskanzler. Mit einer Mehrheit von nur zwölf Parlamentssitzen ging er die kleine Koalition mit der FDP ein. Während Brandt im Palais Schaumburg regierte, arbeitete Elisabeth für Dietrichs Anwaltskanzlei in Bad Godesberg. Brandt brachte die Ostverträge auf den Weg, Elisabeth zog in eine Wohnung in der Rüngsdorfer Straße, zweihundert Meter vom Rhein und wenig mehr von ihrem Arbeitsplatz entfernt. Dietrich konnte abends ohne Umweg bei ihr vorbeischauen. An solchen Tagen machte sie meistens früher Schluss, kaufte ein und kochte für sie beide. Wenn Dietrich eintraf, hatte er oft nur Zeit zum Essen, Zärtlichkeiten mussten häufig verschoben werden, weil ihn zu Hause die Familie erwartete. Es waren glückliche, unglückliche Tage, Monate und Jahre.

1972 überlebte Willy Brandt das Misstrauensvotum der CDU, weil zwei Abgeordnete der Konservativen heimlich dagegen stimmten. Dass diese Abgeordneten von der DDR bestochen worden waren, wusste damals noch niemand.

Brandt wollte Neuwahlen. Er stellte die Vertrauensfrage, verlor sie verabredungsgemäß, worauf Bundespräsident Heinemann den Bundestag auflöste. Nach den Wahlen regierte Brandt mit einer soliden Mehrheit.

Elisabeth verbrachte ihre Ferien meistens allein. Sie fuhr nach Usedom oder auf eine Kulturreise nach Florenz, manchmal an den Gardasee. Sie mochte die Urlaubszeit nicht besonders, weil Dietrich dann mit der Familie verreiste. Es kamen Ansichtskarten aus den Vereinigten Staaten, Griechenland und Marokko. Auf jeder Karte stand, dass er Elisabeth vermisse, trotzdem fürchtete sie die Monate Juli und August, sie fürchtete das Alleinsein.

Seit Elisabeth einmal gehört hatte, wohin sich Willy Brandt im Urlaub zurückzog, bekam der Sommer für sie einen neuen Reiz. Wenn sie schon nicht mit ihrem Geliebten verreisen durfte, wollte sie es wenigstens mit Willy tun. Es war eine harmlose Verfolgung, die nie so weit ging, dass Elisabeth sich ihm tatsächlich näherte. Im ersten Jahr genügte es ihr, im gleichen Land die Ferien zu verbringen wie er, im zweiten Jahr rückte sie seinem Domizil näher: Willy wohnte in Hamar, einem Dorf am Wasser, sie quartierte sich in Lillehammer ein. 1973 logierte Elisabeth in Hamar selbst. Ihre Ferienwohnung hatte einen Balkon nach Norden, mit Blick auf dunkle Fichten.

Der Aufenthaltsort des Kanzlers war nicht öffentlich bekannt, doch die Leute aus Hamar wussten, wo Willys Haus lag, sie kannten auch die Sicherheitsleute, die für den Bundeskanzler Besorgungen machten. In diesem Jahr war Brandt mit Frau Rut und einem seiner Söhne gekommen, dazu gab es drei Personenschützer, zwei Geheime vom Bundesnachrichtendienst, und dann war da noch ein untersetzter Mann, der mit Frau und Sohn im Gästehaus wohnte.

Tagsüber lief Elisabeth ans Wasser, das ihr zum Baden zu kalt war, sie saß auf dem Balkon und las in ihrem Urlaubsbuch, *Der Stoff aus dem die Träume sind,* sie mochte Johannes Mario Simmel. Abends schrieb sie Briefe an Dietrich, nicht nach Hause, sondern in die Firma. Am Ende des Sommers würde er ihre Briefe alle auf einmal vorfinden, daher bemühte sie sich, eine erzählerische Chronologie einzuhalten.

Elisabeth mietete ein Fahrrad und unternahm Ausflüge in die Umgebung. Sie machte Umwege, umkreiste das Objekt ihrer Bewunderung eine Weile, bis sie eines Tages, an ihrem neunundzwanzigsten Geburtstag, wirklich dorthin aufbrach. Wie die meisten Geburtstage würde Elisabeth auch diesen allein verbringen, doch sie machte sich ein Geburtstagsgeschenk, sie besuchte Willy Brandt.

Als sie nach langer Fahrt, bei der sie zweimal in die Irre ging, endlich bei der Adresse eintraf, fand sie eine blickdichte Hecke rund um das Grundstück. Gerade wollte Elisabeth unverrichteter Dinge wieder abziehen, als sie von den Leuten des Bundeskriminalamtes entdeckt wurde. Die Männer stellten sie zur Rede und forderten sie auf, sich auszuweisen. Ein Mann mit dichtem dunklem Haar und Hornbrille kam hinzu. Er behandelte Elisabeth nicht unfreundlich, aber wachsam.

»Was machen Sie hier?«

»Ich verbringe meinen Urlaub in Hamar.«

»Was haben Sie hier draußen zu suchen?«

»Ich unternehme eine Fahrradtour.«

»Ausgerechnet hierher?«

Elisabeth fühlte sich unverdächtig, daher wollte sie sich auch nicht verdächtig machen. »Man hat mir gesagt, dass hier der Bundeskanzler Urlaub macht«, gab sie zu.

»Und deshalb radeln Sie den weiten Weg von Hamar bis hierher?«

»Ich bewundere Herrn Brandt seit Langem. Ich finde seine Politik großartig.«

Elisabeths Bekenntnisse nützten nichts, ihr zielgerichtetes Auftauchen vor dem Kanzler-Domizil kam den BKA-Leuten verdächtig vor. Sie wurde auf das Grundstück gebeten, genaugenommen zwang man sie, mitzukommen und die Beamten zu einer Hütte zu begleiten, wo die Nachrichtenzentrale eingerichtet war. Sie musste draußen bleiben, während per Fernschreiber ihre Identität überprüft wurde.

Sie setzte sich auf eine Bank, ihr Fahrrad in sicherer Nähe. Politik war ein gefährliches Geschäft, das wusste sie von Dietrich, aber nie wäre sie auf die Idee gekommen, dass eine kleine Stenotypistin als potentielle Gefahr eingeschätzt werden könnte. Trotzdem bedauerte Elisabeth ihren Ausflug nicht. Sie war in seiner Nähe, in seinem Bannkreis. Hier ging Willy spazieren, hier rauchte er, hier spielte er mit seinem Sohn. Während sie sich noch ausmalte, was er auf dem einsamen Anwesen wohl unternahm, kam Willy Brandt unverhofft um die Ecke.

Wenn man einen Menschen sein halbes Leben bewundert und seine Taten verfolgt hatte, stellte sich, wenn man ihm plötzlich gegenübersaß, keine fassbare Realität ein. Elisabeth sprang auf, in Anwesenheit des Bundeskanzlers durfte man nicht sitzen. Er war kleiner, als sie vermutet hatte.

»Ja?«, sagte er.

»Entschuldigen Sie, ich werde gerade überprüft«, antwortete sie, was sich idiotisch anhörte, aber die Wahrheit war.

Er war irritiert, ein fremdes Gesicht auf seinem Grundstück vorzufinden. »Überprüft, wieso?« Angesichts eines Wesens wie Elisabeth konnte man allerdings nicht ernsthaft ärgerlich sein. Sie war eine sanfte, hübsche, ein wenig rundliche Erscheinung, sie war als Ganzes ein freundlicher Mensch. »Was haben Sie denn angestellt?«

Elisabeth entdeckte ein winziges Zwinkern in seinem Auge, etwas Leichtes und Fröhliches ging von ihm aus. Nicht, dass der Bundeskanzler mit der jungen Unbekannten kokettierte, aber er nahm sie als Frau wahr, nicht als Eindringling.

»Ich habe nichts angestellt.« Sie klammerte sich am Fahrradsattel fest. »Ich habe Geburtstag, und da habe ich mir selbst ein Geschenk gemacht.«

Er zündete sich eine Zigarette an. »Wie alt werden Sie?«

»Neunundzwanzig.«

Er nahm ein paar hastige Züge und schaute über die Schulter. Als ob er Elisabeth eine Erkärung schuldig wäre, sagte er: »Rut mag es nicht, wenn ich so viel rauche. Was ist das für ein Geburtstagsgeschenk, das Sie sich machen?«

»Ich wollte zu Ihnen. Darum bin ich hergefahren. Entschuldigen Sie, wenn ich Sie gestört habe.«

Er blies den Rauch zur Seite, damit er Elisabeth nicht in die Augen kam. »Wissen Sie, Fräulein …?«

»Kohlbrenner.«

»Fräulein Kohlbrenner, das ist vielleicht das netteste Kompliment, das ich seit Langem bekommen habe. Warum wollten Sie denn zu mir?«

Elisabeth verabscheute falsche Komplimente und Schmeichelei, daher kam das Folgende stockend über ihre Lippen. »Weil ich Sie bewundere. Von Anfang an. Sie geben Deutschland einen Sinn.«

Niemand hatte Elisabeth die Worte in den Mund gelegt, sie hatte sich nicht darauf vorbereitet, dem Kanzler zu begegnen. Was sie sagte, kam aus ihrer Seele.

»Einen Sinn? So, finden Sie? Na, das wäre ja schon etwas.« Seine Geste machte klar, dass er sie zum Haus hinüberbitten wollte. »Sie werden durstig sein von der Radelei. Wie wär's, wenn Sie bei uns ein Wasser trinken?«

»Ein Wasser wäre gut, Herr Bundeskanzler.«

»Wieso muss eine hübsche Frau wie Sie sich zum Geburtstag selbst beschenken?«, fragte er, während sie sich zum Gehen wandten.

»Das ist eine komplizierte Geschichte.«

»Wollen Sie mich einweihen?«

In diesem Moment kam der Mann mit der Hornbrille aus der Hütte. »Chef?«, sagte er, als er den Kanzler sah.

Willy drehte sich um. »Ist schon in Ordnung, Günter. Lasst die Frau in Ruhe. Sie hat Geburtstag.«

»Frau Kohlbrenner arbeitet in Bonn«, erwiderte der Hornbrillenträger. »Sie arbeitet für …« Er näherte sich Brandts Ohr und sprach leise Dietrichs Namen aus.

Brandt wandte sich zu Elisabeth. »Sie arbeiten für die Kanzlei Reither?« Jegliche Koketterie war verflogen.

Alles, was Elisabeth darauf antwortete, änderte nichts an Brandts Verhalten. Er traute ihr nicht mehr. Er war nicht sicher, ob sie vielleicht von einem seiner Feinde ausgeschickt worden war, um ihn zu bespitzeln. Er nahm Elisabeth nicht zum Haus mit, ihr wurde kein Wasser angeboten. Nach kurzem Gruß ging Brandt fort und gab ihr nicht einmal die Hand. Elisabeth wurden ihre Papiere ausgehändigt, der Mann namens Günter brachte sie zum Tor. Verwirrt trat sie die Rückfahrt nach Hamar an und hatte keine Lust mehr, abends ihren Geburtstag zu feiern.

Einige Monate später kündigte Elisabeth ihre Stellung in der Anwaltskanzlei und bewarb sich als Schreibkraft in der Verwaltung des deutschen Bundestages. Ihre Kündigung brachte eine Eintrübung der Beziehung zu Dietrich mit sich, doch nach ein paar Wochen erwies sich ihre Liebe stärker als alle politischen Gegensätze. Zur gleichen Zeit wurde bekannt, dass jener Günter mit der Hornbrille, der Elisabeth verdächtigt hatte, Brandt zu bespitzeln, Schande über das Amt des Bundeskanzlers gebracht hatte. Willy Brandt zog die politische Konsequenz und trat zurück. Als Elisabeth für die Bundestagsverwaltung zu arbeiten begann, war der Herr im Palais Schaumburg bereits Helmut Schmidt.

24

WINTERSONNWENDE

Die Tage waren kurz und schienen doch endlos. Die Sonne erstickte im Nebel. Elisabeths Sorgen waren die gleichen geblieben, doch nun hatte sich noch der Trübsinn als Begleiter dazugesellt. Sie hatte sich für einen Menschen gehalten, den nichts so leicht umwarf, doch das Einerlei der eisigen Tage, das Sturmtreiben, die Sisyphosbemühungen gegen den Schnee, der Tod im Rosengarten und das Fehlen jeglicher Perspektive erschütterten Elisabeths Gelassenheit.

Manchmal, wenn die Schwestern es im Haus nicht länger aushielten, schnallten sie die Langlaufskier an und fuhren in den Wald. Bis zum Fünf-Wege-Kreuz kämpften sie sich durch den Tiefschnee und kamen schließlich auf die Loipe, die nach Ibach führte. Dort glitten sie entlang des Hanges immer höher, bis sie jene gewaltige Silbertanne erreichten, die weithin sichtbar auf dem Gipfel aufragte. Bei günstigem Wind wurden sie für ihre Anstrengung belohnt, hier oben riss der Nebel manchmal auf. Elisabeth und Adele standen im Sonnenschein und tankten Licht und Zuversicht. Schweigend schauten sie über dem Nebelmeer in die Ferne und bekamen eine Ahnung davon, dass es schon irgendwie weitergehen würde. Meistens schloss sich der Nebel rasch wieder. Sie hätten auch nicht länger bleiben können, denn hier oben schnitt die Kälte wie mit Messern.

Weihnachten war vorüber. Zum zweiten Mal stand der geschmückte Baum in der Stube und verlor seine Nadeln. Die Schwestern verbrachten viele Stunden mit Lesen, Adele besorgte Bücher aus der Bibliothek. Sie konnten nicht länger darüber hinwegsehen, dass das Geld zur Neige ging, und beschlossen daher, ein Waldstück zu verkaufen.

Da es in der dunklen Zeit wenig zu tun gab, gingen sie meistens vor zehn Uhr abends zu Bett. Adele blieb manchmal länger auf und schaute eine Sendung des Schweizer Fernsehens, *Musik zum Träumen.* Wenn sie später in ihr Alkovenzimmer schlich, war Elisabeth noch wach. Sie lag auf dem Rücken und hörte auf ihr ängstlich schlagendes Herz.

Zwischen den Jahren grübelte sie eines nachts wieder und nährte ihre Sorgen durch die endlose Wiederholung dessen, was durch Wiederholung nur schlimmer wurde. Da hörte sie ein Geräusch. Zuerst glaubte sie, Adele würde Brennholz aus dem Stall holen und im Ofen nachlegen. Als Nächstes dachte sie an ein Tier, das sich ins Haus verirrt haben könnte. Schließlich schlich jemand die knarrende Treppe hoch, tappte den Korridor entlang, öffnete aber nicht die Tür zu Adeles Trakt, sondern die zum Mädchenzimmer. Vom Teppich gedämpft wurden die Schritte leiser, vor Elisabeths Tür verstummten sie ganz. Sie hörte ein feines Pochen, so leise, dass, wenn jemand schlief, er davon nicht erwacht wäre. Es klopfte wieder.

»Was ist?« Elisabeth drehte das Licht an.

Die alte Tür machte beim Öffnen ein unangenehmes Geräusch. Er hatte nur seine Stiefel übergezogen. Im Übrigen trug er, was die Leute im Winter im Bett anhatten, Unterhemd, lange Unterhosen, Strümpfe bis zu den Knien und einen Schal um den Hals.

»Mach das Licht aus«, sagte er.

Da Elisabeth nicht reagierte, bediente Alex selbst den Schalter neben der Tür. Sie sagte nichts, sekundenlang, endlos. Jedes Wort hätte die Unmöglichkeit der Situation nur verstärkt und sie zugleich zerplatzen lassen. Elisabeth hörte Alex näherkommen. Seit ihren Eltern hatten in diesem Bett nie mehr ein Mann und eine Frau nebeneinander gelegen. Als Alex sich neben Elisabeth sinken ließ, knackte das alte Fichtenbett, und er schlug sich den Kopf an. »Au.«

»Ich habe kein zweites Kissen«, flüsterte sie.

Alex zog sie in seinen Arm. Elisabeth lag an der Brust eines Mannes, den sie länger kannte als die meisten. Dieser Mann war nicht Dietrich. Die Frequenz seines Atems, die Behaarung des Unterarmes, der Geruch an seinem Hals, nichts war wie bei Dietrich. Sie war nicht verliebt in Alex und er nicht in sie, und doch waren sie einander so vertraut wie normalerweise nur ein Paar nach langen Jahren. War ihre Einsamkeit denn so groß, ihre Ratlosigkeit so drängend, oder brachte der trostlose Winter diese unvernünftige Sinnlosigkeit hervor, die gerade stattfand? Elisabeth musste lachen.

»Was ist so lustig?«, brummte er.

»Ich liege mit dem König vom Dachsberg im Bett.«

Er beugte sich über sie und küsste Elisabeth.

»Ich habe dir schon einmal gesagt, dass du nichts weiter als einsam bist, Alex.«

»Beim ersten Mal habe ich dir geglaubt. Aber in dieser Nacht werden wir beide nicht einsam sein.« Er begann, ihr Nachthemd hochzustreifen.

»So einfach geht das nicht. Ich habe Alpaka an.«

»Was hast du?«

»Unterwäsche drunter. Weil mir kalt ist.«

Mit einiger Mühe streifte Elisabeth das ab, was sie nachts sonst warmhielt, und kehrte in den Arm des Mannes zurück, der heute für ihre Wärme zuständig sein würde. Alex hatte sich inzwischen seiner Unterhose entledigt.

»Wir dürfen nicht laut sein.« Sie streichelte sein unrasiertes Kinn. »Adele schläft gleich hinter der Wand.«

»Sie hat mich sicher schon gehört.« Er ließ seine Hand zwischen ihre Schenkel gleiten.

»Morgen um sieben kommt der Mann von der Gemeinde und liest den Stromzähler ab. Der sollte dich besser nicht sehen.«

»Wie lieb, dass du um meinen Ruf besorgt bist.«

»Immerhin bist du der Bürgermeister.«

Bei der nächsten gemeinsamen Bewegung knarrte das Bett so laut, dass beide lachen mussten. Danach war ihnen das Knarren egal.

Der Gemeindebeamte hatte den Zähler abgelesen und war wieder gegangen, ohne den Bürgermeister zu Gesicht zu bekommen. Alex hatte nicht bis zum Frühstück bleiben wollen, aber Elisabeth sagte, nachts als Don Juan auf Beutefang zu schleichen und morgens zu kneifen, komme nicht in Frage. Er wollte Adele allerdings nicht in Unterwäsche begegnen, also lieh ihm Elisabeth einen Morgenmantel.

»Ist der auch bestimmt nicht von Hans?«

»Den hat mein Vater zuletzt getragen.«

Im Bademantel des alten Kohlbrenner erschien der junge Behringer in der Küche.

»Willst du ein Ei?«, fragte Adele. Ihr Morgenmantel war aus Seide, darunter entdeckte man ein Pulloverkleid und halbhohe Filzstiefel.

»Ein Ei ist gut«, nickte Alex.

»Es sind sowieso die Eier von deinen Hühnern.«

»Waren wir zu laut?«, fragte Elisabeth, weil ihr die Nonchalance der Schwester unangenehm war.

Adele überging das. »Ist dir nicht kalt auf Socken? Da drüben haben wir noch ein Paar Pantoffel.«

Nichts hatte sich verändert, außer dass sich alles verändert hatte. Frühstück zu dritt, draußen hatte es zwanzig Grad unter Null. Der kürzeste Tag war bereits vorüber. Man spürte es noch nicht, aber die Tage wurden wieder länger.

»Wir werden den Südostwald verkaufen«, sagte Adele.

»Ist es bei euch schon so eng mit dem Geld?« Der Bürgermeister klopfte sein weiches Ei nicht auf, er köpfte es mit einem Schlag.

»Es kneift ziemlich.«

Alex bat um den Salzstreuer. »Was die Subvention betrifft, von der ich gesprochen habe …«

»Du brauchst das nicht für mich zu tun, Alex, nur weil du die Nacht hier verbracht hast.«

»Lass ihn ausreden«, ging Adele dazwischen. »Du schläfst mit dem Bürgermeister, da sollte es sich für dich auch lohnen.«

»Lass die Witze.«

Alex lächelte. »Die EU-Richtlininen haben sich wieder einmal geändert. Sobald ich Genaues weiß, stelle ich einen Antrag für euer Projekt. Wie wollt ihr es denn nennen?«

»Nennen, was?«

»Die Sache braucht einen Namen, einen Titel, den ich in den Antrag schreiben kann.«

Elisabeth nahm sich vom Schinken. »Es hat den Titel *Dk-6587-1991-fbb.*«

»Ich meine nicht das Aktenzeichen. Wir brauchen einen knackigen Namen, der die Leute in Brüssel überzeugt, dass auf dem Dachsberg viel für die Landschaftspflege getan wird.«

»Das stimmt auch. Das heißt, es hätte gestimmt, wenn dort oben nicht alles erfroren wäre.«

»Ich wüsste einen Namen.« Adeles verschmitzter Ausdruck machte die beiden neugierig. »*Rosengarten Willy Brandt.*«

Elisabeth stieß die Schwester in die Rippen. »Du machst dich lustig, aber ich finde den Namen gar nicht schlecht. Man hat einen Flughafen nach Kennedy benannt, einen Hering nach Bismarck, warum sollte unser Rosengarten nicht nach Willy Brandt heißen?«

»In Brüssel haben die Konservativen, nicht die Sozis das Sagen«, gab Alex zu bedenken.

»Willy steht über den Parteien.«

»Wie wäre es mit *Schwarzwälder Rosengarten*? Das macht neugierig.«

»Wieso macht das neugierig?«

»Weil jeder weiß, dass Rosen nur in der Wärme gedeihen und dass es im Schwarzwald kalt ist.«

»Du bringst das Problem auf den Punkt, im Schwarzwald ist es zu kalt.« Elisabeth wandte den Blick zum Fenster, wo in der Morgendämmerung das ewige graue Einerlei erkennbar wurde.

»Ich habe mit Martina gesprochen«, sagte Alex.

Beide Schwestern sahen ihn an. »Wann?«

»Es ist ja nicht so, dass wir kein Wort mehr miteinander wechseln. Seit der Scheidung, kommt mir vor, wird alles besser. Martina ist traurig, was mit eurem Garten passiert ist. Sie fand, dass endlich einmal etwas Schönes auf dem Dachsberg Einzug gehalten hätte. Martina hat selbst keinen grünen Daumen, aber mein Ex-Schwiegervater ist ein passionierter Gärtner.« Alex nahm von der gekauften Salami. »Und der sagt, du solltest es einmal mit alten Rosen versuchen.«

»*Alte Rosen*? Davon habe ich ja noch nie gehört.«

»Setz dich mit Bernhard zusammen. Er ist ein Kauz, ein ziemlicher Eigenbrödler. Er und meine Schwiegermutter leben getrennt.« Auf den erstaunten Blick der Schwestern erklärte er: »Das scheint bei Martina leider in der Familie zu liegen, dass die Beziehungen nicht halten. Bernhard ist Architekt, hat aber nicht besonders viele Aufträge. Deshalb baut er ständig sein eigenes Haus um. Er hat einen großen Hof, einen Esel und jede Menge Viecher.«

»Was hat das mit den alten Rosen zu tun?«

»Das soll er euch am besten selbst erzählen.«

Auch wenn die drei es sich nicht erklären konnten, schmeckte ihnen das Frühstück mit einem Mal besser. Adele setzte frischen Kaffee auf, Alex schnitt den Speck in hauchdünne Scheiben.

25

DER ESELSMANN

Zur Begrüßung brüllte der Esel. Es war nicht leicht, den Eingang in das Reich von Bernhard Gibis zu finden. Auf der Straßenseite gab es keine Tür, ein Trampelpfad, ausgelegt mit Schwarzwaldsteinen, führte um das Haus herum und mündete bei einer altersschwachen Holztreppe. Von dort gelangte man in den Stall, dessen hinterer Teil das Architekturbüro war. Gibis schien im Stall zu wohnen. Zwischen Zeichentischen stand ein Klappbett, es gab einen Kühlschrank und eine Kaffeemaschine. Auf dem DIN-A3-Drucker stand ein Topf mit Basilikum.

»Bist du in den Stall gezogen?« Alex stellte den Schwestern den Architekten vor.

»Schon seit Herbst«, antwortete Gibis. »Oben baue ich eine Ferienwohnung aus.« Als er lächelte, sah man, dass ihm einige Zähne fehlten. Sie schienen nicht ausgefallen, sondern eingeschlagen worden zu sein.

»Wie können Sie denn im Stall wohnen?« Adele schüttelte ihm die Hand.

»Die Räume lassen sich leichter heizen, weil nebenan die Tiere stehen. Die halten mich warm. In den alten Höfen befindet sich der Stall immer neben der Stube. Außerdem bin ich gezwungen zu vermieten, ich habe nämlich keine Altersvorsorge«, sagte Gibis ohne Scheu. »Und du bist also Elisabeth mit dem

Rosengarten.« Er trat an sie heran, ein kräftiger Rotweindunst wehte ihr entgegen.

»Sehr nett von Ihnen, dass Sie uns beraten.«

»Schluss mit dem Siezen. Bernhard heiße ich.« Er war ein kleiner, fester Mann mit kräftigen Armen und einem kugelrunden Bauch. Sein schütteres graues Haar stand nach allen Richtungen ab. Die roten Adern auf den Wangen ließen vermuten, dass er sich vormittags schon ein Schlückchen genehmigt hatte.

»Was wollt ihr trinken?«

Die Schwestern waren mit einem Glas Wein einverstanden. Elisabeth wollte auf die Rosen zu sprechen kommen, aber ein sonderbares Heulen, eher ein gehustetes Weinen kam dazwischen. Gibis lief zu einem Holzverschlag. Dort lag ein mächtiges schwarzes Schwein auf der Seite.

»Otto, ich bring dir gleich deine Medizin.« Gibis öffnete einen Benzinkanister. Mittels eines trichterförmigen Schlauches flößte er dem Tier eine Flüssigkeit ein. Das Schwein schmatzte, einiges von der Medizin rann daneben.

»Otto sollte zum Abdecker gebracht werden, weil er sich ein Bein gebrochen hatte«, erklärte Gibis. »Er war der begehrteste Zuchteber im Schwarzwald. Wegen eines gebrochenen Beines darf man diesen Sexprotz nicht schlachten, habe ich gesagt, deshalb wohnen Otto und ich jetzt zusammen. Das Bein habe ich wieder hingekriegt, aber mit seiner Lungenentzündung ist nicht zu spaßen.« Er tätschelte das Schwein. »Du machst mir schon Sorgen, Otto.«

Der Eber furzte vernehmlich.

»So? Meinst du, Otto? Ruh dich jetzt wieder aus.«

Gibis kehrte ins Büro zurück. »Wollt ihr was zu

essen?« Ohne sich die Hände zu waschen, holte er Wurst und Käse aus dem Kühlschrank. »Ich vergesse ständig, zu essen.« Er machte sich eine Brotzeit zurecht. »Dann wird mir plötzlich schwindelig, und ich falle hin. So ist auch das hier passiert.« Er zeigte den Schwestern die Reste seiner Vorderzähne. »Bin die Treppe runtergepurzelt.«

Elisabeth vermutete, dass der Rotwein bei dem Sturz auch eine Rolle gespielt haben dürfte. »Ich bin neugierig, was Sie über die alten Rosen wissen. Wir können Ihren Rat sehr gut gebrauchen.«

Er strich dick Butter auf sein Brot. »Als mir Martina von eurem Rosengarten erzählt hat, war ich drauf und dran, auf den Dachsberg zu fahren. Ich hätte dir voraussagen können, was passieren würde.« Gibis trank und aß mit Appetit. »Diese Rosen aus dem Baumarkt taugen in der Höhe alle nichts. Das sind Rosen für Hobbygärtner aus dem Tal. Unten am Rhein kannst du jeden Mist in die Erde werfen, es wird trotzdem wachsen und gedeihen. Der Rhein ist ein Magier, was die Fruchtbarkeit betrifft. Aber auf dem Dachsberg muss man klug sein und auf die Natur hören und erkennen, was sie sich ausgedacht hat, um zu überleben.«

Der Esel schrie. Elisabeth fürchtete, Gibis würde sich nun um das nächste Tier kümmern, aber er hob den Kopf und rief: »Sei ruhig, Micha! Ich bin immer noch böse mit dir!« Er grinste. »Wir haben nämlich gestritten, Micha und ich.«

Der Esel ließ noch einmal sein markiges I-A erklingen.

»Micha hat mir einmal das Leben gerettet, aber das ist eine andere Geschichte.« Gibis schob das

Schneidebrett beiseite und zündete sich den Stumpen einer Zigarre an.

»Sie wollten uns erzählen, wie die Rosen hier überlebensfähig wurden.«

»Du, du – nicht *Sie*«, beharrte er. »Die Rosen *wurden* nicht überlebensfähig.«

»Nein?« Elisabeths Blick ging zu Alex. »Aber ich dachte … Hast du nicht gesagt …?«

»Sie waren es von Anfang an«, erklärte Gibis. »Die alten Rosen sind schon Jahrhunderte alt. In dieser langen Zeit haben sie sich versteckt, heute lassen sie sich vom Menschen kaum noch aufspüren.«

»Versteckt, was meinen Sie … Was meinst du damit?«

»Seit zwölf Millionen Jahren blühen Rosen auf der Erde.« Gibis schaute dem gekräuselten Zigarrenrauch nach. Als *alte Rosen* bezeichnet man solche, die aus der Zeit vor 1867 stammen. Das war das Jahr, als die erste Teehybride gezüchtet wurde. Seitdem ging es mit dem Rosenzüchten im Galopp voran. Das hat die Zahl der Rosensorten zwar vervielfacht, aber es war auch ein Fluch. Mit den modernen Rosen verhält es sich wie mit den modernen Menschen. Jeder will eine Heizung, bei der er nur am Thermostat zu drehen braucht. Wir bauen unser Essen nicht mehr selbst an, wir fertigen unsere Kleidung nicht mehr, wir sind bequem, verweichlicht und schwach geworden. Mit den neumodischen Rosen ist es genauso, sie halten nichts aus. Ein Winter wie dieser verurteilt sie zum Tod. Das ist mit den alten Rosen anders. Sie blühen zwar nur einmal im Jahr, aber du solltest einmal den Duft von so einer Rose einatmen, die Farbe sehen, die sie hervorbringt. Das ist wunderbar.«

»Wo finde ich diese Sorten? Wieso habe ich noch nie etwas davon gehört?«

»Weil die Rosenzüchter daran interessiert sind, ihre eigenen Produkte auf den Markt zu bringen. Sie verschweigen die Existenz der alten Rosen, weil die historische Konkurrenz widerstandsfähiger, frosthärter und pflegeleichter ist.« Gibis stippte die Asche ab. »Eines muss ich dir aber sagen, selten blühen die alten Rosen schon im ersten Jahr.«

»Das ist nicht so wichtig. Hauptsache, sie kommen durch den Winter. Sag mir endlich, wo kann ich diese alten Rosen kaufen?«

»Du kannst sie nicht *kaufen*«, antwortete Gibis ernst. »Du musst sie entdecken. Sie wollen aufgespürt werden. Sie zu finden, ist eine Kunst.«

»Wie kann ich sie aufspüren?«

»Du findest solche Rosensorten zwischen den Fundamenten alter Klöster und Abteien. Die Mönche und die Nonnen wussten früher genau, wie man Rosen kultiviert. Du findest sie in verwachsenen Bauerngärten, wo sie seit Jahrzehnten ihr verstecktes Dasein führen. Manchmal auch in den Hecken einer Schlossruine. Es sind die verwunschensten Ecken, wo du nach alten Rosen suchen musst. Es sind Plätze, die der Mensch noch nicht niedergetrampelt und übervölkert hat. Es sind die einsamen Plätze, die verborgenen Orte, du musst eine Schatzsuche antreten, um alte Rosen zu finden. Ach, ich wünschte, ich hätte genügend Zeit, um so eine Reise anzutreten. Aber wie ihr seht, bin ich hier sehr beschäftigt.«

Als hätte er dem Gespräch gelauscht, schrie der Esel wieder von nebenan.

Elisabeth war aufgewühlt und verwirrt. Wie sollte

sie ohne die Führung eines Fachmannes Rosen aus alter Zeit aufspüren, woran sollte sie sie überhaupt erkennen? Zugleich erwachte in ihr der Wunsch, sofort damit zu beginnen. »Sag mir, zu welcher Jahreszeit ich die Suche antreten soll?«

»Während der Schneeschmelze ist die beste Zeit dafür. Du musst dich auf die Suche nach Hagebutten machen. Die Hagebutte enthält den Keim, den wirst du auspflanzen, danach musst du geduldig sein. Vielleicht ist dein Rosengarten noch nicht verloren, Elisabeth. Vielleicht.« Er zog an der Zigarre, dick stand der Rauch in dem niedrigen Stall. »Aber jetzt müsst ihr mich entschuldigen. Ich kann nicht den ganzen Tag herumsitzen und Vorträge halten.«

Gibis brachte sie zu Tür. Als Elisabeth in die zugefrorene Landschaft schaute, sank ihr das Herz. Es konnte noch Monate dauern, bis all dieser Schnee geschmolzen sein würde.

26

GOTT UND DIE HIRSCHE

»Es war ein Gottesgericht«, sagte Lilli Brombacher.

»Ach nein, so kann man das nicht sehen.« Elisabeth saß am Bett der Kranken.

Obwohl Lilli sich bis zum letzten Moment gewehrt hatte, ihr Haus zu verlassen, konnte sie daheim nicht mehr gepflegt werden. Vernünftigerweise hätte sie auf die Krebsstation nach Freiburg gemusst, aber Elisabeth hatte durchgesetzt, dass ihre Freundin zu den Nonnen kam. Das Kloster in den Hügeln über Menzenschwand war ein Hospiz, wer dort aufgenommen wurde, hatte verstanden, was ihm bevorstand. Die Nonnen waren ruhige, nüchtern arbeitende Frauen, die den Tod kannten, ihn nicht beschönigten, sondern in ihren Alltag integrierten. Medizinisch wurde nichts mehr für Lilli getan. Die Nonnen gaben ihr die Spritzen mit dem Schmerzmittel, wenn es nötig war.

Lilli Brombacher hatte ein Zimmer mit Blick auf den Wildpark. Die Abtei verdiente nebenbei ein wenig Geld an den Ausflüglern, die sich die Rehe, Hirsche und Wildschweine ansehen wollten. Elisabeth ließ den Blick über die kleine Herde schweifen, die im gefrorenen Boden nach Fressbarem suchte. Es war Dammwild, kleiner als gewöhnliche Rehe. Wenn sie im Schnee nichts mehr fanden, kehrten sie zur Wild-Traufe zurück, wo sie von Menschenhand gefüttert wurden.

»Das war kein Gottesgericht«, sagte Elisabeth. »Die beiden hatten einen Unfall.«

»Unfälle passieren nicht ohne Grund. Der Unfall geschah an dem Tag, als sie unterwegs zu ihrem Anwalt waren. Hätten sie die einstweilige Verfügung gegen dich durchgesetzt, wäre dein Garten verloren gewesen. Du hättest alles zurückbauen müssen, die Gewächshäuser, die Drainage, alles.« Lilli atmete hastiger.

»Nicht so viel sprechen.«

»Mich regt das auf. Wie kann man so viel Bosheit besitzen, das Werk eines anderen Menschen zu zerstören, erst recht wenn dieses Werk ein Garten ist?«

»Dr. Wieland und ihr Mann sehen das eben anders. Ich hätte dir von dem Unfall gar nichts erzählen sollen.«

Seit das Düsseldorfer Ehepaar auf dem Schlegelhof eingezogen war, hatten sie den Kohlbrennerschwestern nur Schwierigkeiten gemacht. An der Grundgrenze war ein Schutzwall aus Beton hochgezogen worden, dessen Fundament so tief in die Erde reichte, dass Elisabeths Drainage dadurch unterbrochen wurde. Als sie notgedrungen einen anderen Weg für die Wasserentsorgung gefunden und die Arbeit fortgesetzt hatte, bekämpfte die gegnerische Seite die Sache auf dem Rechtsweg. Ein Anwalt aus Freiburg entwickelte findige Ideen, mit welchen Paragraphen man dem Vorhaben einen Riegel vorschieben könnte. Nachdem der strenge Winter aber sogar die juristischen Vorgänge der Region verlangsamt hatte, sollte es im Frühling nun zum Prozess kommen. Vor dem Termin waren Dr. Wieland und ihr Mann auf Skiurlaub in die Schweiz gefahren. Auf dem Rückweg waren sie auf einer kurvenreichen Bergstraße mit einem Laster zusammengestoßen. Der Unfall war so folgenschwer, dass sogar das Fernsehen davon berichtet hatte. In der Badischen Zeitung war ein Bild des zermalmten BMW abgedruckt worden. Es war kaum zu glauben, dass jemand lebend aus diesem Wrack geborgen worden war. Über den Zustand der beiden wusste Elisabeth nur, dass der Professor mit dem Tode rang.

»Ich bleibe dabei, es war göttliche Fügung.« Lilli schloss die Augen. In diesem Zustand verbrachte sie viele Stunden des Tages. Es war kein richtiger Schlaf, eher eine Zwischenstation, aus der sie wieder zurückkam zu den Lebenden.

Gott und sein Urteil, dachte Elisabeth. In letzter Zeit waren viele Urteile gefällt worden auf dem Dachsberg. Aus ihrer Mädchenzeit erinnerte sie sich, dass sie darunter gelitten hatte, wie wenig sich bei ihnen veränderte. Doch seit sie wieder hier war, war einiges geschehen. Rudolph Behringer hatte das Zeitliche gesegnet, der Rosengarten war erfroren, Elisabeth hatte sich für die Liebe entschieden, selbst wenn es nur eine vorübergehende Sache sein mochte. Nur anderthalb Jahre nach Dietrichs Tod kam ihr diese Veränderung erstaunlich vor. Alex und sie sahen einander täglich, mehrmals die Woche übernachtete er bei ihr. Er hatte vorgeschlagen, sie könne ja manchmal zu ihm kommen, aber Elisabeth wollte Adele auf dem einsamen Hof nachts nicht allein lassen. Es war Adele anzusehen, dass ihr das dreiblätterige Kleeblatt, das sie neuerdings bildeten, missfiel. Früher war immer sie die Begehrtere der Schwestern gewesen, jetzt hatte Elisabeth ein erotisches Verhältnis mit einem attraktiven Mann.

Der Frühling war nicht mehr fern. Alex hatte den

Rosengarten betreffend in Brüssel eine Eingabe gemacht und dem Projekt einen simplen, aber klingenden Namen gegeben: *Dachsberger Rosen.* Nun mussten sie abwarten, wie lange die Mühlen der EU mahlen würden, bis sie über die Subvention entschieden. Sie mussten warten, bis der Schnee geschmolzen war, warten, wie es mit ihren bösen Nachbarn weitergehen sollte. Elisabeth nahm sich vor, das Ehepaar Wieland/Leutgeb im Krankenhaus zu besuchen, schließlich waren sie ihre Nachbarn. Wer Böses nur mit Bösem vergalt, auf den fiel es selbst zurück.

Sie streichelte Lillis Hand. »Bevor ich heimfahre, werde ich noch in den Klostergarten gehen.«

Die Kranke seufzte, ohne die Augen aufzuschlagen.

»Es ist gut möglich, dass hier alte Wildrosen wachsen. Vielleicht pflücke ich ein paar Hagebutten.«

Sie redete noch eine Zeitlang mit der schlafenden Lilli, stand schließlich auf und verließ das Zimmer.

Auf dem Korridor kam ihr die Äbtissin entgegen. »Darf ich mich ein wenig in Ihrem Garten umschauen?«, fragte Elisabeth die Nonne.

De alte Frau zeigte in den Schnee. »Von unserem Garten ist im Augenblick wenig zu sehen.«

»Beim Hereinkommen habe ich Sträucher mit schwarzen Hagebutten gesehen. Könnten das Rosen sein?«

»Natürlich, wir haben viele Rosen.«

»Erfrieren die im Winter nicht?«

»Das sind uralte Stöcke. Ihre Wurzeln gehen so tief, dass der Frost sie nicht mehr erreicht.«

»Gut«, lächelte Elisabeth. »Das ist sehr gut.«

»Kommen Sie«, sagte die Äbtissin. »Ich zeige Ihnen den Weg.«

27

DER VERKRÜPPELTE BAUM

Kaum war nach endlosen sechs Monaten Winter der Schnee geschmolzen, holte Elisabeth die erfrorenen Pflanzen aus der Erde, pflügte das ganze Areal um und begann von Neuem. Mit welchen Mitteln sie im kommenden Winter eine Wiederholung des Desasters verhindern wollte, war unklar, trotzdem erkannte jedermann an, dass die Kraft dieser freundlichen Frau nicht erlahmte. Ohne es zu wollen, war Elisabeth in der Region zur Berühmtheit geworden. Die Leute hielten es zwar immer noch für ausgeschlossen, dass auf der ehemaligen Industriebrache jemals Rosen blühen würden, aber Elisabeths Hartnäckigkeit rang ihnen Bewunderung ab, sie begegneten ihrem Durchhaltewillen mit Respekt.

Außergewöhnliche Leistungen, mitunter auch gescheiterte Träume waren etwas, das die Medien interessierte. Wenn irgendwo der größte Kürbis geerntet, der fetteste Fisch aus dem Wasser gezogen wurde, rückten die Berichterstatter an. Der Südwestfunk wollte einen Beitrag über die wetterfeste Rosengärtnerin drehen und schickte ein TV-Team auf den Dachsberg.

Elisabeth musterte ihre Schwester. »Du hast dich ja so schick gemacht.« Sie schaute an sich selbst hinunter. »Die haben am Telefon gesagt, wir sollen ganz natürlich aussehen, so wie immer.«

»Ich bin wie immer.« Adele trug ein fliederfarbenes Kostüm und war unübersehbar beim Friseur gewesen.

»So sieht aber keine Gärtnerin aus.«

Mit einem Picknickkorb stiegen sie zur oberen Begrenzung der Brache hoch und bereiteten für die Leute vom Fernsehen eine Jause vor. Bevor im Winter durch den Frost alles vernichtet worden war, hatte Lilli ihnen dieses Plätzchen als Aussichtspunkt vorgeschlagen. Elisabeth hatte eine kleine Fichte fällen lassen und den Baumstumpf in einen Tisch verwandelt. Campingstühle standen im Halbkreis, Elisabeth hatte sogar ein Tischtuch mitgebracht.

Adele deckte schweigend auf und vermied es, ihre Schwester anzusehen.

»Elisabeth, die Rosengärtnerin vom Dachsberg«, sagte sie schließlich. »Die Frau, die niemals aufgibt, die den Gesetzen der Natur trotzt.«

»Was redest du denn da?«, entgegnete Elisabeth überrascht. »Schau dich um. Hier wächst praktisch noch gar nichts.«

»Das ist es, was ich meine. Hier sieht es aus wie auf einer Mondlandschaft, aber die Leute reden von dir, als ob du Wasser in Wein verwandeln könntest.«

»Welche Leute?«

»Jeder, mit dem man spricht.« Adele richtete die Kuchengabeln aus. *»Sind Sie nicht die Schwester von Elisabeth Kohlbrenner? Ist sie nicht die Freundin des Bürgermeisters, der bei der EU-Kommission eine Unterstützung für sie durchboxt?«*

Da ging Elisabeth ein Licht auf. Nicht in hundert Jahren wäre sie auf die Idee gekommen, dass Adele auf ihre jüngere Schwester eifersüchtig sein könnte.

»Die Sache mit Alex?«, fragte sie ungläubig. »Ist es das, was dich stört?«

»Ach, um Himmelswillen! Werde glücklich mit ihm. Aber muss das jedesmal in unserem Haus stattfinden?«

»Ich dachte nur ... Ich wollte dich nachts auf dem Hof nicht allein lassen.«

»Ich wäre froh, wenn ich endlich mal ein bisschen für mich sein könnte. Ständig tauchen irgendwelche Typen bei uns auf und geben dir gute Tipps für den Garten.«

»Wen meinst du damit?«

»Na, zunächst einmal deinen Liebhaber. Dass er es sich in deinem Bett gemütlich macht, ist deine Sache. Aber dass er allmählich eine Kuhle in unser Küchensofa sitzt, gefällt mir nicht.«

»Wir kennen Alex, seit wir klein waren«, entgegnete Elisabeth konsterniert.

»Dann ist da noch Herr Hirsch aus dem Baumarkt, der so langsam im Kopf ist, dass ein simples Gespräch mit ihm eine Stunde dauert.«

»Du brauchst dich doch nicht mit ihm zu unterhalten.«

»Soll ich mich ständig in meinem Zimmer verkriechen?« Eine Windbö blies Adele das Haar ins Gesicht, aggressiv rückte sie ihre Frisur zurecht. »Kommen wir nun zum Ex-Schwiegervater deines Beischläfers. Der taucht neuerdings mit quälender Regelmäßigkeit bei uns auf und verpestet die Stube mit seiner Zigarre.«

»Bernhard war höchstens drei Mal hier.«

»Nach dem geschrumpften Bestand unseres Weinkellers zu schließen, müssen es dutzende Male gewesen sein.« Adele warf die Papierservietten auf den Tisch. »Der Mann muss eine eiserne Leber haben, so viel, wie der verträgt. Kein Wunder, dass er dauernd die Treppe runterfällt.«

»Genug, Adele, ich habe verstanden.« Elisabeth legte einen Stein auf die Servietten. »Diese Leute helfen mir, freiwillig und unentgeltlich. Ohne sie wäre ich ziemlich hilflos, so allein mit dem Garten.«

»Aber du bist nicht allein«, rief Adele unbeherrscht. Leise setzte sie hinzu: »Ich bin doch da.«

Die Schwestern standen Auge in Auge. »Ja, du bist da.« Elisabeth nahm Adele in den Arm. »Und ich bin dir dankbar dafür. Ohne dich hätte ich das Ganze längst aufgegeben.«

»Wirklich?«

»Spürst du das nicht?«

»Manchmal komme ich mir hier ziemlich überflüssig vor.«

»Ich habe dich immer bewundert.«

»Mich?«

»Natürlich.« Sie lösten sich voneinander. »Weißt du, ich habe im Moment einfach das Glück, endlich einen Sinn in meinem Leben gefunden zu haben. Und du bist noch auf der Suche.«

»Manchmal frage ich mich, ob mein Leben nicht bereits gelaufen ist. Was soll denn da noch kommen?«

»Wie meinst du das?«

»Schau mich doch an. Eine gescheiterte Schlagersängerin, verheiratet mit einem schwulen Mann, als Betrügerin entlarvt, flüchtet in den Schwarzwald und wird im Schatten ihrer großartigen Schwester alt. So könnte kurzgefasst mein Lebenslauf aussehen.«

»Wahrscheinlich ist die Ehe mit Herrn Diekmann

aber genau das, was du wolltest. Und aus der Betrugssache kommst du Schritt für Schritt heraus. Noch fünf Ratenzahlungen, und der Spuk ist vorbei. Wir verkaufen den Südostwald und machen einfach weiter.«

»Ich wollte, ich hätte deine Zuversicht.«

»Ich habe sie, weil du bei mir bist. Du gibst mir Kraft, große Schwester.«

Adele warf einen Blick zum Fuß des Berges. »Ich glaube, da kommen sie schon.«

Weiter unten, zwischen dem Kohlbrennerhaus und dem Schlegelhof hielt ein Transporter. Eine Frau mit Umhängetasche stieg aus, ein Mann hievte mehrere Koffer aus dem Auto. »Das müssen sie sein.« Elisabeth winkte. »Hier sind wir!« Die Frau vom Südwestfunk blickte auf.

»Jetzt beginnt deine Fernsehkarriere«, stichelte Adele.

Abends, nachdem die Fernsehleute wieder abgefahren waren, saßen die Schwestern bei einer Tasse Tee in der Küche.

»Ich habe es vermasselt. Ich habe ständig den Faden verloren.« Elisabeth schwenkte den Teebeutel.

»Aber nur, weil diese Frau dich ständig unterbrochen hat. Für das erste Mal vor einer Kamera hast du dich wacker geschlagen.«

»Ich? Du. Du warst das, du hast uns gerettet. Als du gemerkt hast, dass ich einen Knoten im Hirn hatte, hast du dich eingeschaltet. Die Fernsehtante hat sofort begriffen, wer von uns beiden das Show-Talent ist.«

Adele stand auf und sah nach dem Feuer. »Übertreib mal nicht.« Sie warf zwei große Scheite in die Flammen.

»Du sahst ja auch sensationell gut aus. Als die Sonne rauskam und in deinem goldenen Haar spielte, das hatte eine tolle Wirkung.«

»Hör auf.« Lachend kam Adele zum Tisch zurück. »Ich gebe zu, es hat mir Spaß gemacht. Und am Mittwoch kommt der *Rosengarten Willy Brandt* ins Fernsehen.«

»*Rosengarten Willy Brandt.* Ich weiß nicht, was mich da geritten hat. Als mich die Redakteurin nach dem Namen meines Projekts gefragt hat, sperrte sich in mir etwas zu sagen: *Dachsberger Rosen.* Da ist mir deine alte Idee einfach aus dem Mund gepurzelt.«

»Das war gut so. Dass eine Bonner Sekretärin ihren Schwarzwälder Rosengarten nach dem alten Bundeskanzler benennt, das war der Clou, der Aufhänger für die Reporter.«

»Ich bin gespannt, wie das im Fernsehen rüberkommt. Ich sehe bestimmt aus wie eine Tonne in dieser dummen Bluse. Ich muss Alex Bescheid geben, damit er am Mittwoch vorbeikommt.« Erschrocken hob Elisabeth den Kopf. »Nur wenn es dir recht ist natürlich.«

»Aber sicher. Ich finde es süß, wie ihr zwei händchenhaltend vor dem Fernseher sitzt.«

»Vielleicht solltest du auch mal wieder mit jemandem Händchen halten.«

»Wozu?«

»Ich finde es schön, einen Mann um mich zu haben.«

»Mir fehlt diesbezüglich nichts.« Adeles Ton wurde schroffer.

»Wirklich? Aber du und Herr Diekmann, ihr … schlaft doch nicht miteinander.«

»Natürlich nicht.«

»Und wie …? Entschuldige, das geht mich eigentlich nichts an, aber wie löst ihr diese Sache?«

»Herr Diekmann macht manchmal Andeutungen, dass ich mir endlich einen anständigen Liebhaber suchen soll. Aber er verfolgt dabei eher eigene Interessen.« Auf Elisabeths fragenden Blick fuhr sie fort: »Mein Harry hat die Hoffnung, auf diese Weise könnte er endlich mal einen Dreier ausprobieren.«

»*Dreier?*« Elisabeth fühlte sich unwohl bei der Richtung, die das Gespräch nahm.

»Tu nicht so keusch. Wenn ich nach den Geräuschen schließen darf, die ich durch die Wand mitkriege, hört sich das nicht nach der katholischen Fünf-Minuten-Nummer an.«

»Schluss, Adele, ich mag über so etwas nicht reden.«

Da Adele tatsächlich schwieg, suchte Elisabeth einen Weg, das Thema liebevoll abzuschließen. »Dietrich war ein leidenschaftlicher Mann, ein wunderbarer Liebhaber. Alex hat schnell begriffen, dass er bei mir nicht … hm, *vorsichtig* zu sein braucht.« Sie fand es albern, dass sie vor ihrer Schwester rot wurde, und trank einen Schluck. »Und was ist mit dir? Schließlich war ja nicht immer Herr Diekmann an deiner Seite. Was hast du für Erfahrungen gemacht?«

Unvermittelt stand Adele auf und starrte in die dunkle Stube. Nach einigen Augenblicken lief sie wortlos aus der Küche und ins Freie.

Es war Frühling, aber die Luft war kalt, der Wind schneidend. In ihrer fliederfarbenen Bluse stand Adele da, sie hatte keine Strümpfe an. War es der Wind, der ihr die Tränen in die Augen trieb?

Elisabeth kam ihr nach. »Du verkühlst dich ja.« Da Adele nicht antwortete, holte Elisabeth eine Wolljacke von der Garderobe und hängte sie ihrer Schwester um die Schultern. »Was ist denn? Habe ich etwas Falsches gesagt?«

Adele lief auf den verkrüppelten Apfelbaum zu. »Du bist wie ich.« Sie lehnte ihre Stirn an den Stamm. »Der Sturm hat dir jahraus, jahrein zugesetzt, er hätte dich am liebsten davongeweht, aber du klammerst dich fest. Du kannst nicht sterben, deine Wurzeln gehen zu tief. Du kannst aber auch nicht leben wie ein normaler Baum. Du bist genau wie ich.«

»Was ist denn plötzlich in dich gefahren, Adele?«

Ohne den Stamm loszulassen, drehte Adele sich langsam um. »Warum bin ich nirgendwo auf der Welt wirklich heimisch, wirklich glücklich? Warum kämpfe ich gegen alles an, was die Menschen sich normalerweise erträumen? Warum bin ich unfähig, zu lieben?«

»Das bist du nicht«, stammelte Elisabeth, erschrocken über den Ausdruck in Adeles Gesicht.

»Ich ertrage die Zuneigung eines Menschen nie für lange Zeit. Und jedesmal, wenn ich es nicht mehr aushalte, schlage ich um mich, dann muss ich den anderen verletzen, damit er sich vor mir zurückzieht. Ich habe Dr. Seyfferth, meinen früheren Chef, wirklich gern gehabt, vielleicht habe ich ihn sogar geliebt. Aber als er davon angefangen hat, dass er meinetwegen seine Frau verlassen will, habe ich Angst gekriegt. Ich habe unsere Beziehung sofort beendet. Aber damit nicht genug. Ich wollte nicht nur Seyfferths Liebe zerstören, er sollte mich hassen. Ich habe ihn nach Strich und Faden betrogen, habe ihn bestohlen und hintergangen. Vielleicht habe ich das nur gemacht, weil ich ihn von mir stoßen wollte, vielleicht habe ich aber wirklich eine kriminelle Seite in mir. Ich hatte meine Freude daran, seine Bücher so schamlos zu frisieren, dass diese unglaublich hohen Summen in meine Tasche gewandert sind. Es war nur eine Frage der Zeit, bis er dahinterkommen würde. Trotzdem konnte ich nicht anders. Ich habe ihn gezwungen, mich zu hassen. Nie werde ich seinen Blick vergessen, als ich die Praxis zum letzten Mal verlassen habe. In diesem Blick lag die Frage: Warum hast du mir das angetan? Wir haben gut zueinander gepasst, er und ich, wir hätten glücklich werden können. Aber ich wollte nicht. Ich kann das nicht.« Unvermittelt begann Adele zu schreien. »Ich kann es nicht!«

Sie klammerte sich an den Apfelbaum und hörte nicht auf zu schreien. Elisabeth stürzte hin, warf sich förmlich über die Schreiende und ummantelte sie mit ihrem Körper.

»Liebe, Liebe, du Liebe, komm, hör auf. Es ist gut. Hier bist du, bei mir bist du, hier brauchst du nicht mehr wegzulaufen.«

Elisabeth spürte, wie plötzlich alle Kraft aus Adele wich. Am Fuße des Baumes sank sie zusammen. Das Schreien hörte auf, aber es wurde kein Weinen daraus.

»Siehst du. So ist es besser.« Sie streichelte Adele nicht, wie man es bei Kindern tut, sie legte ihr nur die Hand auf den Hals.

Da war der singende Wind, der an den fast noch kahlen Ästen zerrte. Da waren die weißen Knospen, die im nächtlichen Licht schimmerten.

»Es war immer im Stall«, flüsterte Adele.

»Was, was meinst du?«

»Er hat mich für ein Tier gehalten. Wie ein kleines Tier hat er mich behandelt.«

»Wer?«

»Jedesmal ist es im Stall passiert. Ich habe ihn gefragt, warum gehen wir nicht einmal woanders hin. Weißt du, was er geantwortet hat?«

»Wer? Wer denn?«

»Woanders ist es nicht so dreckig. Er wollte, dass wir uns im Dreck suhlen. Er wollte das Schmutzige mit mir tun, niemals das Schöne. Das Schlimmste war …« Adele würgte, als ob sie sich übergeben müsse.« Das Schlimmste war, dass ich es auch wollte. Ich wollte den Stall. Ich freute mich darauf. Das Leben hier kam mir so belanglos und lächerlich vor. Im Stall war alles anders. Da regierte der Teufel. Ich wollte den Teufel, ich wollte in seiner Nähe sein. Ich hatte mich in den Teufel verliebt, aber ich wusste nicht, dass mich diese Liebe für immer zerstören würde.«

Elisabeth hatte nie etwas Derartiges vermutet. Sie hatte nicht einmal etwas geahnt. Doch als Adele ihr Herz ausschüttete, fiel ihr alles wieder ein, die Monate und Jahre, in denen Adele sich stark verändert hatte. Sie waren sieben oder acht Jahre alt gewesen und schon zur Schule gegangen. Heimtückisch und verschlagen war Adele damals gewesen, sie hatte sogar geklaut. Als die Mutter Adeles Diebeslager auf dem Dachboden entdeckte, war sie entsetzt. Adele log, sie log in einem fort. Niemand konnte sagen, ob sie gerade fantasierte oder die Wahrheit sagte. Ihre Lügen waren nie plump, sondern äußerst raffiniert, mit solchen Lügen spielte sie die Dachsberger gegeneinander aus. Sie behauptete etwas Erfundenes über eine Person, sie dichtete den Leuten irgendwelche

Verhältnisse an und löste regelrechte Skandale aus. Zunächst glaubte man ihr, weil die Lügen aus ihrem entzückenden Kindermund kamen. Aber irgendwann kam man dahinter, dass alles nur erfunden war. Das Kohlbrennermädchen wurde gemieden. Das schien ihr nichts auszumachen, sie stolzierte durch den Ort in ihrem Schuldkleidchen mit den festen Schuhen, und warf triumphierende Blicke zu den Häusern der Leute, wo sie Unfrieden gestiftet hatte. Es war kurz nach dem Krieg, so etwas wie psychologische Betreuung gab es damals nicht. Niemand wäre auf die Idee gekommen, Adele in ärztliche Behandlung zu geben. Ihre letzte Lüge war, dass sie behauptete, einen Geliebten zu haben, der in den Wäldern lebte. Im Hotzenwald trieben sich manchmal Männer herum, Kriegsheimkehrer, die keinen Anschluss an das Leben in Friedenszeiten fanden. Vater und Mutter drangen in Adele, alles zu erzählen. Sie schilderte eine Person, die eher dem Elfenreich zuzurechnen war, einen strahlenden Jungen mit blondem Haar, mit dem sie sich im Wald treffe.

Und eines Tages war das alles vorbei. Die Lügen, die Diebstähle, Adele schien zu sich selbst gefunden zu haben. Sie wurde ein normaler Teenager, mit den üblichen Bedürfnissen und Interessen. Als ihre Mutter viel zu früh starb, war es Adele, die Elisabeth tröstete und aufrichtete. Adele wurde zur eigentlichen Mutter im Haushalt, sie hatte ihre neue Rolle gefunden. Nach und nach wurde sie wieder in die Gemeinde aufgenommen, und man vergaß die Vorfälle der letzten Jahre. Dieser Zustand hatte so lange angedauert, bis Rudi mit dem mintgrünen Borgward auf dem Dachsberg aufgetaucht war.

»Wer war es?«, fragte Elisabeth in die Stille. »Wer hat dir das angetan?«

Adele kauerte stumm neben dem Baum.

»War es Rudolph? War der alte Behringer der Teufel?«

»Das ist alles schon so lange her.« Adele stand auf. »Wie gut, dass man vergessen kann.«

»War es Rudolph?«

»Gehen wir hinein. Entschuldige, dass ich mich so aufgeführt habe.«

»War es Rudolph?«

»Ja.« Während sie auf die Tür zuging, sagte Adele: »Dieses alte Schwein. Friede seiner *Asche*.« Ein merkwürdiger Unterton lag in ihrer Stimme, lächelnd trat sie ein. »Wie herrlich warm es hier ist.« Sie lehnte sich an den Ofen und streichelte die heißen Kacheln. »Ich glaube, ich lege mich heute früh schlafen«, sagte sie träumerisch. »Siehst du Alex später noch?«

»Heute nicht.« Gedankenverloren setzte sich Elisabeth neben ihre Schwester auf die Ofenbank.

28

DIE WELT VON OBEN

Bernhard Gibis saß im Gras, während die Frauen auf einer Luftmatratze lagerten. Erschöpft legte sich Elisabeth auf die Seite, Adele schnürte ihre Wanderschuhe auf. Wer gedacht hatte, die Schlösser und Burgen des Schwarzwaldes zu erforschen, sei ein Spaziergang, kannte die Burgruine Speyer-Ladingen nicht. Die Fahrt vom Dachsberg über das Albtal dauerte nur fünfundvierzig Minuten, doch die Herausforderung begann am Fuß des Berges, hier endete die Straße. Der Wanderweg, der zur Ruine hochführte, verdiente diese Bezeichnung nicht.

Elisabeth achtete längst nicht mehr darauf, dass ihr das Haar ins Gesicht fiel, sie achtete nicht auf die Stechmücken, die sich über ihre nackten Waden hermachten, sie wollte nur noch irgendwo ankommen, hinfallen ins Gras und das Pochen in der Brust verklingen spüren. Die Kohlbrennerschwestern waren keine Gebirgsziegen. Ihr Führer aber, der alte Gibis, der Mann mit dem Alkoholproblem, lief ihnen wieselflink voraus. Eine Stunde lang folgten sie ihm ohne Murren, bis Adele auf einem Granitbrocken ausrutschte und sich das Knie aufschlug.

»Wartet … einen Moment …« Sie hielt sich die stechende Seite und nahm das kleine Malheur zum Anlass, sich auf den Fels zu setzen. Ein Tröpfchen Blut sickerte aus der Wunde. Gibis hatte Desinfektionsspray zur Hand und sprühte es auf die Stelle. »Wenn wir oben sind, mache ich ein Pflaster darauf.«

»Wann sind wir denn oben?«, schnaufte Elisabeth. »Es fühlt sich an, als würden wir einen Viertausender erklimmen. Wir wollten doch kein Edelweiß pflücken, sondern eine Rose.«

»Ihr habt es fast geschafft.«

»Es muss doch auch Ruinen geben, die bequem mit dem Auto zu erreichen sind.« Missmutig betrachtete Adele ihre Wunde.

»Natürlich gibt es die. Die Frage ist nur, wollt ihr an einen unberührten Ort gelangen, oder wollt ihr eine Touristenfalle mit Imbissbude und Kaffeekränzchen, wo die Füße der Menschen bereits alles niedergetrampelt haben?«

»Imbissbude«, seufzte Elisabeth.

»Kaffee und Kuchen«, flüsterte Adele.

Gibis zeigte auf seinen Rucksack. »Wenn wir oben sind, gibt es was zu essen. »Kommt jetzt. Spätestens um die Mittagszeit haben wir es geschafft.«

Um die Mittagszeit waren sie noch ein gutes Stück entfernt, aber am frühen Nachmittag ließen sich Adele und Elisabeth ins Gras fallen. Gibis zauberte ein dunkelblaues Ding aus dem Rucksack, das sich mittels einer Pumpe in eine Luftmatratze verwandelte. Es gab zu trinken und zu essen, und allmählich begannen die Schwestern den Reiz dieses besonderen Ortes zu begreifen. Die Luft war so rein, dass man sie trinken wollte. Der Himmel zeigte sich von einem gläsernen Blau, die Burg thronte auf einem Felssporn über dem Murgtal. Der Burgfried zog sich am Abgrund entlang, zwei Türme standen noch und ein bewehrter Wall. Obwohl alles aus dem unverwüstlichen Granit des

Schwarzwaldes erbaut war, hatten Wind und Wetter der Jahrhunderte die mittelalterliche Burg in eine Ruine verwandelt.

»Was sieht man dort unten?«, rief Adele mit ausgestrecktem Finger.

»Das ist die Schweiz.« Gibis schnitt kleine Würste auf.

»Könnte das Zürich sein?«

»Es ist Aarau. Zürich kannst du von hier nicht sehen.«

Die Luftmatratze machte ein knautschendes Geräusch, als Adele zurücksank. »Jetzt bin ich froh, dass wir durchgehalten haben.«

Gibis servierte Wurst und Brot und erzählte, dass die Burg Ende des zwölften Jahrhunderts erbaut worden sei und jahrhundertelang den Wehrdienst für das Kloster Säckingen übernommen habe. Die Ritter hatten die Mönche vor Raubrittern beschützt. Später wurden die Güter des Stiftes nach und nach verkauft, bis nicht mehr genug da war, was beschützt werden musste. Der Ritterstand der Speyer-Ladinger wurde aufgelöst, sie verschwanden im Nebel der Geschichte.

»Du hast uns noch eine andere Geschichte versprochen«, sagte Elisabeth. »Wie dein Esel dir das Leben gerettet hat.«

Gibis ließ sich nicht lange bitten. »Damals haben Micha und ich noch nicht unter einem Dach gewohnt. Esel brauchen im Winter keinen warmen Stall, er war das ganze Jahr draußen. Wenn ich nach ihm schaute, vergnügte er sich meistens bei den drei Eichen, deren untere Äste er längst abgefressen hatte. Es war Herbst. Bei Straßenarbeiten hatte ein Bagger das Hauptstromkabel durchtrennt, Urberg war tagelang ohne Strom. Wir alle holten die guten alten Petroleumlampen hervor.« Gibis streckte seine Beine im Gras aus. »An einem Abend saß ich daheim und habe mir noch ein Gläschen genehmigt.«

»Oder auch zwei«, lachte Adele.

»Jedenfalls bin ich auf der Ofenbank eingeschlafen und irgendwann zu Boden gerollt.«

»Sternhagelvoll warst du.«

»Während ich geschlafen habe, muss die Flamme der Petroleumlampe ausgegangen sein, sie begann zu qualmen und zu rußen. Der Qualm hat das ganze Zimmer erfüllt, aber ich habe so tief geschlafen, dass ich nicht davon erwacht bin. Kohlenmonoxid ist leichter als Luft. Hätte ich nicht auf dem Boden gelegen, ich hätte kaum überlebt. Alle Fenster waren zu, Micha konnte den Qualm also nicht gerochen haben. Trotzdem hat er instinktiv gespürt, dass ich in Gefahr bin. Er kam zum Haus getrabt und begann vor der Tür zu schreien. Ich hörte nichts, vielleicht war ich schon ohnmächtig. Und dann ...« Gibis schüttelte den Kopf. »Ich kann es immer noch nicht glauben, aber es muss so gewesen sein. Micha hat sich umgedreht und mit den Hinterhufen gegen die Tür getreten, wieder und wieder.« Gibis strich sich das wirre Haar aus der Stirn. »Mein Esel hat die Tür eingetreten, er kam in die Stube und schrie so laut, dass ich aufgewacht bin. Ich habe die Lampe gelöscht, die Fenster aufgerissen und mich ins Freie gerettet. Und dann ...« Er grinste. »Plötzlich kam meine Exfrau um die Ecke, die den Esel schreien gehört hatte. Als sie mich sah, hat sie laut zu lachen begonnen. Sie lachte, dass ihr die Tränen über die Wangen liefen.«

»Was war denn so komisch?«

»Ich hatte auf der Seite gelegen. Meine linke Gesichtshälfte war normal, die rechte kohlrabenschwarz vom Ruß. Wie ein Gespenst muss ich ausgesehen haben oder wie ein Zebra. Über eine Woche habe ich gebraucht, um das Haus vom Ruß zu säubern. Micha ist seitdem mein allerbester Freund. Wir wollen miteinander alt werden.«

Die Schwestern schauten in die Weite. »Da drüben«, sagte Elisabeth. Am Horizont hatten sich die diesigen Schleier verzogen, in der vollkommenen Bläue des Himmels erhoben sich die Alpen. Schimmerndes Weiß der schneebedeckten Gipfel, der Alpenhauptkamm zog sich, von Österreich kommend, durch die Schweiz und verlor sich Richtung Frankreich im Dunst. Die Größe der Natur, die Demut vor der Weite, sie saßen nur da und schauten.

»Wenn wir noch Rosen suchen wollen, müssen wir loslegen.« Gibis beendete die Pause.

Missmutig standen Elisabeth und Adele auf, die Müdigkeit saß ihnen in den Knochen. Wie gern hätten sie in der reinen Höhenluft ein bisschen geschlafen, doch sie stolperten hinter Gibis her und betraten die Ruine der Ritter von Speyer-Ladingen.

Mit der Weite war es vorbei, mit der Demut genauso, die Größe der Natur zeigte sich von ihrer brutalen Seite. Während sie zwischen Granitblöcken umhergeklettert waren und die Schwestern manchmal riefen: »Bernhard, ist das eine Rose?«, und während er geantwortet hatte, das sei eine Irisblüte oder ein Hindelang-Sporn, schlug das Wetter um. Sie nahmen erst Notiz davon, als eine Windbö Adele fast von einem Felsvorsprung wehte. Sie schaute zum Himmel hoch.

»Bernhard …«, rief sie.

»Ich habe es schon bemerkt.« Zwischen Sträuchern tauchte sein Haarschopf auf. »Ich habe nur nichts gesagt, weil wir es ohnehin nicht mehr schaffen.«

»Nicht schaffen, was denn?«

»Das Unwetter wird gleich hier sein. Der Abstieg wäre nicht mehr möglich. Also warten wir, bis es vorbei ist.«

Gibis führte sie zum Burggewölbe, wo früher der Brunnenraum war. Draußen grollte der Donner. »Stellt euch das vor.« Er beugte sich über den Brunnenrand, hohl klang seine Stimme. »Hundert Meter Schacht haben sie in den Felsen gesprengt, bis sie auf Wasser stießen. Nur so konnte die Burg während einer Belagerung durchhalten. Dieser Raum konnte bis zuletzt verteidigt werden.«

Hinter den eingesunkenen Mauern zuckten Blitze, die Temperatur fiel schlagartig. Von einer Sekunde zur anderen ging der Regen nieder.

»Und wo sind jetzt meine Rosen?«, murmelte Elisabeth.

Sie hockten in stürmischer Höhe auf einem Falkenhorst, rund um sie schien die Welt unterzugehen. So sehr sie auch gesucht hatten, von alten Rosen gab es keine Spur. Elisabeth lehnte sich an die Schwester, sie legten die Arme umeinander. Als das Licht wieder heller wurde, stand Elisabeth auf. Unter dem Abbruch des Gewölbes, das sie vor dem Regen beschützt hatte, schaute sie den Hang hinunter. Dort bewegte sich etwas, ein Farn, ein Busch, ein Strauch mochte es sein. Zwischen den Ritzen alter Mauerreste eingekeilt, bewegte sich das Gewächs im Wind. Elisabeth setzte einen Fuß ins Freie, dann noch einen, sie trat in den Regen.

»Wo willst du hin?«, rief Adele.

Elisabeth marschierte durch die Frische, sie hielt ihr Halstuch fest, weil der Wind daran riss. Sie rutschte auf glitschigen Steinen aus, ließ das Ziel aber nicht aus den Augen. Schließlich ging sie neben dem Pflänzchen in die Hocke und betrachtete die gezackten Blätter, die schmalen Stiele mit den feinen Dornen, sie berührte das schwarze, nussförmige Ding, das im Wind schwankte, es war eine Hagebutte. Drei davon hingen an dem Strauch. Elisabeth pflückte sie und schaute zu den Wolkentürmen hoch, die sich vor die Alpen geschoben hatten. Wenn sie sich nicht täuschte, begannen die Wolken dort hinten wieder aufzureißen, ein zarter Lichtstrahl erhellte das Hochplateau der Burg. Elisabeth drehte sich um und hielt ihre Trophäe in die Höhe. Mit vorsichtigen Schritten lief sie zu den anderen ins Trockene zurück.

29

MEIN GLÜCK

Lilli Brombacher freute sich über die Rosenknospe, die Elisabeth mitgebracht hatte. Sie redeten darüber, wie Elisabeth die aufgespürten Rosensamen präpariert und ausgesät hatte und wie neugierig sie darauf war, was da aus der Erde kommen würde. Sie erzählte vom sanften Frühlingsregen, den der Garten brauchte, von der Wärme und der Heiterkeit, die sich über die alte Brache legten. Sie erzählte, dass von den Rosen des Vorjahres wider Erwarten doch einige überlebt hätten.

»Sie kommen hervor, stell dir vor, Lilli. Sie stecken die Köpfchen heraus. Manche haben bereits Knospen, und diese kleine weiße, siehst du, die blüht schon. Es ist fast, als ob der Dachsberg uns helfen wollte, den Rosengarten zu bewahren.«

»Du bist ein Glückskind.«

»Ein Glückskind?«

Lilli drehte die Blume am Stiel, ohne auf die Dornen zu achten. »Ich habe mir immer gewünscht, unsere Welt da oben in einen Garten zu verwandeln. Es ist mir nicht gelungen. Vielleicht ist es dir gegeben.«

Elisabeth betrachtete den schmalen Körper, der die Bettdecke kaum noch wölbte. »Es wird immer wieder mal ein Jahr geben, in dem die Natur das zerstört, was wir anpflanzen. Und es wird Jahre geben, wenn wir von der Natur behütet werden. Glaub mir, ich lasse mich von einem warmen Frühling nicht in Sicherheit wiegen. Aber nach und nach, mit den Jahren, werden die Wurzeln meiner Rosen so tief hinabreichen, dass sie auch dem härtesten Winter trotzen. Ich brauche nur einen langen Atem, das ist alles.«

»Ein langer Atem«, wiederholte Lilli. Elisabeth beugte sich vor, da die Kranke sehr leise sprach.

»Schon wieder ein Todesfall«, sagte Alex, nachdem Elisabeth aus dem Hospiz zurückgekommen war. »Der Dachsberg kommt nicht zur Ruhe.«

»Ich war bei Lilli«, antwortete sie verwirrt und stieg aus dem Auto. »Was denn für ein Todesfall?«

Alex saß auf dem Traktor, der Diesel tuckerte. »Professor Leitgeb ist heute seinen Verletzungen erlegen.«

»Der Professor?« Beide schauten zum Schlegelhof hinüber, der nun wieder verwaist war. »Die beiden haben den Hof doch gerade erst renoviert.«

»Der Schlegelhof steht unter einem Unstern«, sagte Alex über das Geräusch des Motors hinweg. »Das war schon immer so. Keinem, der hier wohnt, hat das alte Gemäuer Glück gebracht. Die Schlegels haben den Hof vor Jahrzehnten von einer Menzenschwander Familie übernommen. Von denen sind zwei Kinder bei einem Brand in der Scheune umgekommen. Darauf hat sich die Mutter erhängt. Der Vater ist weggezogen.«

»Das ist ja schrecklich.«

»Schlegels Vater ist qualvoll an Krebs gestorben, und wie der junge Schlegel starb, weißt du ja. Dann war da noch die Kati, die man steifgefroren in der Kapelle gefunden hat. Und jetzt hat es die Leute aus Düsseldorf bei einem Autounfall erwischt, kaum dass sie hier alles schön hergerichtet haben. Wenn man da nicht von einem Unglückshof sprechen kann, weiß ich nicht.«

Elisabeth schaute über die Koppel, auf der bald die ersten Pferde hätten grasen sollen. »Wie geht es Frau Dr. Wieland, was hast du gehört?«

»Sie hat knapp überlebt. Aber jetzt, da ihr Mann gestorben ist …«

»Ich werde sie besuchen.«

»Findest du das gut?«

»Warum denn nicht?«

»Die Leute haben dich mies behandelt, sie wollten dir mit voller Absicht schaden, und beinahe wäre es ihnen gelungen. Jetzt ist das Unglück über sie hereingebrochen. Trotzdem willst du hinfahren und dich zeigen, du in deinem Glück, mit allem Reichtum, mit dem der Dachsberg dich beschenkt? Ist das nicht ein wenig eitel?«

»So habe ich das gar nicht gesehen.« Elisabeth trat an den Straßenrand, da ein junger Mopedfahrer vorbeigerast kam. »Möchtest du etwas essen?«

»Eigentlich gern, aber ich habe noch zu tun.« Er zeigte auf seine Wiesen.

Sie nahm ihre Tasche aus dem Auto und wollte ins Haus gehen. »Schon recht.«

»Andererseits …« Das Knattern des Diesels erstarb. »Andererseits kann ich das auch später machen.« Er sprang vom Führersitz. »Was gibt es denn?«

»Von gestern sind noch Klöße da, wenn Adele sie nicht aufgegessen hat.«

»Hat Adele eigentlich etwas gegen mich?« Alex folgte Elisabeth. »Es kommt mir nämlich so vor.«

»Nicht gegen dich. Gegen mich.«

»Das verstehe ich nicht.«

»Gegen mein Glück.«

»So?«, fragte er lächelnd. »Was für ein Glück hast du denn?«

»Du bist mein Glück«, antwortete sie schlicht. »Weißt du das nicht?«

Da lächelte der Bürgermeister, und es war ihm egal, ob sie aus den umliegenden Fenstern beobachtet wurden. Er zog das Kohlbrennermädchen an sich und küsste es auf den Mund.

30

DER BESUCH

Ein Jahr verging. Ein Jahr bedeutete die Erinnerung an einen arbeitsamen Sommer, einen Herbst, in dem eine gute Ernte eingefahren worden war, nicht nur auf Behringers Wiesen, sondern auch im Rosengarten. Da sich im vergangenen Sommer mehr Blüten geöffnet hatten als erwartet, waren auch mehr Hagebutten gereift. Aus jeder Hagebutte waren neue Samen hervorgegangen und von Elisabeth wieder der Erde anvertraut worden. Mit bangem Herzen hatte sie zugesehen, wie sich im November der erste Schnee über den Garten legte. An jedem Wintermorgen war Elisabeth als Erstes vor das Thermometer getreten und hatte es beschworen, nicht noch tiefer zu fallen. Und der Gott des Winters schien ein Einsehen zu haben. Trotzdem war sie täglich in den Garten gegangen, hatte die Heizung in den Gewächshäusern kontrolliert, die Erde geprüft und den Feuchtigkeitsgehalt der Luft. Denn neben der Kälte bestand im Winter auch die Gefahr, dass die Pflanzen vertrockneten.

Es war Januar geworden und Februar. Im März hatte ein später Frost Elisabeth noch einmal in Angst und Schrecken versetzt, das Thermometer fiel auf zehn Grad unter Null. Die Schwestern hatten sich nicht anders zu helfen gewusst, als überall im Garten Feuer zu entzünden, um die Rosen, die bereits aus dem Winterschlaf erwachten, zu bewahren. Nacht für

Nacht sah man die beiden Frauen, manchmal auch den Bürgermeister durch den Garten geistern und die Feuer mit Reisigbündeln und Zweigen nähren. Wer nicht wusste, was dort vor sich ging, hätte das nächtliche Treiben auf dem Dachsberg für Hexenspuk halten können.

Der Garten war nicht erfroren und im Frühling vorsichtig, zögerlich und schließlich genussvoll erwacht. Die Triebe hingen voller Knospen, die sich im Mai zu öffnen begannen. Als der Juni ins Land zog, präsentierte sich Elisabeths Garten in einer Farbenpracht, die selbst ihren Traum in den Schatten stellte, jene allererste geträumte Begegnung mit der Welt der Rosen. Die alten und die neuen Sorten wetteiferten um den Preis, die üppigsten Blüher mit den ungewöhnlichsten Farben zu sein. Korallenrot und pfirsichfarben, sonnengelb, amaranthrot, champagnerweiß und fliederfarben prangten die Blüten in Elisabeths Garten. Jeden Tag wechselte das Bild, denn während einige verblühten, drängten die nächsten schon hervor.

Kein Mensch auf dem Dachsberg sprach noch von einer vergifteten Brache oder der Hinterlassenschaft des Hans Kohlbrenner. Die Senke zwischen der Schlegelweide und dem Hotzenwald hieß jetzt einfach *Willy Brandts Rosengarten*. Unter diesem Namen verfestigte sich Elisabeths Grundstück im Bewusstsein der Leute. Die Einheimischen waren stolz auf ihre Besonderheit, nirgendwo sonst gab es einen Rosengarten in tausend Metern Seehöhe. Es war ein Naturphänomen, Gartenzeitungen und Fachblätter widmeten ihm Artikel und Fotoserien. Mehrmals waren Bilder der Kohlbrennerschwestern in der Zeitung aufgetaucht.

»Ihr seid jetzt lokale Berühmtheiten«, sagte Herr Diekmann, der wieder einmal im Schwarzwald aufgetaucht war. Wie immer schliefen Adele und er in getrennten Zimmern. Bis auf gelegentliche kleine Handreichungen beteiligte er sich nicht an der Gartenarbeit, sondern genoss es, mit einem Glas Weißwein am Waldrand zu sitzen, die Rosenpracht zu bewundern und es sich bequem zu machen. Dabei trug Diekmann einen leichten Sommeranzug und fächelte sich an den heißen Tagen mit seinem Panamahut Kühlung zu.

Lange bevor die Dämmerung einfiel, saßen sie auch diesen Abend um den Tisch, die Schwestern, der Bürgermeister, auch Bernhard Gibis und Herr Diekmann.

»Wollt ihr nicht allmählich eure eigenen Rosen züchten?«, fragte Diekmann. »Es wäre doch ein dekadentes Vergnügen, an einer *Elisabethrose* zu riechen.«

»Die gibt es schon«, antwortete sie. »Sie blüht zartrosa und wurde nach der Kaiserin Elisabeth benannt.«

»Aber die Welt wartet noch auf eine Adele-Rose.« Galant beugte sich Diekmann zu seiner Frau.

»Ich habe tatsächlich darüber nachgedacht, selbst zu züchten.« Elisabeth aß ein Schmalzbrot, um vom Wein nicht so schnell betrunken zu werden. »Lilli hat mir ein wunderbares Buch vermacht, darin steht alles über Kreuzung und die gezielte Mutation.« Sie schaute in die Runde. »Trinken wir auf Lilli.«

Sie füllten ihre Gläser. »Auf Lilli.«

Im September letzten Jahres hatte Elisabeth eine Grippe mit vierzig Grad Fieber gehabt. Es ärgerte sie, dass sie ausgerechnet im Spätsommer flachliegen sollte. Man hatte den Eindruck, als wollte die Natur ein zweites Mal hervorbrechen, das Heu der zweiten Maht war üppiger als sonst, die Tiere waren trächtiger. Elisabeth hielt es in ihrem Krankenbett nicht mehr aus und bereitete sich ein Lager unter dem Apfelbaum, wo sie nicht der prallen Sonne ausgesetzt war. Dort lag sie und sah den Tag verstreichen. Sie fieberte, der Schüttelfrost lief über ihren Körper, aber sie war zufrieden.

An einem solchen Nachmittag rief die Vorsteherin des Hospizes an. Elisabeth versprach, sofort zu kommen. Adele hatte leider das Auto genommen, weil nicht damit zu rechnen war, dass Elisabeth es brauchen würde, auch Alex war nicht zu erreichen. Sie zog sich an und schleppte sich zum Automechaniker Gernot Behringer hinüber. Niemand war in der Werkstatt, nur das Radio lief. Die Äbtissin hatte am Telefon deutlich gemacht, es gehe um Stunden. Elisabeth warf einen Blick in den Führerstand des Abschleppwagens. Der Schlüssel steckte.

Wie ein Koloss kam sie sich vor, als sie das bullige Fahrzeug die kurvenreiche Straße Richtung Menzenschwand steuerte. Von der Anstrengung und vom Fieber brach ihr der Schweiß aus. Kleinere Autos machten respektvoll Platz, wenn ihnen auf engen Wegabschnitten der Abschleppwagen entgegenkam, und schauten ihm verwundert nach, als sie die Frau am Steuer erkannten.

Für einen wirklichen Abschied war es bereits zu spät. Lilli Brombacher hatte vor Stunden das Bewusstsein verloren. Sprechen konnte sie schon seit Tagen nicht mehr. Trotzdem war Elisabeth glücklich, ihre Freundin lebend anzutreffen. Die Nonne, die an der Seite der Sterbenden saß, machte ihr Platz. Elisabeth verbrachte den Abend und die halbe Nacht an Lillis Bett. Als der Atem der Sterbenden kaum noch wahrzunehmen war, nahm Elisabeth den federleichten Menschen in ihre Arme und zog die Bettdecke über sie beide, da sie selbst vor Fieber fror. Ein zartes Seufzen, eine winzige Bewegung der Hand zeigten an, dass Lilli spürte, sie war nicht allein, behütet von der Freundin, der sie viel gegeben und von der Lilli in ihren letzten Monaten einen neuen Lebenssinn bekommen hatte. Es war keine unsinnige Mühe gewesen, auf der Höhe etwas Zartes und Schönes anzupflanzen, sie hatte den glücklichen Ausgang des Abenteuers noch erleben dürfen.

Elisabeth war kein religiöser Mensch, aber als Lilli Brombachers Lebenshauch versiegte, als ihr Geist sich lautlos nach drüben aufmachte, fragte sich die fiebernde Elisabeth, wo Gott Lilli jetzt wohl erwarten und was er ihr zur Begrüßung sagen mochte. Sie küsste und streichelte das zarte Gesicht, stand auf, taumelte kurz vor Schwäche, ging hinaus und benachrichtigte die Nonnen.

»Jetzt geht es ihr besser.« Alex legte den Arm um Elisabeth. »Friede ihrer Seele.«

Die Luft war schon blau, das dunkle Grün der Kiefern stach intensiv hervor, die Sonne stieg zur westlichen Kuppe herab, wo sie sich zwischen den Wipfeln zu verstecken begann. Ihr schweres rotes Licht blinzelte hervor, während die Schatten aus der Senke hochstiegen, dichter und tiefer wurden. Während sie so saßen und schauten und den Sonnenuntergang genossen, hielt am Fuße des Gartens ein großer dunkler Wagen.

»Wer mag das sein?«

Alex verengte die Augen. »Könnt ihr das Nummernschild entziffern?«

Der Fahrer stieg aus, öffnete die hintere Tür und half einem älteren Mann ins Freie. Der Fahrer zeigte den Hügel hoch auf den Rosengarten. Der Mann nickte, legte die Arme auf den Rücken und begann den Aufstieg. Es war ihm anzusehen, dass der gewundene Weg, der zwischen den Sträuchern emporführte, eine Anstrengung für ihn bedeutete. In knappem Abstand folgte der Fahrer.

Zuerst fragten sie sich, wer da unangekündigt in den Rosengarten kam, und allen blieb der Mund vor Staunen offen stehen, als sie ihn erkannten.

Langsam stand Elisabeth auf. »Das ist … unmöglich.«

Dann hielt es sie nicht länger auf dem erhöhten Fleck, sie stürmte los. In ihren Arbeitsschlappen sprang, rannte sie den Hang hinunter, mitten durch den Garten, vorbei an den Teehybriden, den Dornenlosen, den Kelchblättrigen und den Kronenblättrigen, den Kulturrosen und den Wildrosen und den Buschwindröschen, immer weiter hinab, bis nur noch eine Biegung und ein dichter Strauch aus Gallicarosen sie von dem Besucher trennten. Im Weiterrennen prallte sie förmlich auf ihn, sie rannte den alten Mann fast nieder, fasste sich und trat schwer atmend vor ihm zurück. Erstaunt war auch er stehengeblieben.

»Herr Bundeskanzler«, sagte Elisabeth. »Herr Bundeskanzler.«

Sein Atem brauchte länger als ihrer, bis er sich beruhigte, und er antworten konnte.

»Die Blume meiner Partei ist die Nelke«, schnarrte er. »Deshalb wollte ich doch mal sehen, wieso in meinem Namen ein Rosengarten angelegt wurde.«

»Ja … Ein Rosengarten, Ihr Name, ja …« Elisabeth war viel zu aufgeregt, um auch nur ein vernünftiges Wort herauszubringen. Vor ihr stand ein gebrechlicher, von Krankheit gezeichneter Mann. Seine Augen sahen entzündet aus, die Wangen waren eingefallen, das Haar war schütter und fast weiß.

»Woher wussten Sie, dass ich meinen Garten nach Ihnen benannt habe?«

»Für solche Dinge hat man Büroleiter und Referenten, liebe Frau …« Er hob die Hand.

»Kohlbrenner, Elisabeth.«

»Man hat mir von Ihrem Garten erzählt, Frau Kohlbrenner.«

»Und Sie sind extra hergekommen, um ihn sich anzusehen?«

»Nein. Das wäre zu viel gesagt. Ich war in Zürich. Für die Rückfahrt hat mir mein Fahrer den Tipp gegeben, dass es zu meinem Garten eigentlich nur ein kleiner Umweg wäre.« Er drehte sich zu dem kräftigen Mann im Anzug um, der in respektvollem Abstand stehengeblieben war.

Er nickte. »Es war nicht einmal eine Stunde Umweg, Herr Brandt.«

»Das war es mir wert.« Er schaute in die Runde und entdeckte Rosen, nichts als Rosen, ein Rosenmeer. Elisabeth erwartete eine bewundernde oder aufmunternde Bemerkung, doch der alte Mann sagte: »Wenn ich mich irgendwo setzen könnte …«

»Natürlich! Es ist nur noch ein kleines Stück, sehen Sie, da oben haben wir eine Sitzgelegenheit.« Elisabeth zeigte hinauf, wo sich die Silhouette ihrer Freunde vor den Tannen abzeichnete.

»Ehrlich gestanden hat mir der Aufstieg bis hierher schon gereicht. Noch höher möchte ich nicht auf eure Berge klettern.«

»Verzeihung. Verstehe.« Elisabeth rannte den ganzen Weg, den sie gekommen war, wieder zurück. Sie keuchte, sie trat in Löcher und stolperte, aber sie blieb nicht stehen.

»Er will ... sich setzen«, rief sie auf den letzten Metern. »Ein Stuhl, schnell schnell, ein Stuhl ...«

Alle ergriffen ihre Campingstühle und eilten hinter Elisabeth wie hinter einer Galeonsfigur her. Sie trugen die Sitzgelegenheiten ins Herz des Rosengartens. Der alte Bundeskanzler erwartete sie, auf den Arm seines Chauffeurs gestützt. Vier Stühle wurden abgestellt, Willy Brandt setzte sich.

Der Bundeskanzler saß zwischen den alten und den neuen Rosen, während Elisabeth ihm ihre Freunde vorstellte. Er ließ sich vom Werden des Gartens berichten und die Schwierigkeiten schildern, in dieser Höhe das Wagnis mit den Rosen einzugehen. Er selbst sagte wenig, schaute hin und wieder auf die Farbenpracht und atmete den Duft ein. Die Anstrengung wich allmählich aus seinen Zügen, und ein freundliches Zwinkern trat in seine Augen. Man hatte etwas zu Trinken herbeigeschafft, er probierte vom Birnenmost, dann vom Weißwein.

»Der ist mir lieber«, knurrte er, worauf alle ein wenig zu laut lachten. »Ist der von hier?«

»Bei uns in der Höhe gedeiht kein Wein«, antwortete der Bürgermeister.

Rascher als erhofft sagte der Bundeskanzler, dass

es für ihn nun an der Zeit sei. Als er und alle aufstanden, bemerkten sie, dass es inzwischen dunkel geworden war. Elisabeth begleitete ihren Gast allein zum Auto. Sie spürte, wie angestrengt er sich auf ihren Arm stützte. Sie spürte seine Hand, seine Schulter an der ihren. Vielleicht war es der schönste Moment in Elisabeths Leben, der unvergleichlichste war es in jedem Fall. Auf der Dachsbergstraße waren Leute stehengeblieben, die den großen Wagen bestaunten. Als sie den Bundeskanzler erkannten, winkten sie scheu oder ehrfurchtsvoll, er winkte kurz zurück. Willy ließ sich auf den Rücksitz sinken, das Fenster glitt nach unten.

»Das war sehr schön, Frau Kohlbrenner«, sagte er. »Das hat mir gefallen.«

»Danke, Herr Bundeskanzler.« Wozu sollte Elisabeth ihre Tränen verbergen? Sie wischte sich über die Nase, während Brandt ihr zunickte und seinem Fahrer ein Zeichen gab. Die Limousine verließ den Dachsberg über die Senke Richtung Fröhnd. In der Kurve vor Finsterlingen entschwand sie endgültig ihren Blicken.

Keiner der Freunde sagte etwas. Alle waren gebannt von dem Moment, dass ein Traum Wirklichkeit geworden war. In ihrem Traum hatte der Bundeskanzler Elisabeth einen Garten gezeigt, heute war er selbst gekommen, um sein Werk zu begutachten. Als der Wagen des Kanzlers verschwunden war, schaute Elisabeth an sich hinunter und betrachtete ihre Waden. Beim Rennen hatten ihr die Dornen blutige Wunden geschlagen. Sie lächelte und wischte das Blut ab. Zusammen mit ihren Freunden ging sie ins Haus.

31

RASMUS UND APOLLONIA

Ein Jahr bedeutete wenig, wenn man die schönen und arbeitsamen Tage auf dem Dachsberg erlebte. Ein Jahr im Krankenhaus war eine Ewigkeit. Im August wurde Frau Dr. Wieland aus der Reha-Klinik entlassen und kehrte im Rollstuhl auf den Dachsberg zurück. Es war das Gerücht gegangen, sie werde den Schlegelhof verkaufen müssen. Was sollte eine Frau im Rollstuhl mit einem Reiterhof? Bereits im vergangenen Herbst waren die Pferde abgeholt worden.

»In diesem Haus regiert das Unglück«, sagte der Bürgermeister, wenn er und Elisabeth an der düsteren Einfahrt vorbeischlenderten.

Zusammen mit der heimgekehrten Psychotherapeutin kam auch eine Urne auf den Dachsberg. Professor Leitgeb wurde auf dem Bergfriedhof beigesetzt. Frau Dr. Wieland hatte aber nicht nur ihren toten Mann auf den Berg gebracht, sondern auch jemanden, von dem bisher niemand etwas wusste. Ihr Sohn aus erster Ehe hieß Rasmus und war acht Jahre alt. Die Frau im Rollstuhl, Rasmus und eine Haushaltshilfe bezogen im August den Schlegelhof.

»Sonderbare Namen geben die Leute im Norden ihren Kindern«, sagte Bernhard Gibis. Er hatte rote Wangen und glasige Augen, seit vier Sunden saß er bei den Kohlbrenners auf der Wiese und trotzte der sengenden Augustsonne.

»Rasmus ist ein klassischer skandinavischer Name.« Adele trug ihren vornehmen Strohhut und hatte sich in den Schatten des Apfelbaumes zurückgezogen.

Gibis starrte lächelnd in sein Glas. Wenn er in diesem Zustand war, hätte der Junge von nebenan auch Gondolf oder Ariston heißen können.

Elisabeth hatte den Cassis-Strauch abgeerntet und streifte die Beeren von den Stielen. Ihre Finger waren schwarz vom Saft. »Ich will es aber trotzdem versuchen.«

»Lass die Leute doch erst mal in Ruhe ankommen«, widersprach Adele.

»Diese Frau muss glauben, dass wir sie hassen. Sie muss annehmen, dass wir sie ausgrenzen werden. Aber sie soll sehen, dass wir sie trotz allem willkommen heißen.« Elisabeth naschte ein paar Beeren.

»Vielleicht will sie dich aber gar nicht sehen. Wahrscheinlich strebt sie klammheimlich schon wieder einen Prozess gegen dich an.«

»Seit dem Unfall der beiden ist kein einziges Schreiben von ihrem Anwalt gekommen.«

»Ich würde trotzdem nicht hinübergehen.« Mit einer lässigen Bewegung hob Adele ihr Glas aus dem Gras und trank vom Birnenmost. »Ich an deiner Stelle würde …«

Weiter kam sie nicht. Ein blonder Schopf schob sich um die Westecke des Kohlbrennerhofes, ein Paar neugieriger Augen erhob sich über der Buchenhecke. Das Gespräch erstarb. Elisabeth tat, als ob sie nichts gesehen hätte, und machte Adele ein Zeichen, es ihr gleichzutun. Die neugierigen Augen versanken wieder hinter den Buchenblättern. Plötzlich kam ein kleines Ungeheuer um die Ecke geschossen und machte: »Buh!«

Da stand er, weißes Hemd, rote knielange Hose, ausgetretene Sandalen, er hatte langes blondes Haar, nicht wie man es einem kleinen Prinzen angedichtet hätte, sein Haar war ungewaschen und verfilzt, über der Stirn starrte es vor Dreck. Er lachte erwartungsvoll, wie sein schockierender Auftritt aufgenommen werden würde, und legte dabei ein Chaos von Zähnen frei, die teilweise noch nicht ausgefallen und gewiss noch nicht alle nachgewachsen waren.

»Hast du mich aber erschreckt«, sagte Adele.

»Du hast mich nicht kommen hören, stimmt's?«, rief Rasmus.

»Nicht die Spur. Du bist aufgetaucht wie ein Gespenst.«

»Wer ist das?« Der Kleine zeigte auf Bernhard Gibis. »Warum lacht er so komisch?«

»Weil er ein freundlicher Mensch ist. Willst du uns nicht erst mal sagen, wer du bist?«

»Ich bin Rasmus John Wieland.« Als hätte er sich die Haltung bei Superman abgeguckt, stemmte der Knirps beide Hände in die Hüften.

»John«, murmelte Gibis. »Jetzt heißt er auch noch John.«

»Nach meinem Onkel. Das war der Bruder meiner Mutter.«

»Was du nicht sagst.«

Rasmus sprang näher. »Der ist viel zu früh gestorben, sagt Mama. Deshalb hat sie mich John genannt. Meine Mama kann nicht mehr laufen.«

Die Situation war schwierig. Die Schwestern waren

begierig zu erfahren, wie es Rasmus' Mutter ging und wie sie auf ihrem Hof mit all den Rampen und Schwellen im Rollstuhl zurechtkam. Sie waren neugierig, wieso Dr. Wieland ihr Kind erst jetzt, nachdem ihr Mann gestorben war, auf den Dachsberg brachte. Zugleich wollten sie nicht, dass der Eindruck entstand, man würde den Kleinen aushorchen.

»Bis vor kurzem war ich bei Oma und Opa«, lüftete Rasmus eines der Geheimnisse gleich von selbst.

»Nicht bei deinem Papa?«, fragte Elisabeth vorsichtig.

»Der ist gestorben.«

»Wie traurig.«

»Er lebt ja noch, aber für uns ist er gestorben, sagt Mama.«

Das hörte sich nach Verhältnissen an, die man mit einem Achtjährigen nicht diskutieren konnte, solange dessen Mutter nicht dabei war. Das Kind war bei den Großeltern aufgewachsen, die Mutter hatte sich mit einem neuen Mann in den Schwarzwald zurückgezogen, kurz darauf war sie verunglückt. Komplizierte Zustände also, im heißen Sonnenschein stand den Schwestern jedoch ein argloser Junge gegenüber, der sich allem Anschein nach wie ein Schwein im Schlamm gesuhlt hatte.

»Kann ich was davon haben?« Er zeigte auf die Cassisbeeren.

Elisabeth erlaubte es, und er bediente sich.

»Wir haben auch Birnensaft. Möchtest du ein Glas?«

»Ja, ich bin durstig.« Er sprang zu Adele, bekam den süßen Saft und trank ihn in einem Zug leer.

»Weiß deine Mama, dass du hier bist?«

»Nein.«

»Dann solltest du es ihr sagen«, schlug Elisabeth vor. »Wir sind deine neuen Nachbarinnen.«

»Er auch?« Rasmus zeigte auf Gibis.

»Das ist ein sehr lieber Freund von uns. Vielleicht wirst du das ja auch bald sein.«

»Klar.« Rasmus gab das Glas zurück, rannte am dösenden Gibis vorbei über die Wiese und verschwand so schnell, wie er gekommen war.

»Das wäre erledigt«, sagte Adele.

»Was denn?«

»Der erste Kontakt ist hergestellt, ohne dass du hinübergehen musstest. Ich wette, heute oder morgen kommt die Mutter zu uns und bedankt sich, dass wir ihrem Knirps etwas zu trinken gegeben haben.«

Frau Dr. Wieland erschien weder an diesem noch am nächsten Tag, aber als die Schwestern eine Woche später an einem brütenden Augustnachmittag im Garten arbeiteten, tauchte ein Rollstuhl am Fuße des Hügels auf.

»Die hat doch wohl nicht vor …«, sagte Adele, über ein Rosenbeet gebeugt.

»Das schafft sie niemals.« Elisabeth wischte sich den Schweiß von der Stirn.

Als die Bagger die Erde des Rosengartens planiert hatten, war es Elisabeths Entscheidung gewesen, keine Treppen zwischen den Beeten anzulegen. Sie wollte mit der Schubkarre überall hingelangen, ohne Stufen überwinden zu müssen.

»Unmöglich«, bestätigte Adele.

Die Frau am Fuß des Hügels schien die beiden widerlegen zu wollen. Sie gab dem Rollstuhl Schwung und begann den Anstieg mit der Kraft ihrer Arme.

»Warten Sie!« Elisabeth suchte ihre Plastikschlappen. In den Beeten arbeitete sie meistens barfuß. »Wir kommen.«

»Lass sie doch«, stichelte Adele. »Wenn sie hier für die Biatlon-Olympiade trainieren will, soll sie ruhig.«

»Sei nicht so zynisch.« Elisabeth lief los, Adele folgte ihr ohne Eile.

Dr. Wieland war inzwischen ein gutes Stück nähergekommen. »Wie heißt es so schön?«, rief sie Elisabeth entgegen. »Was man nicht im Kopf hat, muss man in den Beinen haben. Bei mir sind es die Arme.« Bei jedem Satz gab sie dem Rollstuhl neuen Schwung.

»Wir wären doch zu Ihnen runtergekommen.«

»Es tut mir gut, in Bewegung zu bleiben.«

Die Frauen begegneten einander zwischen zitronengelben Kletterrosen. Frau Wieland hatte die Sonnenbrille auf die Stirn geschoben, doch da Elisabeth die Sonne im Rücken hatte, ließ sie die Brille auf die Nase sinken.

»Guten Tag, Frau Kohlbrenner.«

»Guten Tag, Frau Doktor. Meine Schwester kennen Sie ja schon. Wo haben Sie denn Ihren Jungen gelassen?«

»Er ist im Haus bei Apollonia.«

»Ist das Ihre Haushaltshilfe?«

»Sie ist viel mehr als das. Apollonia stellt meine neuen Beine dar.« Sie arretierte die Räder. »Ich möchte Sie zu einem kleinen Imbiss einladen«, sagte sie so lässig, als verstünde sich diese nachbarschaftliche Geste von selbst. »Dann lernen Sie auch Apollonia kennen.«

»Ein Imbiss?« Elisabeth sah Adele an. Die erwiderte mit einem Blick, der ausdrückte: Was habe ich dir gesagt? »Ja gerne, wenn wir nicht stören. Ich ziehe mir nur schnell etwas anderes an.«

»Keine Umstände, kommen Sie doch gleich so. Das soll kein formeller Antrittsbesuch werden.«

»Waschen will ich mich schon noch.« Elisabeth bückte sich zum Gartenschlauch.

»Dann erwarte ich Sie also bei mir.« Dr. Wieland machte kehrt und ließ sich so geschickt den gewundenen Weg hinunterrollen, als hätte sie ihr Leben lang im Rollstuhl gesessen.

Elisabeth ließ es sich nicht nehmen, in ihr Sommerkleid zu schlüpfen. Entgegen ihren Gewohnheiten blieb die modebewusste Adele in Jeans und T-Shirt. Beim Verlassen des Hauses nahm Elisabeth ein Glas Kirschmarmelade mit, die sie im Juli eingekocht hatte.

»Du bist unverbesserlich.«

»Nur ein Begrüßungsgeschenk.«

»Die Frau wollte dich vor Gericht zerren.«

»Hat sie aber nicht.«

»Weil ihr ein LKW in die Quere gekommen ist.«

Als führte sie eine Prozession an, pilgerte Elisabeth mit ihrem Marmeladenglas über die Straße und klopfte an die Tür des Schlegelhofes, in dem sie seit ihrer Rückkehr in den Schwarzwald noch nie gewesen war. Das Innere war von Grund auf renoviert worden und hatte kaum noch etwas mit dem Haus zu tun, in dem früher die Bauernfamilie gelebt hatte. Dem Ehepaar Wieland/Leitgeb war es gelungen, Alt und Neu raffiniert zu kombinieren. Der antike Küchenschrank und der alte Holzherd standen inmitten einer Hi-Tech-Küche. Indirekte Beleuchtung schuf interessante Lichtinseln. Der Tisch aus Walnussholz war noch derselbe, an dem auch die Schlegels gegessen hatten. Darauf stand, angerichtet wie von Zauberhand, ein kaltes Buffet. Elisabeth begriff, dass Dr. Wieland keinen Zweifel daran gehabt hatte, dass die Schwestern, mit denen sie seit einem Jahr in Feindschaft lag, ihrer Einladung folgen würden.

»Setzen Sie sich doch.« Sie rollte zum Kühlschrank und holte eine Karaffe mit Limonade. »Die ist bestimmt nicht so schmackhaft wie Ihr Birnensaft«, lächelte sie. »Rasmus schwärmt seit Tagen davon.«

An der Vorderkante eines Stuhles nahm Elisabeth Platz. »Wo ist Rasmus denn?«

»In seinem Zimmer. Wenn er Comics liest, versinkt um ihn die Welt. Apo, hilfst du mir mal?«, rief Dr. Wieland nach drüben.

Eine Frau trat in die Tür. Ihr dunkelbraunes Haar fiel schwer über die Schultern, sie hatte mandelförmige Augen und einen breiten roten Mund. Sie war so groß, dass sie sich im Türrahmen bücken musste.

»Vengo«, antwortete sie beim Eintreten. »Ho giocato con il giovane principe.«

»In Düsseldorf hat Apollonia für mich gebügelt«, sagte Dr. Wieland. »Sie stammt aus dem hügeligen Kalabrien, wahrscheinlich konnte ich sie deshalb überreden, zu mir in den hügeligen Schwarzwald zu ziehen.«

»Sie ist Italienerin?«, fragte Elisabeth. »Versteht sie uns?«

»Jedes Wort«, lächelte die Gastgeberin. »Nicht wahr, Apo?«

»Sì. Ho nostalgia di casa. Anche dopo diciassette anni.« Apollonia schüttelte den Gästen die Hand.

»Nach siebzehn Jahren in Deutschland hat sie immer noch Heimweh«, übersetzte Dr. Wieland.

»Ist das nicht ein bisschen einsam hier oben für Sie?«, fragte Elisabeth, als die Italienerin ihr ein Glas Limonade einschenkte.

»Sie wollen wissen, ob eine schöne Frau wie Apollonia keinen Mann hat«, ging Dr. Wieland dazwischen.

In diesem Moment kam Rasmus mit furchterregendem Gebrüll in die Küche geschossen. »Buh!« Er grinste übers ganze Gesicht, als er die erschreckten Augen der Schwestern sah.

»Da haben Sie meinen wahren Mann«, sagte Apollonia in gebrochenem Deutsch. »Ich liebe ihn, seit er geboren worden, il piccolo Rasmus.«

Der kleine Bursche stürzte in Apollonias Arme. Sie hob ihn hoch, küsste ihn und setzte ihn neben seiner Mutter ab. Alle nahmen Platz.

»Greifen Sie zu«, sagte Dr. Wieland, rollte zum Tisch und arretierte die Räder.

32

BEI VOLLMOND BETRACHTET

»Ein Jahr lang macht sie uns das Leben zur Hölle. Sie ist bereit, uns an den Rand der Existenz zu treiben, heute lädt sie uns zum Essen ein und sagt kein einziges Wort über die damaligen Vorfälle.« In ihrem grünen Kimono, letztes Überbleibsel aus Großstadttagen, lag Adele in Elisabeths Bett. »Fast drei Stunden haben wir drüben gesessen, aber sie hat es nicht einmal erwähnt. Verstehst du das?«

»Ja, das verstehe ich.« Nur mit einem dünnen T-Shirt bekleidet lag Elisabeth daneben. Ihr nacktes Bein ragte unter der Decke hervor.

»Willst du es mir erklären?«

»Dr. Wieland hat ein neues Leben begonnen. Sie will von allem, was früher war, nichts mehr wissen.«

»Müsste sie uns nicht wenigstens erklären …?«

»Nein, das muss sie nicht, das will sie nicht, weil sie sonst nämlich verrückt werden würde. Nichts, was früher Bedeutung für Sie hatte, gilt heute noch. Sie hat ihren Mann verloren. Sie wird nie wieder laufen können, und ich glaube, sie hat auch an ihrem Kind einiges gutzumachen.«

»Woher willst du denn das nun wieder wissen?«

»Als sie Professor Leitgeb heiratete, hat sie sich offenbar gegen ihr Kind entschieden und es zu den Großeltern gegeben. Wahrscheinlich ist es das Kind eines Mannes, der ihr wehgetan hat.«

»Ach, Elisabeth.« Adele schenkte ihr den sarkastischen Prinzessinnenblick. »Du versteigst dich da zu einer äußerst gewagten Hausfrauenphilosophie nach Schwarzwälderart.«

»Eines Tages wird sie uns selbst davon erzählen, da bin ich überzeugt.«

»Und wie findest du die italienische Schönheitskönigin?«

Elisabeth lachte. »Du hast recht, Apollonia ist wirklich umwerfend.«

»Und was machen wir jetzt? Barbara sagt, Rasmus möchte uns bald wieder besuchen.«

Elisabeth schüttelte den Kopf. »Ich habe mich noch nicht daran gewöhnt, Dr. Wieland *Barbara* zu nennen.«

»Sie dagegen hat schon ziemlich oft *Elisabeth* zu dir gesagt. Wollen wir wirklich, dass der Knirps jetzt ständig bei uns herumspringt?«

»Was hast du dagegen, dass ein Kind zu uns kommt?«

»Wo das Kind ist, wird das Kindermädchen nicht lange auf sich warten lassen.«

»Na und?«

»Sei nicht so naiv. Ist es in deinem Interesse, dass dein neuer Freund, der Bürgermeister, hier ständig Sophia Loren über den Weg läuft?«

»So einer ist Alex nicht«, antwortete Elisabeth nach kurzer Pause.

»Und was war mit seiner Süßen aus dem Baumarkt? Was hat er an der gefunden?«, fragte Adele mit ironischem Unterton.

»Keine Ahnung.«

»Sie war jung, verstehst du nicht? Apollonia ist

auch jung. Männer mögen junge Frauen. Jeder Mann mag es, sich mit Jugend zu umgeben.«

»Du siehst Gespenster.«

»Ich würde dir gern recht geben, wenn die Haushaltshilfe da drüben aussehen würde wie Inge Meysel. Aber sie ähnelt eher Rita Hayworth.«

Rita Hayworth, dachte Elisabeth, nachdem Adele in ihr eigenes Bett zurückgekehrt war. Sie öffnete beide Fensterflügel und ließ die angenehme Luft herein. Selbst in der größten Sommerhitze, wenn sich die Leute im Rheintal nur noch ächzend dahinschleppten, wurde es nachts in der Höhe kühl. Elisabeth schaute zu dem milchig gelben Mond hinauf. Sie konnte bei Vollmond ohnehin nicht schlafen, also setzte sie sich auf und fragte sich, warum sie so traurig war.

Der Arzt hatte das Myom erst entdeckt, nachdem sie zweimal ein Kind verloren hatte. Elisabeth war sicher, dass sie die Schuld daran trug, Dietrichs innigsten Wunsch nicht erfüllt haben zu können. In seiner Ehe gab es zwei Söhne, die zu der Zeit, als Elisabeth das Verhältnis mit ihm begonnen hatte, Abitur machten. Dietrich, dieser mächtige Mann, der mit anderen Männern die Geschicke der deutschen Wirtschaft lenkte, wünschte sich eine kleine Tochter, eine schwarz gelockte Susanne, der er all seine Liebe schenken wollte. Dietrich hoffte, das Band zwischen Elisabeth und ihm durch ein Kind zu festigen. Vielleicht hätte er sich scheiden lassen, wenn er und Elisabeth eine Familie geworden wären. Daher schliefen sie eine Zeitlang in erster Linie deshalb miteinander, um die schwarz gelockte Susanne zu zeugen.

Elisabeth wurde schwanger, Dietrichs Glück war groß, doch seine Freude verwandelte sich in Niedergeschlagenheit, als sie das Kind verlor. Bei der zweiten Schwangerschaft erreichte Elisabeth die zwölfte Woche. Zusammen planten sie ihre Zukunft. Eine größere Wohnung musste her, der Zeitpunkt, ab dem Elisabeth nicht mehr arbeiten sollte, wurde festgelegt, Dietrich und Elisabeth waren eingesponnen in einen Kokon des Glücks. Während eines gemeinsamen Spaziergangs bekam sie Blutungen und brach zusammen. Dietrich brachte sie ins Krankenhaus. Als sie aus der Narkose erwachte, war auch das zweite Kind von ihnen gegangen. Dietrich zeigte Mitgefühl und Verständnis, doch sie spürte, wie tief ihn der Verlust traf.

Von da an wurden ihre Gespräche über ein Kind seltener. Die Jahre gingen ins Land, und irgendwann nahm Dietrich wohl an, dass sich das Thema auf natürliche Weise erledigt hätte. Elisabeth blieb seine Geliebte, er blieb der Mann ihres Lebens, ohne dass sie den Weg einer legitimen Partnerschaft weiter einzuschlagen versuchten. Nach der zweiten Fehlgeburt war das Myom entdeckt und entfernt worden, eine kleine Operation, doch in Elisabeths Seele blieb das Geschwür bestehen. Es wuchs und begann ihr gesundes Selbstvertrauen zu überwuchern.

Ein lächerliches Ereignis während einer Silvesternacht musste die Ursache für das Myom gewesen sein, daran bestand für Elisabeth kein Zweifel. Rudi, der Bauunternehmer mit dem mintgrünen Borgward, war zum Jahreswechsel nach Bonn gekommen, wo Elisabeth zu arbeiten begonnen hatte. Rudi war einer, der bei Frauen von einer Katastrophe in die nächste taumelte. Wären die Häuser, die seine Firma baute, so instabil gewesen wie Rudis Beziehungen, er hätte das Baugewerbe an den Nagel hängen müssen. Zum Jahreswechsel schüttete Rudi Elisabeth sein Herz aus. Adele hatte ihn verlassen, um in Wien Sängerin zu werden. Obwohl keine Logik darin steckte, fühlte Elisabeth sich merkwürdigerweise für die Treulosigkeit ihrer Schwester verantwortlich. In jener Nacht wurde getanzt und gesoffen. Rudi und Elisabeth fanden sich in einem Hinterzimmer wieder und hatten betrunkenen Sex miteinander. Bei der Verabschiedung taten sie, als wäre nichts geschehen.

Als Elisabeth bald darauf über der Zeit war, stand ihr Entschluss rasch fest, sie wollte Rudis Kind nicht zur Welt bringen. Zu einer Zeit, als der Eingriff noch mit einem gesellschaftlichen Makel behaftet war, fuhr sie nach Holland und ließ die Prozedur über sich ergehen. Die Schmerzen dauerten länger als vorhergesagt, erst nach einer Woche ging es Elisabeth besser. Vielleicht hätte sie auch Rudis Kind verloren, vielleicht hatte die Entstehung des Myoms überhaupt nichts mit jener Abtreibung zu tun, trotzdem war ihre Kinderlosigkeit für Elisabeth die Folge dieser Tat.

Und so wuchs die Tat sich zu einer Schuld aus und schließlich zu einer Sünde, für die Elisabeth bestraft worden war. Sie hatte dem Mann ihres Lebens seinen Herzenswunsch nicht erfüllt. Heute war sie eine Frau von fünfzig Jahren. Sie würde nie ein eigenes Kind aufwachsen sehen und durfte nicht in dem Bewusstsein alt werden, dass ein Teil von ihr in ihm weiterleben würde. Sie war eine Frau, die ihrem Lebensherbst entgegenblickte. Ihr einziges Vermächtnis war ein Garten voller Rosen, die mit Elisabeths Tod wahrscheinlich wieder vom Dachsberg verschwinden würden. Zur gleichen Zeit schlief auf der anderen Straßenseite eine Frau, die vieles verloren hatte, doch ihr

Kind war ihr geblieben. Der kleine Rasmus würde seine Mutter nie im Stich lassen, egal, wohin das Leben ihn auch treiben mochte. Er war ihr Sohn, ihr Sonnenschein, sie konnte sich jeden Tag an ihm erfreuen. So traurig das Schicksal von Dr. Wieland auch sein mochte, im Buch des Lebens war sie in Elisabeths Augen die Glücklichere. Sie genoss das natürliche Privileg, Mutter zu sein.

»Mutter«, sagte Elisabeth zum Mond hinauf. Die Birkenblätter bewegten sich sachte im Wind, wodurch der Eindruck entstand, als blinzle der kalte Himmelskörper ihr zu.

»Zwinkere nicht. Adele und ich sind zwei alte Schachteln, die in ihrem Rosengarten nach und nach verblühen.«

Das Leben, das unfassliche Leben bejahte sich eben doch nur in der Liebe, dachte Elisabeth, etwas anderes gab es nicht. Sie schickte ihrem Geliebten Alexander einen zärtlichen Gedanken, drehte sich zur Seite und schlief im strahlenden Licht des Vollmonds ein.

33

IMMER WIEDER DAS WASSER

Es war Sonntag. Der September neigte sich dem Herbst entgegen, doch wie fast jedes Jahr sträubte sich der Sommer, die Bühne zu verlassen. Rasmus war auf dem Dachsberg so etwas wie der kleine Liebling geworden. Die meisten Kinder der Menschen hier waren schon groß, viele hatten dem Leben in der Höhe den Rücken gekehrt und waren ins Tal gezogen, wo es Arbeit gab und alles komfortabler war. Für die Dachsberger bedeutete ein Kind wie Rasmus Inspiration, Perspektive und Erinnerung an die eigene Jugendzeit.

Alex' Kinder lebten bei ihrer Mutter in Urberg und besuchten den Vater selten. Der Bürgermeister hatte Rasmus kennengelernt, als er Frau Dr. Wieland die Unterstützung der Gemeinde anbot, falls sie einen Zuschuss brauchte, um ihr Haus behindertengerecht zu machen. Barbara hatte abgelehnt. Rasmus hatte den Bürgermeister mit einem kräftigen *Buh!* begrüßt. Alex und der blonde Prinz waren schnell Freunde geworden.

»Wir stauen den Bach auf«, sagte Alex vor dem Schlegelhaus.

»Wo?«

»In der Schlucht, wo der Bach durch die Klamm schießt.«

»Was ist eine Klamm?«

»Eine besonders tiefe Schlucht.« Im Gehen legte Alex dem Jungen die Hand auf die Schulter. »Mein Vater hat in dieser Schlucht gelebt. Nach seinem Tod habe ich die Bäume in der Klamm abholzen lassen. Jetzt scheint dort wieder die Sonne, und ich habe aufgeforstet.«

»Was heißt aufforsten?«

»Kleine Bäume setzen.«

»Wie klein?«

»Babybäume.« Alex zeigte es mit den Händen. »Bis diese Bäume einmal so groß sind wie die alten, werde ich nicht mehr leben, aber du, Rasmus, du kannst es noch erleben.«

»Ich will die Bäume kennenlernen.« Rasmus überlegte. »Warum sollen wir eigentlich den Bach aufstauen?«

»Weil es Spaß macht.«

Gemeinsam erreichten sie das Kohlbrennerhaus. Die Fenster standen offen, Alex winkte Elisabeth zu. Sie winkte zurück und beobachtete, wie die beiden weitergingen.

»Der Bach ist wild«, sagte Alex. »Er lässt sich nicht regulieren. Aber wenn du Steine nimmst und große Äste, kannst du ihn eine Zeitlang dazu bringen, so zu fließen, wie du willst.« Die beiden entfernten sich. »Ich kenne einen Felsenkessel, da kommt der Bach langsamer voran, weil er um die Kurve fließt. Dort wollen wir einen Staudamm errichten.«

Die Antwort hörte Elisabeth nicht mehr, aber ein fröhlicher Sprung von Rasmus machte klar, er war zu jeder Schandtat bereit. Elisabeth war entzückt von dem Bild der beiden, sie wollte es noch ein wenig länger genießen. Sie warf ihre Jacke über die Schulter.

»Wo willst du hin?«, fragte Adele.

»Spazieren.«

»Essen wir nicht zusammen?«

»Ich bin bald wieder da.«

Elisabeth schlüpfte aus dem Haus und nahm den Weg zum Weiher, immer in gehörigem Abstand zu den beiden. Sie wollte sich nicht zu ihnen gesellen. Den Bach aufzustauen, war Männersache, eine Frau hatte dabei nichts verloren. Nur zuschauen wollte sie noch ein bisschen.

Als die beiden am Weiher vorbei waren und den Weg in die Schlucht antraten, kam doch noch eine dritte Person dazu. Apollonia tauchte aus dem Waldstück auf, wo gerade die Heidelbeeren reif waren. Wenn man nur ein paar Tage auf dem Dachsberg verbrachte, kannte man diese Stelle, weil die Einheimischen sich dorthin aufmachten, um Beeren und Pilze zu sammeln. Mit einem Körbchen voller Heidelbeeren trat Apollonia aus dem Wald.

Elisabeth beobachtete, wie Rasmus auf sein Kindermädchen zulief und erzählte, was er und der Bürgermeister vorhätten. Alex kam dazu und gab ihr die Hand. Apollonia schloss sich den beiden an. Nun war es vorbei mit dem Männeridyll. Elisabeth wollte umdrehen und nach Hause gehen, aber eine sonderbare Kraft zwang sie, dem Dreiergespann zu folgen. Sie liefen den Weg hinunter, dessen tiefe Furchen vom heftigen Sommerregen dieses Jahres erzählten. Sie erreichten die Lichtung, wo früher der mammutartige Wald gestanden hatte, den Alex hatte abholzen lassen. Dort floss der Wildbach und ergoss sich in das Felsenbecken, dort begannen Rasmus und Alexander, ihren Damm zu bauen.

Neben einer Haselnusshecke blieb Elisabeth stehen, vor ihren Füßen erhob sich der Stumpf einer gefällten Tanne. Sie stieg darauf und hatte nun eine Aussichtsplattform.

Nach einer Weile zog Alex sich von den Dammbauarbeiten zurück und trat zu Apollonia, die an einem Felsblock lehnte. Sie plauderten, während Alex dem Jungen zwischendurch Anweisungen zurief. Es gab eine Art, freundlich zu jemandem zu sein, die etwas Harmloses hatte, und es gab die Art, wie Alex und Apollonia miteinander redeten. Der wettergegerbte Bürgermeister, die italienische Schönheit und der temperamentvolle Junge gaben ein idyllisches Bild ab. Wie sie da am glitzernden Bachufer standen, sahen sie wie die perfekte Kleinfamilie aus.

Elisabeth dachte nicht in Klischees, aber Adeles Bemerkung im August hatte Spuren hinterlassen. Ohne dass sie es wusste, war das Gift der Eifersucht in Elisabeth eingesickert. Was sie und Alex miteinander hatten, war wunderschön. Elisabeth war nie verheiratet gewesen, Trauschein und Ring hatten keine Bedeutung für sie, und doch war Alex seit anderthalb Jahren ihr Herzensmann, der Erste, der neben Dietrich bestehen konnte. Darum wollte sie nicht mitansehen, wie er neben der jungen Frau stand, sie ansah und lächelte. Sie wollte nicht miterleben, wie Apollonia ihr Haar schüttelte, während ihre Lider halb geschlossen waren.

Rasmus bekam davon nichts mit. Er tobte durch den Bach, schleppte Steine und Zweige heran, verschmierte die Zwischenräume mit Sand und Erde und quietschte, wenn die Macht des Wassers das Bauwerk unterspülte und ganze Teile wieder fortriss.

Nichts ist für immer, dachte Elisabeth, nichts hält ewig. In ihrer Trauer um Dietrich, in ihrer Einsamkeit auf dem Berg war ein fröhlicher Mann aufgetaucht, ein Freund aus Kindertagen, der ihr eine Kuhle in die Matratze gelegen hatte. Doch der geschiedene Bürgermeister war zugleich auch der Platzhirsch auf dem Dachsberg. Kein Wunder, dass er sein Vorrecht nutzte, wenn eine neue Frau im Dorf auftauchte. Alex war jung genug, um noch Kinder zu kriegen, Apollonia war jung genug, um noch alles im Leben zu erreichen. Anders als Elisabeth. Fünfzig Jahre war nicht alt, nicht in diesem Jahrhundert der Frauen. Kein Jahrhundert hatte so viel für die Frau getan wie das zwanzigste, der Einfluss und die Rolle der Frau hatten sich von Grund auf geändert. Aber auf dem Dachsberg traten die Gesetze der Natur deutlicher zutage als in der Stadt. Ein Mann wie Alexander wollte noch einmal eine Familie gründen, und dort am Wasser stand die Frau, die jeden seiner Wünsche erfüllen konnte.

Elisabeth sank auf den Baumstumpf. Sie hatte mit Alex noch einmal das Glück der Liebe erlebt. Wäre es jetzt nicht das Klügste, sich zurückzuziehen, bevor er ihr zuvorkam und ihr die Trennung aufzwang? Leiden würde sie in jedem Fall, so aber könnte sie bestimmen, welche Form ihr Leiden haben sollte. Elisabeth sprang vom Baumstumpf und lief gebückt in den Wald zurück. Mehrmals knackten Zweige unter ihren Füßen, doch der balzende Bürgermeister am Bach merkte nichts davon. Mit jedem Schritt entfernte sie sich weiter von Alexander.

34

MANITOU

Elisabeth schob den Rollstuhl durch den Wald. Begonnen hatte alles, als sie eines Nachmittags ihre Nachbarin entdeckte, als sie versuchte, ihren Rollstuhl auf einem steilen Waldweg wieder flott zu kriegen. Während Elisabeth hinlief, um zu helfen, kippte die Gelähmte mit dem Stuhl nach hinten um und lag hilflos da, eingekeilt zwischen Brombeerdornen, vorspringenden Wurzeln und dem Rollstuhl. Ächzend versuchte sie, sich herauszuwinden.

»Barbara!« Elisabeth erreichte die Liegende. »Was tust du denn allein im Wald?«

»Was alle Dachsberger um diese Zeit tun«, antwortete die Nachbarin auf dem Waldboden. »Ich suche Brombeeren und will Pilze pflücken.«

»Du kannst auf dem abschüssigen Waldboden doch nicht mit dem Rollstuhl fahren.« Elisabeth half ihr in den Stuhl zurück.

»Wer sagt das?«

»Du solltest es zumindest nicht allein tun. Wie hättest du dich befreit, wenn ich nicht in der Nähe gewesen wäre?«

»Es geht immer irgendwie. Glaubst du, ich will davon abhängig sein, dass mich irgendjemand auf der Wiese im Kreis führt?«, gab Barbara schroff zurück.

»Wieso ist Apollonia nicht bei dir?«

»Sie passt auf Rasmus auf. Außerdem ...« Barbara

schnaufte einmal durch. »Außerdem will ich sie nicht ständig in meiner Nähe haben. Sie ist zu jung, zu schön, zu gesund. Es gibt Zeiten, in denen ich Krüppel das schwer ertrage.«

Es lag Elisabeth auf der Zunge, dass auch sie die Anwesenheit der Italienerin aus anderen Gründen bedrängend fand, aber sie sagte nichts, drehte den Rollstuhl herum und schob ihn auf die Lichtung hoch, die als der beste Pilzplatz bekannt war. »Dann wollen wir doch mal sehen.« Sie fanden Täublinge, Birkenpilze und ein Pfund Pfifferlinge. Abends kochten sie gemeinsam ein Pilzgulasch.

Tags darauf war sie zum Schlegelhaus gegangen und hatte Barbara gefragt, ob sie zusammen losziehen wollten. Elisabeth unternahm täglich größere Gänge, denn um diese Jahreszeit ließ die Arbeit im Rosengarten nach. Meistens lief sie am Schweizerhaus vorbei zum Fünfwegekreuz. Dort konnte man sich entscheiden, ob man nach Wittenschwand weiterwollte oder nach Ibach. Von da an brachen die beiden Frauen fast täglich gemeinsam auf. Den größten Teil der Strecke hievte sich Barbara mit der Kraft ihrer Arme voran, auf abschüssigen Strecken ließ sie sich von Elisabeth schieben.

Sie erreichten das Fünfwegekreuz. »Wollen wir nach Ibach?«

»Heute nicht. Da geht der ganze Rückweg bergauf. Ich bin ein bisschen müde«, antwortete Barbara.

Sie beschlossen, die Runde über Fröhnd zu machen, weil dieser Weg weitgehend eben war. Eine ganze Weile liefen sie schweigend nebeneinander.

»Wieso hast du Rasmus erst jetzt zu dir geholt?« Es war die Frage, die nie beantwortet worden war, obwohl Elisabeth und Dr. Wieland nun schon einige Zeit als gute Nachbarinnen zusammenlebten. Sie hörte Barbara lachen.

»Was ist daran so lustig?«

»Mir war klar, dass euch das beschäftigt. Wie kann eine Frau mit ihrem Mann auf einen Bauernhof ziehen und ihr Kind nicht mitnehmen? Ich nehme an, dass es dazu einige Gerüchte gibt.«

»Es kam uns nur ein wenig seltsam vor«, erwiderte Elisabeth ausweichend.

»Die Rabenmutter, die ihr Kind vor dem zweiten Ehemann versteckt. Die Frau, der ein Mann so weh getan hat, dass sie ihr gemeinsames Kind nicht sehen will. So oder so ähnlich, nicht wahr, das habt ihr doch gedacht?«

Elisabeth dachte an die Nacht zurück, als sie Adele gegenüber solche Theorien geäußert hatte. »Ich weiß nicht mehr, was wir geredet haben. Wie war es denn wirklich?«

Barbara griff in die Schwungräder. »Als mein erster Mann Hermann und ich uns endgültig trennten, kannte ich Armin schon. Er wollte bald in Rente gehen, und wir entwickelten den Plan, gemeinsam aufs Land zu ziehen. Damals war Rasmus erst sechs Jahre alt und kam gerade in die Schule. Armin und ich wussten nicht, ob es uns auf dem Land gefallen würde, ob wir dieses Leben überhaupt aushalten konnten. Wir wollten Rasmus nicht zumuten, gleich wieder die Schule zu wechseln und aus seiner gewohnten Umgebung herausgerissen zu werden. Also haben wir beschlossen, ein Probejahr auf dem Dachsberg zu verbringen, so lange sollte er bei den Großeltern bleiben. Wenn es uns im Schwarzwald gefallen würde, wäre

Rasmus nachgekommen. Wenn nicht, wären wir reumütig nach Düsseldorf zurückgekehrt.«

Auf Elisabeths Schweigen sagte Barbara: »Aus dem Probejahr ist Armins letztes Lebensjahr geworden. Nach dem Unfall war mein erster Impuls, ins Rheinland zurückzukehren. Doch nach Armins Tod ist eine merkwürdige Veränderung in mir vorgegangen. Es kann nicht sein, dass wir dieses Haus umsonst gekauft haben, dachte ich. Das Ganze muss irgendeinen Sinn haben.«

Barbara blieb neben Elisabeth stehen.

»Es hat einen Sinn bekommen. Ich habe gelernt, dass man nicht im Streit mit den Menschen leben darf. Man darf keine bösen Gefühle und Gedanken in die Welt setzen. Das habe ich auch von dir gelernt, Elisabeth.«

»Ach komm, hör auf.«

»Nein, das wirst du dir jetzt anhören. Du bist in diese Einöde gezogen, wo keiner dich wollte. Du warst die Schwester des Übeltäters, der den Dachsberg vergiftet hat. Was hast du getan? Du hast dich für die Schönheit entschieden, hast die Schönheit in deinen Heimatort geholt und einen Garten angepflanzt. Du hast nie ein böses Wort darüber verloren, was früher zwischen uns gewesen ist, als Armin noch lebte. Das war bewundernswert, und das muss ich dir endlich einmal sagen, auch wenn es dir peinlich ist.«

»Jetzt hast du es gesagt. Danke. Und jetzt gehen wir weiter.«

Sie zogen wieder eine Weile wortlos nebeneinander her, bis Elisabeth noch etwas einfiel. »Ich habe es nicht uneigennützig getan, meine Gründe waren egoistisch.«

Abwartend sah Barbara sie an.

»Bevor ich herkam, war ich allein, ohne Perspektive und ohne den geringsten Lebensplan. Ich hatte keinen Mann, keine Aufgabe, mein Heimatdorf war praktisch der einzige Ort, wo ich noch hinkonnte. Bevor ich Bonn verlassen habe, habe ich meine Zähne sanieren lassen, weil ich glaubte, in der Einöde des Schwarzwaldes gebe es keine anständigen Zahnärzte. Ich saß also in der Praxis und habe in einer dieser Zeitschriften geblättert, wo vorne immer die Royals abgelichtet sind. Da stand ein Sinnspruch, eine kleine Lebensweisheit. Willst du sie hören?«

Barbara nickte.

»*Wenn du einen Tag glücklich sein willst, schreibe ein Gedicht. Wenn du einen Monat lang glücklich sein willst, verliebe dich. Wenn du aber ein Leben lang glücklich sein willst, pflanze einen Garten.*«

Die alten Kiefern über ihnen knackten im Wind, ihre Kronen rieben sich aneinander.

»So klein ist diese Lebensweisheit gar nicht«, sagte Barbara.

»Ich hatte sie bald wieder vergessen. Erst als mein Garten Gestalt annahm, habe ich mich wieder daran erinnert. Es ist ein gutes Leben hier, Barbara. Es ist ein einfaches Leben, aber genau so gefällt es mir.«

Barbara fuhr los. Die Reifen machten auf dem Waldweg ein knirschendes Geräusch. Bald verließen sie den Schatten der Nadelbäume und kamen in die Sonne. Beide atmeten auf, denn selbst tagsüber wurde es nun schon recht kühl.

»Warum ist aus deinem Plan, dir Ziegen zuzulegen, eigentlich nichts geworden?« Alex stand in der Tür zwischen Küche und Stube.

Erstaunt drehte sich Elisabeth auf dem Sofa um. Sie schmökerte gerade in einem Buch über Rosenzüchtung und hatte mit seinem Besuch nicht gerechnet.

»Die Idee mit den Tieren ist schon so lange her. Das war im Herbst, als der Jahrhundertwinter hereinbrach, da hatten wir andere Sorgen, als uns um Ziegen zu kümmern.« Sie legte einen Finger in die Seite.

»Und wie sieht es jetzt aus?« Er hielt etwas in der Hand, versteckte es aber hinter seinem Rücken.

»Mit dem Garten habe ich genug zu tun. Ich hätte keine Zeit, mich auch noch um Tiere zu kümmern.«

»Im Sommer war der Zuchtbock wieder auf meinem Hof.«

»Was hast du denn da?«

Alex tat einen kleinen Ruck, der Strick in seiner Hand spannte sich, hinter ihm tappten zwei kleine schneeweiße Ziegen in die Stube. Sie waren noch unsicher auf den Beinen, schnupperten aber neugierig in alle Richtungen.

»Die mit dem Fleck auf der Nase ist Becky«, sagte er. »Und der kleine Kerl dort wartet noch auf einen Namen.«

Wenn eine Freude echt war und überwältigend, trat sie nicht laut und bombastisch auf. Die Freude ließ Elisabeth verstummen. Alexander hatte ihr ein Geschenk mitgebracht, das ungewöhnlichste Geschenk, das man sich vorstellen konnte. Vor einiger Zeit hatte sie ihn im Wald mit einer anderen Frau gesehen und war bereit gewesen, alle Brücken zu ihm abzubrechen, hätte ihre kluge Schwester ihr damals nicht den Kopf gewaschen.

»Du willst dich freiwillig von ihm trennen?«, hatte Adele quer über den Heuboden gerufen, wo sie das alte Heu aufgabelten und aus der Luke warfen. Zum Verfüttern taugte es nicht mehr und sollte verbrannt werden. Adele stützte sich auf die Heugabel. »Als du deinen Rosengarten retten musstest, bist du in den Kampf gezogen. Du hast Himmel und Hölle in Bewegung gesetzt und dein ganzes Geld rausgeschmissen und rund um die Uhr geackert, wofür? Für ein paar Rosen. Aber wenn dir dein Bürgermeister abspenstig gemacht werden soll, willst du ihn kampflos aufgeben?«

»Apollonia macht mir Alex nicht abspenstig«, verteidigte sich Elisabeth. »Sie ist einfach da.«

»Bist du etwa nicht da? Bist du aus Luft?« Adele warf einen riesigen Heuballen aus der Luke. »Du bist die Schöpferin des Rosengartens, die persönliche Freundin von Willy Brandt ...«

»Mach dich nicht lustig.« Elisabeth drohte mit den scharfen Zinken.

»Willy Brandts Freundin, sage ich, und ich bleibe dabei.« Adele packte die Heugabel wie ein Schwert. »Du hast jedem Mann etwas zu bieten, lass dir das von mir gesagt sein, erst recht so einem Dorfschulzen, einem Provinzdespoten von eigenen Gnaden.«

»Es ist ja gar nicht Alex' Schuld.«

»Ach ja? Seine Schuld ist es nicht, Apollonias Schuld ist es nicht, wessen Schuld ist es dann, dass dieser Mann in der Midlifecrisis sich in einen balzenden Auerhahn verwandelt?«

»Apollonias Schönheit inspiriert ihn. Vielleicht ist es Liebe auf den ersten Blick.« Elisabeth ließ sich auf einen Heuballen sinken.

»Vielleicht, vielleicht auch nicht«, konterte Adele. »Vielleicht bist du nur ein verschrecktes Huhn, das den Kopf unter die Flügel steckt und wartet, bis der Hahn davongeflogen ist.«

»Was soll ich denn tun?«

»Kämpfen.«

»Wie? Sag mir das, Adele, du kennst dich mit den Männern besser aus.«

»Ach ja? Und deshalb habe ich einen Schwulen geheiratet, der praktisch nie bei mir ist?«

»Ich kann in Angelegenheiten des Gefühls nicht taktieren, das liegt mir einfach nicht. Ich glaube ...« Bevor Elisabeth zu Ende sprechen konnte, gab der Heuballen nach, in einem langsamen Sturz landete sie auf dem Boden. Adele hatte schallend gelacht.

Wochenlang hatte Elisabeth mit der Angst gerungen, dass Alexander der schönen Apollonia verfallen könnte. Stattdessen hatte er ihr ohne Vorankündigung nun zwei Ziegen gebracht. Da sie nichts sagte, wortlos auf dem Sofa saß und den Finger als Lesezeichen in ihr Buch hielt, nahm der Bürgermeister das männliche Zicklein hoch und legte es in Elisabeths Arme. Das Tier war von der Situation genauso überwältigt wie seine neue Besitzerin, es lag stockstill da und schaute Elisabeth an. Sie betrachtete die Ziege. So vergingen mehrere Sekunden.

»Manitou«, sagte sie leise.

»Bitte wie?« Alex schob auch die zweite Ziege in die Stube.

»Ich werde ihn Manitou nennen.«

»Ein Dachsberger Ziegenbock mit Namen Manitou?« Er lachte. »Wie kommst du auf diese verrückte Idee?«

»Gestern habe ich einen alten Winnetou-Film im Fernsehen gesehen. Darum.« Sie kraulte das Stirnfell des Böckchens und fühlte, ob man den Ansatz der Hörner schon spürte. »Wie alt sind sie denn?«

»Es sind Zwillinge, beide wurden gestern geworfen. Ich musste ihre Mutter mit einem Büschel Gras überlisten, damit sie den Diebstahl ihrer Kinder nicht gleich bemerkt. Jetzt meckert sie drüben im Stall laut nach ihnen.«

»Oh nein, da müssen wir sie schnell zurückbringen.«

»Erst, nachdem du mir gesagt hast, ob dir mein Geschenk gefällt.«

Mit der Ziege auf dem Arm fiel es Elisabeth schwer, aufzustehen, trotzdem trat sie auf Alex zu und küsste ihn auf den Mund. »So ein schönes Geschenk hat mir noch keiner gemacht. Danke, Alex.« Sie hatte keine Hand frei, also stubste sie ihn mit der Nase an. »Wir bringen Becky und Manitou zu ihrer Mutter zurück. Bei ihr muss ich mich schließlich auch bedanken.«

Zwei Menschen und zwei Ziegen traten den Weg zum Stall des Behringerhofes an.

35

DAS FÜNFWEGEKREUZ

Es war Nacht, als Elisabeth von einem Geräusch geweckt wurde. Nicht der Wind war die Ursache, kein Sturm schlug Zweige gegen die Hauswand, kein Igel verursachte Lärm, weil er die leere Milchschüssel umwarf. Es war auch nicht der Dachs, der von Zeit zu Zeit den Hof heimsuchte und daran erinnerte, woher der Berg seinen Namen hatte. Es war ein vorsichtiges, leises, ein heimliches Geräusch. Elisabeth lag allein im Bett. Während der Erntearbeit besuchte Alex sie selten, er war abends so erschöpft, dass er lieber in seinem eigenen Bett schlief. Elisabeth stand auf, wollte im Nachthemd zu Adele hinüberlaufen und sie fragen, ob sie das Geräusch auch gehört hatte.

Da begnete Adele ihr auf der Treppe. Sie trug einen Regenmantel, sie war nicht aus ihrem Zimmer gekommen, sondern von draußen.

»Du warst das also?«, sagte Elisabeth erleichtert. »Kannst du nicht schlafen?«

»Stimmt«, lautete die knappe Antwort.

Elisabeth drehte das Licht an und erschrak. Das Gesicht der Schwester war bleich, ihr Hals merkwürdig rot, als ob sie gerannt wäre. Der Hals ging übergangslos in die Vertiefung zwischen ihren Brüsten über, kein T-Shirt, keine Schlafanzugjacke waren zu sehen.

»Hast du etwa drunter nichts an?«

Statt einer Antwort öffnete Adele den Gürtel des Trenchcoats und ließ ihn aufklaffen. Bis auf die Gummistiefel war sie nackt.

»Adele?« Halb lächelnd, halb verwirrt betrachtete Elisabeth ihre schöne Schwester.

»Früher oder später musstest du es ja rauskriegen.«

»Was denn?«

»Es wird dir nicht gefallen.«

»Heraus mit der Sprache, warum schleichst du wie eine Exhibitionistin über den Dachsberg?« Elisabeth konnte nicht anders, sie musste lachen. »Das ist irgendwie so verrückt, Adele.«

»Es ist absolut verrückt.« Wie ein kleines Mädchen legte Adele die Hände vors Gesicht. »Ich kann dir das nicht erzählen.«

Elisabeth trat ihr in den Weg. »Wir haben eine warme Spätsommernacht und du kommst halbnackt ins Haus zurückgeschlichen. Da ist es nicht allzu schwer, den Grund zu erraten. Komm schon, wer ist es?«

»Gibis«, flüsterte Adele.

»Bernhard Gibis, unser Gibis?« Elisabeths Staunen hätte nicht größer sein können.

»Ich kenne keinen anderen.«

»Aber der Mann ist ... Mitte siebzig. Du schläfst mit Alexanders Schwiegervater?«

»Mit ihm schlafen?« Adele lachte so laut, dass es durch das ganze Haus hallte. »Hast du den Verstand verloren?«

»Wieso?«

»Ich treffe mich nur im Wald mit ihm.«

Obwohl es bessere Orte für ein Gespräch wie dieses gegeben hätte, blieben beide wie angewurzelt auf der Treppe stehen.

»Du triffst den alten Gibis in diesem Aufzug um halb drei Uhr morgens im Wald? Willst du mich für blöd verkaufen?«

»Ich sage ja, es ist verrückt.«

»Ich will jetzt wissen, was das Ganze soll.«

»Wie die meisten hier habe ich immer geglaubt, dass Gibis ein verschrobener alter Kauz ist, der mit seinen Tieren zusammenhaust und sich langsam zu Tode säuft. In Wirklichkeit ist er …«

»Ja? Was? Komm schon.«

»Bernhard ist ein Wundermann.« Adeles Gesichtsausdruck wurde weich, beinahe schwärmerisch. »Ich weiß, was du jetzt denkst. Bitte glaub mir, Gibis ist ein Priester, er ist ein kleiner erleuchteter Mann.«

Nach einer Sekunde der Verwirrung legte Elisabeth ihrer Schwester die Hand auf die Schulter. »Ich glaube, wir brauchen jetzt einen Birnenbrand.«

Wortlos schloss sich Adele an, sie gingen in die Stube und gossen sich die Schnapsgläschen voll.

Elisabeth kippte den Brand in einem Zug. »Prost. Und jetzt der Reihe nach. Bernhard Gibis soll ein Wunderheiler sein?«

»Kein Heiler, er ist ein Medium. Er steht mit der Schöpfung in höherem Kontakt.«

»Mit welcher Schöpfung?« Als redete Elisabeth mit einer Irren, ergriff sie Adeles Hände.

»Ich kann das nicht so gut erklären wie Bernhard, aber er hat die Fähigkeit, sich in einen *erhöhten* Zustand aufzuschwingen, und dann spricht er mit der Schöpfung.«

»Wer soll das sein, *die Schöpfung,* etwa Gott?«

»Eben nicht Gott.« Adele zog ihre Hände zurück. »Gott ist eine Erfindung der Menschen, sagt Bernhard. Er dagegen hat Kontakt zu jener Kraft, die alles erschafft und alles gestaltet und zusammenhält, im Großen wie im Kleinen. Ob in unserer sichtbaren Welt oder auf subatomarer Ebene, alles folgt den gleichen Gesetzen, nämlich den Gesetzen der Schöpfung.«

»Adele, Adele!«, rief Elisabeth in steigender Verwirrung. »So habe ich dich noch nie reden hören.«

»Aber es stimmt. Ich habe es erlebt.«

»Hör mal zu, wir sind beide nicht besonders religiös ...«

»Mit Religion hat es nichts zu tun«, fiel ihr Adele ins Wort. »Es ist die Natur, mit der Bernhard kommuniziert, es ist die allgewaltige Schöpferkraft. Es existiert, Elisabeth, es ist da draußen, und Bernhard kann es herbeibeschwören. Mit ihm zusammen kann auch ich es erleben.«

»Verstehe, ich verstehe ja«, beruhigte sie Elisabeth, da Adele zunehmend außer sich geriet. »Aber warum hast du unter dem Regenmantel nichts an?«

»Bernhard sagt, wir müssen dafür nackt sein.«

»Wirklich?«, erwiderte Elisabeth skeptisch. »Ist Gibis auch nackt, wenn er mit der Schöpfung telefoniert?«

»Ich finde das nicht komisch. Natürlich ist er nackt.«

»Wo trefft ihr euch?«

»Am Fünfwegekreuz.«

»Warum ausgerechnet dort?«

»Weil das ein geomantischer Ort ist, sagt Bernhard, ein Kraftort, dort treffen gewaltige Kraftlinien aufeinander. Du hättest dabei sein sollen, die Kraft floss durch meinen Körper, ich hatte in einem fort Gänsehaut.«

»Du wirst wahrscheinlich gefroren haben.«

»Diese unsichtbaren Linien durchziehen den ganzen Erdball. Am Fünfwegekreuz bilden sie eine außergewöhnliche Quelle der Kraft.«

Elisabeth ließ sich auf das Sofa sinken. »Also gut, ihr trefft euch nachts splitterfasernackt am Fünfwegekreuz. Was passiert dann?«

»Bernhard fällt in Trance.«

»Wie macht er das?«

»Er richtet die Augen zum Himmel, es durchschauert ihn, und dann beginnt er zu sprechen.«

»Spricht er als er selbst, oder redet die Schöpfung mit fremder Stimme aus ihm?«

»Wenn du dabei gewesen wärest, würdest du aufhören mit deinen Witzen. Du würdest alles verstehen, auch das Höchste und das Geheimnisvolle.«

»Ich will dich ernst nehmen, Adele, aber dazu muss ich es erst begreifen. Was redet Gibis? Was hörst du? Was erfährst du?«

»Alles.«

»Etwas präziser.«

»Ich erfahre Vergangenheit und Zukunft, mein Leben, unser Leben, meine Zukunft, alles, alles, und wie sich alles fügen wird.«

»Dann ist Gibis also sowas wie ein Wahrsager.«

»Was er macht, ist kein Hokuspokus«, rief Adele ärgerlich. »Es ist eine komplette Offenbarung.«

»Was hat er dir zum Beispiel offenbart?«

»Das darf ich nicht sagen.«

»Wieso nicht?«

»Weil ich es niemandem sagen darf. Weil das meine inneren Kreise stören würde.«

»Behauptet das Gibis?«

»Ja, genau.«

»Das hat sich der alte Saufkopf ja geschickt ausgedacht. Er schaut zum Sternenhimmel hoch und fantasiert irgendwelches Zeug daher, aber damit niemand überprüfen kann, ob das Schwachsinn ist, musst du Stillschweigen bewahren.«

»Es ist kein Schwachsinn!«, rief Adele in höchster Erregung. »Ich habe Offenbarungen von größter und schönster Wahrheit erhalten.«

»Zum Beispiel?«

»Zum Beispiel, dass ich früh sterben werde, Elisabeth. Mein Lebensweg ist bald vollendet.«

»Adele, das sind Hirngespinste! Ist dir klar, wie gefährlich das für dich sein kann? Allein mit einem nackten Mann im Wald?«

»Wir haben uns schon drei Mal getroffen«, entgegnete Adele.

»Und hat Gibis nie versucht, etwas anderes mit deiner Nacktheit anzufangen als das Blaue vom Himmel zu fantasieren?«

»Ich sage dir doch, er ist ein bescheidener weiser alter Mann. Ein Priester ohne Gott.«

Elisabeth beschloss, einzulenken. »Was erwartest du dir von diesen Begegnungen?«

»Einen Sinn.«

»Siehst du denn keinen Sinn in dem, was wir hier tun?«

Adele antwortete erst nach einer Pause. »Ich weiß längst nicht mehr, warum ich lebe, warum ich hier lebe, mit dir lebe. Ich weiß nicht, wo ich hin soll und was das Ganze bedeutet. Ich bin hier geboren, ich habe den Dachsberg verlassen, um jemand zu werden, ich bin aber niemand geworden, niemand, den ich erkennen kann, außer ...« Sie atmete tief durch. »Außer dass ich deine Schwester bin. Eigentlich bin ich nur noch ein Anhängsel von dir. Ich arbeite in deinem Garten, deine Sorgen sind meine Sorgen, so gehen die Tage dahin und die Jahreszeiten.« Mit gesenktem Kopf stand Adele da. »Wer bin ich, Elisabeth? Ich habe darauf keine Antwort.«

Adeles Bekenntnis machte Elisabeth traurig und wütend zugleich. »Unser Leben genügt dir nicht? Du weißt nicht, was du hier sollst? Aber wenn du dich nackt in den Wald stellst, glaubst du, du bekommst die richtige Antwort?«

Der Schatten eines Lächelns. »Aber es schadet doch keinem, Elisabeth.«

»Ich wusste nicht, dass du so unglücklich bist. Du hast es mir nie gezeigt.«

»Ich bin nicht unglücklich, nur ratlos und völlig allein in meiner Dunkelheit.«

»Du bist nicht allein.« Elisabeth nahm ihre große Schwester in den Arm. »Pass auf, jetzt werde ich mal ein bisschen für dich orakeln. Weißt du, wer wir sind? Wir zwei sind wie diese beiden Feuerdornbüsche da draußen. Sie sind zu alt, um noch weiter zu wachsen, sie verschlingen sich immer dichter ineinander, knorrig sind sie und struppig und vom Wetter gezaust. So gehen auch für uns die Jahre ins Land, Adele, und eines Tages werden die Leute sagen: Schau, da gehen die beiden alten Kohlbrennerschwestern. Wir werden Hüftleiden haben von der schweren Arbeit und schwielige Hände, wir werden schwerhörig sein und halb blind. Jahrein, jahraus werden wir in dieser Stube sitzen oder im Garten. Von Zeit zu Zeit kommt Herr Diekmann zu Besuch, hin und wieder ist Alex unser Gast, und ich koche für ihn.« Elisabeth hob den Kopf und sah die Schwester an. »Das ist kein schlechtes Leben, Adele, zumindest ist es das Beste, was ich mir vorstellen kann. Wir sind einen weiten Weg gegangen, wir haben einen großen Kreis geschlagen, vom Schwarzwald kommen wir ursprünglich und haben draußen in der Welt unsere Schlachten geschlagen, und in den Schwarzwald sind wir zurückgekehrt.« Sie streichelte Adeles Haar. »Und wenn es dir Spaß macht, zusammen mit einem nackten Männchen im Wald Hexenspiele zu spielen, dann ist das auch in Ordnung.«

Elisabeth war mit einem Mal unendlich müde. Nicht weil das Gespräch sie erschöpft hätte, sondern weil es auf Adeles Fragen keine Antworten gab. Man konnte die Jahre überschauen und sich auszumalen versuchen, wie das Leben sein würde, aber leben konnte man nur von Stunde zu Stunde, von Tag zu Tag, etwas anderes war dem Menschen nicht möglich. Seine Fähigkeit, das Ganze zu begreifen, war begrenzt. Als Adele nicht antwortete, nahm Elisabeth die leeren Schnapsgläser und brachte sie zur Spüle.

»Eines schlag dir aber bitte aus dem Kopf«, sagte sie über die Schulter. »Dass du früher sterben wirst als ich. Das fände ich egoistisch von dir. Da sollte Gibis besser noch mal mit der Schöpfung reden, dass wir beide nämlich zusammen alt werden wollen.«

»Ich werde es ihm sagen.«

Wenn Elisabeth sich nicht täuschte, hatte sie ein

feines Lachen der Schwester gehört. »Lass uns jetzt schlafen gehen.« Als sie in die Stube zurückkam, war Adele bereits leise nach oben gegangen.

36

EIN SCHÖNER TOD

Elisabeth saß auf der Bank vor der Kathedrale von Hierbach und betrachtete die Dachsberger Menschen. Rasmus plauderte mit Apollonia, und noch jemand war dabei, Gernot Behringer, der schüchterne Automechaniker. Mittlerweile hatte er kein einziges Haar mehr auf dem Kopf, aber sein Bart reichte ihm bis auf die Brust. Der kleine Rasmus, das ist lange her, dachte Elisabeth und erinnerte sich, wie sie ihm als Dreikäsehoch das Autofahren beigebracht hatte, auf der Lichtung im Wald, wo die Holzarbeiter die gefällten Bäume abluden, bevor sie zum Sägewerk transportiert wurden. Elisabeth hatte dem Elfjährigen in ihrem alten Opel Fahrunterricht gegeben. Er begriff die Sache mit Kupplung und Gangschaltung erstaunlich schnell. Lachend und in einem fort plappernd fuhr Rasmus im Kreis, bremste ab, stieß zurück und schlug schließlich immer wildere Kurven ein.

»Nicht so toll.«

»Ich möchte auf die Straße hinaus«, rief er übermütig.

»Das kannst du gern tun, allerdings erst in sieben Jahren, wenn du den Führerschein hast.«

»Warum nicht gleich, warum nicht gleich?«, quengelte er. »Auf unserer Dorfstraße ist doch nie was los.«

»Kommt nicht in Frage. Bleib stehen.« Elisabeth stieg aus. »Nach Hause fahre ich.«

Ein halbes Jahr später hatte Elisabeth eines Nachmittags aus dem Fenster geschaut. Die Einfahrt des Schlegelhofes lag gegenüber ein wenig erhöht. Frau Dr. Wielands Mercedes parkte immer mit der Schnauze nach unten, damit sie in ihrem behindertengerechten Auto sofort losfahren konnte. Elisabeth sah Rasmus einsteigen. Barbara verwahrte den Autoschlüssel an einem sicheren Ort, er würde also keinesfalls starten können. Plötzlich begann der Wagen zu rollen. Rasmus musste die Handbremse gelöst haben.

»Pass auf!«, schrie sie über die Straße. Es gelang ihm nicht, das schwere Auto zum Stehen zu bringen. »Steig auf die Bremse!«

Immer schneller kam der Wagen auf der abschüssigen Einfahrt ins Rollen.

»Hilfe!«, hörte Elisabeth. »Hilfe, Hilfe!«

Sie sprang zur Tür, durch die Garage, schon war sie im Freien. Das Auto kam direkt auf sie zu. »Zieh die Handbremse!«

Rasmus schien den Mercedes nicht lenken zu können. Die Lenkradsperre, fiel Elisabeth ein. Ohne den Startschlüssel würde das Auto immer weiter geradeaus rollen. Tatsächlich folgte es nicht dem Straßenverlauf, sondern rollte am Kohlbrennerhof vorbei auf die Weide zu. Es war Anfang April, um diese Jahreszeit hatten die Bauern die elektrischen Drähte für das Vieh noch nicht hochgezogen.

»Rasmus!« Elisabeth rannte. Sie kam dem Wagen entgegen, wich ihm aus und lief auf der Beifahrerseite mit.

»Handbremse!«, keuchte sie und versuchte, den Türgriff zu packen. Das Ende der Straße und der Wiesenrand kamen gefährlich nahe. Es gelang ihr, die Tür zu öffnen, sich festzuhalten und in das immer schneller fahrende Auto zu springen.

»Ich weiß nicht, wo!«, heulte Rasmus.

»Du musst die Handbremse ...« Elisabeth erkannte ihren Irrtum sofort. Im Auto einer Rollstuhlfahrerin befand sich nichts am gleichen Platz wie bei gewöhnlichen Fahrzeugen. Gangschaltung, Bremse und Gas, alles musste von Hand bedient werden. Hektisch suchte Elisabeth nach dem richtigen Schalter. Der Mercedes wurde schneller und schneller. Er holperte und rumpelte, es knirschte unter den Rädern, da an schattigen Stellen einzelne Schneeflecken noch nicht abgetaut waren.

»Gott, Gott, Gott«, flüsterte Elisabeth und riss wahllos an den Hebeln. Der letzte musste der richtige gewesen sein, denn die Bremswirkung setzte ein. Der Benz verlangsamte, doch zum Stehen kam er nicht. Die Wiese war zu Ende, vor ihnen lag das Wasser, mächtige Granitblöcke säumten den Weiher. Im Sommer legten die Badenden ihre Handtücher zum Trocknen auf die warmen Steine. Sollte das Fahrzeug gegen einen dieser Felsen donnern, waren sie ernsthaft in Gefahr. Elisabeth zerrte am Lenkrad.

Eine Bodenwelle bewahrte sie vor dem Schlimmsten. Durch die Welle trudelte das Fahrzeug nach rechts, rollte zwischen zwei Granitblöcken hindurch und tauchte mit der Schnauze in den See ein. Die Räder blockierten, Rasmus und Elisabeth wurden gegen das Armaturenbrett geworfen. Unter Schock starrten sie auf das blaugraue Wasser. Eine Entenfamilie fühlte sich durch den Koloss gestört, der in ihr Reich eingedrungen war, und schwamm schnatternd zum anderen Ufer.

Der erschrockene Junge und die erschrockene Kohlbrennerschwester sahen einander an. Sie sagten nichts, sie lachten nicht vor Erleichterung, sie blickten dem anderen nur zitternd in die Augen, bis von oben eine Stimme ertönte.

»Buon Dio! Cosa è successo?« Mit erhobenen Armen stand Apollonia auf der Straße. Dann begann sie zu laufen.

Inzwischen ist Rasmus erwachsen, dachte Elisabeth auf der Bank vor der Kathedrale. Er überragte sein früheres Kindermädchen um Haupteslänge. Rasmus war sogar größer als Apollonias Ehemann. Wie lange war sie mit Gernot Behringer jetzt schon verheiratet? Elisabeth rechnete nach. Mit langen Schritten kam Rasmus auf sie zu.

»Was machst du denn da so allein auf der Bank?«

»Ich warte auf Alex. Er spricht mit dem Pfarrer wegen der Totenmesse. Wir wollen den großen Chor und die Orgel haben.«

»Wunderschön war es, findest du nicht?« Rasmus setzte sich neben sie.

»Ja, sehr stimmungsvoll. Das hat Alex alles für mich arrangiert.«

»Wenn der ehemalige Bürgermeister etwas will, spuren eben alle, die vom Gemeindeamt genauso wie die von der Kirche.«

»Die offizielle Friedhofsbefreiung konnte er trotzdem nicht durchsetzen.«

»Das lässt sich nur bei hohen Würdenträgern arrangieren«, nickte Rasmus. »Präsidenten und Bundeskanzlern.«

»Willy Brandt ist auch nicht zu Hause begraben«, sagte Elisabeth versonnen. »Er liegt auf dem Friedhof in Zehlendorf. Alex und ich waren einmal dort.« Sie lehnte sich an Rasmus' Schulter. »Adele wollte so gern unter dem Feuerdornstrauch im Garten begraben werden. Mit einer Urne wäre das gegangen, aber sie wollte sich auf keinen Fall verbrennen lassen.«

»Warum eigentlich nicht?«

»Sie hat mir einmal gesagt, man weiß nie, was später mit der Asche angestellt wird.«

»Unsere Adele«, sinnierte Rasmus.

»So, wie es jetzt ist, hätte es ihr bestimmt gefallen. Es gibt keinen friedlicheren Ort als unseren Waldfriedhof.«

»Adele hatte einen schönen Tod.«

»Tja, besser kann man die Sache wahrscheinlich nicht machen.« Elisabeth lachte. »Weißt du, was sie mir einmal gesagt hat? Das ist jetzt viele Jahre her. Sie sagte, dass sie lange vor mir sterben würde.«

»Wieso glaubte sie das?«

Aus ihren faltigen Augen sah Elisabeth ihn an. »Erinnerst du dich noch an Bernhard Gibis?«

Rasmus überlegte und schüttelte den Kopf.

»An den musst du dich doch erinnern. Ein kleiner alter Mann mit wildem Haar.«

»Im Augenblick weiß ich wirklich nicht ...«

»Tja, man vergisst schnell als Kind. Bernhard Gibis war der Erste, der dich bei uns auf dem Hof gesehen hat. Du warst acht Jahre alt, ihr wart gerade auf dem Schlegelhof eingezogen, deine Mutter, Apollonia und du. Da kamst du mit deinem üblichen *Buh!* bei uns um die Ecke geschossen. Ich habe dir Cassisbeeren zu naschen gegeben und Adele ließ dich vom Birnensaft kosten.«

»Und was war mit diesem Gibis?«

»Er hat Adele vorhergesagt, dass sie lange vor mir sterben würde. Da hat er sich aber gründlich geirrt.«

»Wieso? Du wirst noch viele Jahre …«

Sie legte ihre faltige Hand auf seine. »Lieb, dass du das sagst, aber allzu lange möchte ich nicht mehr hier bleiben. Alles hat seine Zeit.«

Sie schaute über die Trauergäste hinweg in die weite sanfte Landschaft. Heute wurden sie mit einem besonders schönen Tag belohnt. Adele wäre mit ihrem Begräbnis zufrieden gewesen.

»In letzter Zeit war Adele …« Rasmus wusste nicht, wie er es ausdrücken sollte.

»Sie wollte nicht mehr«, sagte Elisabeth nüchtern. »Der Tod von Herrn Diekmann hat sie schwer getroffen, auch wenn die beiden sich nur selten gesehen haben. Danach fand sie, dass es für sie nun auch genug sei. Insgeheim hat sie schon seit einiger Zeit Abschied genommen.«

»Woran ist dir das aufgefallen?«

»Wie sie mit den Rosen geredet hat. Wie sie jedem Strauch lebewohl sagte. Wie sie die Gartengeräte abends so ordentlich zusammenstellte, als ob sie nie wieder danach greifen würde. Als die Verlängerung ihres Führerscheins anstand, hat Adele die Frist verstreichen lassen. Still und ohne Aufhebens hat sie ihre Angelegenheiten geordnet, und dann ist sie einfach gegangen.«

Elisabeth nickte dem Satz hinterher. »Wenn man mit der Natur lebt, kann man selbst bestimmen, wann man geht, das glaube ich ganz fest. Adele hat lange mit der Natur auf Kriegsfuß gestanden. Lange hat sie sich hier oben überflüssig gefühlt. Aber in den letzten Jahren war sie, glaube ich, glücklich. Sie hat unseren

Garten sehr geliebt, hat ihn auch als ihren Rosengarten angesehen. Manchmal, wenn wir beim Spazierengehen zum Fünfwegekreuz kamen, ist sie stehengeblieben und hat zum Himmel hinaufgeschaut. Dann hatte sie Tränen in den Augen.«

»Was ist beim Fünfwegekreuz so Besonderes?«

»Das ist eine andere Geschichte.« Elisabeth tätschelte seine Hand. »Ach, da kommt ja der Herr Bürgermeister a.D.«

Elisabeth machte Anstalten, aufzustehen, Rasmus wollte ihr den Arm reichen, aber ohne Hilfe ging sie auf Alex zu. Nur an ihrem rechten Bein, das bei jedem Schritt einen merkwürdigen Schlenker machte, sah man, dass ihre Gelenke in Mitleidenschaft gezogen waren. Sie begegneten einander vor dem Kircheneingang.

Rasmus wollte den zarten Moment nicht stören. »Ich muss wieder zur Mutter.« Er zeigte zu der Gruppe hinüber, wo man halb verdeckt einen Rollstuhl sah.

»Geh nur.«

Elisabeth sah ihm nach, dem großen Kerl. »Vorhin musste ich daran denken, wie ich Rasmus das Autofahren beigebracht habe.«

»Du meinst wohl, wie du zum Weiher runtergebrettert bist, um den Wagen zu waschen«, kicherte Alex.

»Wie lange ist das jetzt her?« Ungläubig schüttelte Elisabeth den Kopf. »Fünfundzwanzig Jahre. Herrgott, wo ist die Zeit geblieben, wo sind all die Menschen geblieben? Mein lieber Gibis und der dürre Herr Diekmann, unsere Lilli und leider auch …« Sie sah Alex an.

»Meine Martina. Sie sind weiter unter uns, diese

Menschen«, sagte er schlicht. »Sie sind in unseren Herzen.«

»Gibis ist schwer gestorben damals.«

»Ganz im Gegensatz zu Adele.«

Alex ging gebückt neben ihr her, er wirkte kleiner als Elisabeth. Seit zwei Jahren benützte er den Stock. »Im Schaukelstuhl zu sterben, das war genau Adeles Stil.«

»Und ausgerechnet beim Telefonieren«, nickte Elisabeth. »Barbara hat Adele angerufen, um sich für die letzte Einladung zu bedanken. Sie hat von Adeles Kirschstrudel geschwärmt. Stell dir das vor, sie reden über Kirschstrudel, und plötzlich macht Adele einen Schnapper, und dann hört man nichts mehr.«

»Ich weiß, das hast du mir schon ungefähr fünf Mal erzählt.« Er stieß sie leicht von der Seite an.

»Der Tod im Schaukelstuhl, der Tod und der Kirschkuchen, das ist doch eine schöne Geschichte.«

»Hast ja recht.«

Die Natur hielt alle Antworten bereit, dachte Elisabeth, während sie an Alex' Seite von der Kathedrale zum Traktor humpelte. Je näher wir der Natur sind, desto weniger Angst brauchen wir zu haben. Alle Antworten sind um uns, wir erleben sie jeden Tag und jede Stunde. Der Löwenzahn ist ein scheuer enger Kelch, bis er sich zu einer prächtigen gelben Blume öffnet. Seine Blüte vergeht, bis nur noch graue Fäden übrig sind. Wir sehen, wie der Wind sie verweht, und dann beginnt alles wieder von Neuem.

»Jeder Tag und jede Stunde«, murmelte Elisabeth.

»Was?« Das letzte Grau war aus Alexanders Haar gewichen, schlohweiß war er, ein leuchtendes Weiß im Sonnenschein.

»Dem Leben ins Gesicht schauen«, sagte Elisabeth. »Das Leben lieben für das, was es ist, und schließlich still aus dem Leben gehen, so wie Adele, so wie der Löwenzahn. Lass uns heimfahren, Alex.«

Der frühere Bürgermeister half seiner Gefährtin auf den harten Beifahrersitz des Traktors. Er selbst kletterte hinter das Lenkrad und startete. Mit ächzenden Stößen begann der Diesel zu knattern. Alexander legte den Gang ein.

»Wenn wir Glück haben, sind wir noch vor dem Gewitter zu Hause.« Er zeigte zu den Wolkentürmen über dem Dachsberg.

»Natürlich haben wir Glück. Die ganze Zeit über. Fahr schon los.« Elisabeth legte ihre verkrümmte Hand auf seine arbeitsame Hand. »Der Regen wird dem Rosengarten gut tun.«

Langsam fuhren sie den Dachsberg hoch, während im Westen der Donner zu grollen begann.